大方
sight

命
生
侣
伴

朱文颖 著

中信出版集团｜北京

图书在版编目（CIP）数据

生命伴侣 / 朱文颖著 . -- 北京：中信出版社，
2020.1
ISBN 978-7-5217-1150-9

Ⅰ . ①生… Ⅱ . ①朱… Ⅲ . ①短篇小说－小说集－中
国－当代 Ⅳ . ①I247.7

中国版本图书馆 CIP 数据核字（2019）第 228797 号

生命伴侣

著　　者：朱文颖
出版发行：中信出版集团股份有限公司
　　　　　（北京市朝阳区惠新东街甲 4 号富盛大厦 2 座　邮编　100029）
　　　　　（CITIC Publishing Group）
承 印 者：上海盛通时代印刷有限公司

开　　本：880mm×1230mm　1/32　　印　　张：12　　字　　数：195 千字
版　　次：2020 年 1 月第 1 版　　　　　印　　次：2020 年 1 月第 1 次印刷
广告经营许可证：京朝工商广字第 8087 号
书　　号：ISBN 978-7-5217-1150-9
定　　价：49.00 元

目 录

序

纪念那些稍纵即逝的决断与逆转

郜元宝

　　上海和苏州很近，我跟朱文颖也经常能在一些文学界的活动中见面，但文字上结缘，还是起于前年冬天某个文学评奖。此前我还不太熟悉她的创作，只是对评论界关于她的研究略知一二，比如将她归入"70后（女）作家代表"，围绕其随笔散文、长篇《莉莉姨妈的细小南方》《戴女士与蓝》《高跟鞋》以及短篇《浮生》《万历年间的无梁殿》等论述其女性经验、南方（苏州／上海）元素、家族叙述，仅此而已，但我还是力挺她的短篇新作《春风沉醉的夜晚》。

　　我发现朱文颖不像许多作家那样缺乏节制，她的构思、布局和语言都很少冗余的陪衬拖带，轻盈而饱满、灵动且富于质感的笔触始终紧贴人物内心，跟踪着人物情绪意念的微妙波动，干净利落，一气呵成。

　　别的不管，仅这一篇就足以显示作家的独特才情了。

但评奖结果出来，这篇暗暗戏仿郁达夫名篇、但写法完全两样、真正属于朱文颖版的《春风沉醉的夜晚》还是落选。朱文颖知道此事后一笑了之。她当然不在乎这些，而我总未免有些不服气，一面也为她惋惜。

今年8月初，她准备推出短篇小说新集《生命伴侣》，邀我作序，但教书匠本职工作的压力越来越大，像过去那样写"评论"，简直成了额外负担。因此我就只能打个折扣，聊作小序一篇。其他作品暂且按下不表，专讲收入本书的十部短篇吧。好在这十部虽以新作为主，却也涵盖了作者起步至今各个阶段的若干代表作。就短篇谈短篇，虽不中，亦不远矣。

花了将近三个月的时间陆续读完这本《生命伴侣》，我觉得朱文颖最大的特点还是轻盈、灵动、饱满、流畅，绝不"难读"（当然也未必适合"刷屏"式"快读"）。这种感受跟当初读《春风沉醉的夜晚》一样，所以新集未收《春风沉醉的夜晚》，我也并不觉得特别遗憾。

在朱文颖轻盈灵动流畅饱满的叙述中，一以贯之的特点就是始终聚焦于人与人之间微妙复杂的情感关系。

或许有人要问，这也算特点？难道还有不触及人与人之间微妙复杂的情感关系的小说吗？果真有此一问，那我就要认真回答：是的，确实有太多小说什么都写，但就是写不出人与人之间微妙复杂的情感关系。或者多少也触及一点，但作者们写到中途（或竟在下笔之初）就写偏了。这有两种情况，一是按部就班中规中矩，净写一些你知我知固化僵化了的情感套路，毫无新意。其次就是将真实的人情物理处理得稀奇古怪，完全置读者正常阅读心理于不顾，自顾自地胡编乱造——这种写作乃是作家的精神独舞，而非老托尔斯泰视为艺术生命的人与人之间的精神交流。

朱文颖短篇小说最大的优点就是始终聚焦于人类真实的情感，在真实的基础上写出许多不同类型的情感关系。因为真实，你就会感到似曾相识；又因为加入了她特有的发现，出现这样那样的变化，所以似曾相识的东西往往又如同初闻乍见。

比如《悬崖》写两个保险公司的男女同事姚一峰和王霞很快相恋、同居、谈婚论嫁，整个过程毫无悬念。但随着故事的展开，读者发现这两位迥异于常见的小说男女主人公，他们不仅对彼此没有特别的欣赏与激情，也十分清楚地自觉其平庸，但谁也不愿戳破这层窗户纸，双方就准备随波逐流地过下去。

缺乏激情与相互欣赏的两性关系其实很难维持，除非出现某种转机。于是作者就写到王霞突然在客户丁铁、曼玲夫妇那里发现了她认为自己和姚一峰值得为之奋斗的目标，就是姚一峰要成为丁铁那样品味不俗的成功人士，王霞要成为曼玲那样优雅独立的成功人士的太太。王霞后来一直就朝这个方向兴高采烈地努力着。

姚一峰起初也颇受王霞的感染，觉得丁铁、曼玲夫妇确实值得效法。但他很快发见王霞的认识盲区：丁铁、曼玲感情上貌合神离，夫妻关系名存实亡。原来曼玲早就查出身患绝症，但他们夫妇和姚一峰、王霞一样保持着外表的平静，真实情况却是曼玲只求速死，丁铁则始终残酷地作壁上观，甚至无动于衷，冷眼旁观姚一峰和曼玲擦出感情的火花。正是这微弱的火花让姚一峰甘冒谋杀之罪，为昏迷中无力自杀的曼玲完成了当初在悬崖边因为他出手相救而未能完成的自杀心愿。

姚一峰将要为此承担怎样的后果？丁铁、曼玲的成功人士的幻象破灭之后，姚一峰王霞将如何继续彼此面对？他们还会寻找新的偶像与奋斗目标吗？他们的情感关系得以维系的力量应该来自不停地寻找外在榜样，还是应该在平庸的自我内部挖掘相爱的泉源？

这就可见朱文颖探索"人与人之间微妙复杂的情感关系"之一斑。

《庭院之城》与《悬崖》似乎异曲同工，结果却不尽相同。恪尽职守深受学生欢迎的中学历史教师蒋向阳已成家立业，他的某种中年气质不知不觉影响到热恋中的青年同事陆小丹。小丹的女友敏锐地察觉了这一点，非常不满，而小丹本人也大感苦恼：他发现自己确实染上了蒋向阳那种凡事看透的冷漠，正在逐步丧失青春的朝气。陆小丹甚至因此对蒋向阳心生恨意。终于有一个机会（借口）陆小丹登门拜访蒋向阳了。他要抵近观察，一探究竟，结果却发现，因母亲去世请假在家的蒋向阳正埋头修葺他母亲生前喜欢的小花园，蒋向阳、妻子和女儿一家三口的关系也很融洽。蒋向阳在家庭氛围中向陆小丹展示了中年气质的另一面。陆小丹本欲兴师问罪，结果却不动声色心平气和地告别了蒋家。

陆小丹与蒋向阳显然不同于姚一峰与丁铁，也不同于王蒙《组织部新来的年轻人》中凌厉敏锐的林震和老于世故的刘世吾。但综合起来，在蒋向阳身上先后发现的中年气质的两个不同侧面究竟给予陆小丹何种启迪？小说点到为止，耐人寻味。

既然旨在探索"人与人之间复杂微妙的感情关系"，朱文颖的小说背景也就不拘于一时一地，显出极大的开放性。诚然，《浮生》改写沈复《浮生六记》（集中于沈三白应妻子芸娘之命一天之内在苏州大街小巷寻找住处的经历），《重瞳》描绘降宋之后李后主与小周后的结局（集中于两人慷慨赴死以互剖真心洗刷耻辱），《繁华》用海轮上十七八岁少年为一条买给情人的金鱼跳海自杀做背景，又以失去祖国的白俄军官夫妇在绝望中相爱相守以至共赴黄泉为映衬，描写来上海冒险的王莲生与妓女沈小红之间无穷的爱情试探，这三则"故事新编"，包括将自家小区也写入故事的《万历年间的无梁殿》，无疑都带有评论家们反复阐释的南方/江南/上海/苏州所特有的地域文化色彩。但朱文颖不仅真切地写出这些人物浑身散发着地域文化的神韵气息，也更加精妙地写出他们对空气一样包围着自己的特定地域文化的眷恋与决绝，沉湎与清醒，陶醉与不满。

毋宁说，朱文颖的人物，身体属于某地，精神则永远指向天空。他们绝非某种地域文化标签，而是一些极不安分的精魂，要走出特定地域文化，到更加寥廓的世界去确认自我。这些精魂既可以徜徉困顿于烟雨江南，也可以像《凝视玛丽娜》中的李天雨、戴灵灵，《哑》中蔡小蛾和自闭症儿童的母亲，《金丝雀》中神经质的女人，《生命伴侣》中的"我"，行走（神游）于香港、纽约、柏林、大英博物馆、沙漠、敦煌或任何一个城市与乡村。她们似乎甚为荏弱，空虚绝望，但一瞬间又会判若两人，爆发出极大的能量，或如天使之纯美，或如恶魔之狰狞。

生命之火不肯寂灭于命运宰制，总会在行动或心理上出现一次或若干次决断，造成人物情感关系吉凶未卜善恶难分的逆转。此时，那些稍纵即逝的小说高潮也就如此而至了。

比如，姚一峰突然决定以"哥哥"的身份护理昏迷中的曼玲（《悬崖》）；陆小丹突然决定要去拜见同事蒋向阳（《庭院之城》）；蔡小蛾突然决定做自闭症儿童的家庭看护（《哑》）；李煜突然决定将被动接受赵家御赐"牵机药"翻转为他和小周后互剖真心的良机（《重瞳》）；李天雨突然决定按戴灵灵指示去陪伴狡黠贪色而又空虚软弱的商先生，在别人对我、我对别人以及我对自己三重"不负责任"的境况中为自己举行"成人礼"（《凝视玛丽娜》）；"我"突然决定必须透过周先生"骗子"的外表去接纳其爱人的真心（《生命伴侣》）。

当然，并非所有的决断都能提升生命境界，倘若只是俗世的精明的算计，结局往往适得其反。比如"我"决定始终向貌似高贵的所爱者（德籍华人夏秉秋）隐瞒自己的真实身份，却因此彻底坐实了自己真正属于连自己也极其鄙视的无聊浅薄的"小资"，并与同属一个阶层的所爱者交臂失之（《春风沉醉的夜晚》）。商人吕明也显得很有决断（妻子惠芳因此对他既欣赏又忌惮）。他灵机一动，抓住"商机"，将众人认为诡异不祥的无梁殿底层改造为集消费娱乐于一体的文化空间，又处心积虑在那里大肆操办了一场自以为别开生面的圣诞摇滚作为开业典礼，但他收获的却只是无情的事实对他长期投射于神秘女邻居汪琳琳之卑琐欲念的辛辣嘲讽。这个欲念曾经是他幽暗生命中唯一的亮光，最后还是被他自己的一连串的决断给掐灭了（《万历年间的无梁殿》）。

凝视这些决断和逆转，是否就能捕捉到朱文颖小说的精髓呢？

要说的话自然还有很多，但我的序文也该打住了。嚼饭与人，徒增呕秽。全部"剧透"，所为何来？更多佳胜或难免的疏漏（窃以为《金丝雀》处理警察与那个女子的故事就不甚熨帖），还是留给读者自己来探求吧。

2019 年 11 月 15 日于上海

悬崖

姚一峰的第一个女朋友叫王霞。那是他二十四岁那年，姚一峰工作的那家保险公司开发西南片市场，他考虑了两天，便主动申请去了那里。

王霞是他在当地认识的一个女孩子，比他小三岁。和姚一峰一样，王霞也是外地办事处的职员。她长得又细又高，还喜欢穿绿颜色的衣服，所以很像一根青葱的小竹竿。姚一峰头一次见到她时，觉得这女孩子有点发育不良……但要是讲她纯情，仿佛也对。纯情的女孩子对月思人，吃饭的时候也想心思，所以多半会瘦些。

他们处得还算愉快。王霞也是江南一带的人，饮食起居之类的事，与姚一峰有着相当多的共同语言。第一年过中秋节，王霞约了姚一峰一起吃饭。她手脚相当麻利地摆出好几样江南小菜，还不知从哪里弄来了一盒苏式月饼——两个人喝了点酒，月饼的油酥皮子唏唏薮薮的，掉了姚一峰一身。掸都掸不掉。

先是讲了些单位的事，吐吐苦水……后来外面的月亮升起来了，王霞推开窗，探出去小半个身子。

"月亮真圆呵。"她的身体冲在外面，声音也是这样，于是很快便成了一股烟。这在屋里的姚一峰听来，却是最合适最妥帖的乡愁……或许，还会有些其他的愁。

"小的时候，倒是常能看到这样的月亮。"他听着自己的声音，有些虚，还很文艺——反正和平时不太一样。

这一晚的小聚，给姚一峰留下了不错的印象。临走时，他记得自己说了句不太合适的话。他穿好外衣，拉开门，突然回头对王霞说："多吃点，最好……吃胖些。"回去的路上他不断回想着这句话。让一个女孩子吃胖些，这当然是错误的。只有在一种情况下不错误：假如他是这个女孩子非常亲密的朋友……但显然他还不是。

他们很久没有再见面。临近冬至的时候，两个办事处组织了一次篮球友谊赛。人手七零八落的，连光会拍皮球的门卫都顶上去了，结果几乎就变成了姚一峰的投篮表演赛。那天他穿了件绛红色的新球衣，跨步上篮的时候，正好背对着夕阳——"彩云之南"的夕阳。

半场过后，姚一峰渐渐觉着身上热了，他兜手一脱，光剩下里面一件白色小背心。等到休息喝水的时候，他眼梢里突然瞥到了王霞。王霞穿着草绿色的套头毛衫，棒针织的，尺寸有点嫌大，整个人都被罩在了里面。那天的王霞不像青竹竿了，倒有点像夏天挂在客厅口的竹

4

帘子。现在,这副竹帘子手里紧紧地抱了堆绛红色的东西——姚一峰一眼看出,那是他刚才脱下来的球衣。它一定还是热烘烘的,散发着一个男人的汗臭味。

现在姚一峰知道,王霞不单能做江南小菜,其实,她倒是更喜欢当地的米线。恰巧他单位附近就有一家。所以到了中午,或者下班过后,王霞就经常过来叫他。

她站在街拐角那儿,像棵青翠的小竹竿在微风里晃。一只嗡嗡乱叫的蜜蜂,正在花坛和她的桃绿外套之间穿行……姚一峰向她走去的时候,突然想到了几句诗。姚一峰不喜欢诗,除了那首《丁香花》——但是有一次他坐长途的硬座,一觉醒来,发现手边扔了本折破角的书。

活着
所谓现在活着
那就是口渴
是枝丫间射下来耀眼的阳光
是忽然想起的一支旋律
是打喷嚏
是与你手牵手

现在,姚一峰就与王霞手牵着手。他昨晚洗澡时受了点凉,鼻炎又犯了,一早醒过来就打了好几个喷嚏。

刚才，那只蜜蜂嗡嗡叫着，一头扑向王霞的绿外套时，他又打了两个。

他很小的时候就有鼻炎，稍稍紧张些，清水鼻涕便会淌下来……这是老毛病了，但多少让他有些挫败感。这还不算，姚一峰对自己的长相也一直不甚满意。不够高，也不够威武，就说现在，他和王霞手牵手走在街上，斑驳的阳光刺得他眼睛发疼……但很显然，他们并不是引人注目的一对。王霞长得不漂亮，走路时还稍稍有些驼背。有时姚一峰免不了会想：假如她长得好看些……

那天中午，不太好看的王霞吃米线时倒是兴致很高，连鼻翼两边的雀斑颜色都深了很多。她很瘦，但仍然怕胖，把汤里面湿淋淋的排骨和鸡骨头挑出来，放进姚一峰的碗里……

02

姚一峰从小就是个胆小的孩子。上职校二年级时，坐他身后的那个男生，喜欢用硬邦邦的铅笔头顶住他的后背，探讨些哪个女生屁股大、哪个女生大腿粗之类的问题。每次姚一峰都涨红了脸，恨不得把脑袋微缩到那根铅笔头的大小。有一次，这人不知从哪里搞来一只脏兮兮的棉布胸罩，牵拉在姚一峰座位的靠背上。然后，他把手臂交叉放上桌子，又把头磕在手臂上，两只眼睛则眯成一条窄缝。

从那条窄缝里看起来，教室门口斜背着书包、屁股上犹如被人踹了一脚的姚一峰，就好像一只正走入狩猎范围内的小鹿。

姚一峰就是这样的小鹿。他父母都是极普通的工人，下面有个弟弟，再下面，则是一个"小卷毛"妹妹。她比他小了整整十岁，最喜欢用她肥嘟嘟的小手，牵住他的衣服下摆，"上街买糖吃。"姚一峰倒是很疼他这个小妹妹。他觉得她那么好看，那么娇憨，几乎就不像是他们家的小孩。但除了这些，没人知道姚一峰究竟在想什么。每天上午，他就骑着那辆哐当哐当的"飞鸽"牌自行车来上课；到了下午，他又重新跨上它，慢吞吞地趟过操场，再慢吞吞地趟出校门。

天上的云积久了还会下雨，但姚一峰就是半天打不出个闷屁来。后来有一天，那个瓮声瓮气的男生落座时，突然觉得屁股上钻心一凉，他像一只被强奸的母鹿般惨叫了起来——椅子上竖着一根钉，一寸来长。那个男生的左半边屁股活生生被扎出个洞来。整整三个多礼拜，他像只癞皮狗趴在床上，屁股朝着上面。

没人会怀疑姚一峰。即便相信钉子是从椅子上长出来的，如同青草破土而出，也没人认为姚一峰会有勇气干出这种事情来。这是英雄或者流氓才有的行为。而姚一峰，充其量也就是个懦夫。

只有在上体育课，穿着那套蓝底白竖条的运动服时，姚一峰才会焕发出平时没有的光彩。他往上跳起来，没人会想到姚一峰能跳那么高，那哪是姚一峰呵。他的眼睛似笑非笑，嘴角轻轻一牵，跑上几步，手里再高高地抛起一只篮球——它蹦起来，他也紧跟着蹦起来。虽然这是短暂的，有点像灰姑娘脚上的水晶鞋。

但是有一天，这只水晶鞋却真的变成了玫瑰花。一次课间休息过后，他在铅笔盒里发现了一张小字条："下午五点半，北操场双杠下……要是你不来，我就杀了你。"

接下来上课的时间里，姚一峰像滩泥一样瘫在椅子里。他怀疑这是个恶作剧，但字条上的落款却是真实的。他隐约记得有那样一个女生，比他小一级，胖圆脸，小圆眼睛，外加一个大蒜头似的小圆鼻子。有一次年级篮球比赛，他在操场上打篮球，她就在旁边拍手尖叫——尖叫的声音倒有那么五六个，但她无疑是叫得最响的。

那天，他绕道从南操场的边门回家。云层压得很低，最上边一层焦暗急促，像热锅里滚动着的废油……下面却是似雾非雾的细雨。姚一峰捏着龙头的手汗腻腻的，也不知是汗，还是雾水。

刚到家，外面便下起了急雨，像小棒槌砸在玻璃窗

8

上。他不由得又担起心来。万一那字条真是她写的呢？她会在那儿等吗？一直站在那儿，等着他？雨水顺着她淋得湿透的头发滴下来……一滴，又是一滴。她的眼睫毛上也沾着水。那可不是雨，是她心头的眼泪。

雨下了很长时间，一会儿是小棒槌，一会儿又是"大珠小珠落玉盘"。他坐在窗下发着呆。如果她去了，如果她一直在那儿等他……她或许会淋出病来的。等到了晚上，就开始发烧了。额头烫得吓人，脸蛋那儿却是两块很不健康的红晕……但是不对，她说了，她说要杀了他，她竟然说要杀了他！

她没病。倒是姚一峰翻来覆去睡不着，做了好几个噩梦。等到第二天去学校时，自己已经觉得像个被斩首的幽灵。在去食堂的路上，他遇到了她。她的胖圆脸，小圆眼睛，以及那个大蒜头鼻子，都像匕首，都像子弹，迎面向他扑来。姚一峰倒吸一口冷气，差点掉头就跑。

"姚一峰——"不知什么时候，她已经走到他旁边了。

姚一峰眼前一黑，觉得鼻腔里黏糊糊两道东西，正虫一样往外爬。

"你怎么啦？病了吗？"她抬起手，向他额头那儿伸过去。

姚一峰触电一样地向后弹开几步。

"你要干什么？"他大叫一声。

他瞪大眼睛，胆战心惊地看着她。她的侧面要瘦些，鼻子的线条也秀气了。几乎换了个人。但她的眼睛——姚一峰突然发现，她的眼睫毛非常短，就那么光秃秃的两三根。根本就不像沾得住雨水的样子。

姚一峰完全不记得她是什么时候走开的。他像被钉子钉在了路上，也像一枪打断了脖子的麻雀。姚一峰知道，他的很多同学都收到过类似的字条，男学生写给女学生，或者女学生写给男学生。但从来没人是像他这样的。他既不相信这字条是写给他的，更不敢去赴这个约……他甚至还真的担忧那张字条上无聊的后缀。

这是真的，所以愈发让姚一峰觉得伤感。

那天姚一峰没去上课。他慢慢地跨上车，骑出校门。他被自己的怯懦深深地打击了，因此他用颤抖的声音命令着自己：

"骑到大街上去！胆小鬼，闭上你的眼睛！"

03

姚一峰想象中的女朋友可不是王霞这样。瘦弱的男人更喜欢丰腴的肉体，高女人反倒能接受矮丈夫，姚一峰的理想便是与自己不一样的：他是草，她就得是花；

他是鼻炎与脚气，她就是气若幽兰，打哈欠的时候都会引得蜂蝶寻香而至。

王霞在家里排名老二，不聪明，读书也不很用功，稀里糊涂就长大了。这一来反倒发现了一片新天地。她好歹总是个女人——这类女子最容易强调的东西。她固然有些驼背，走路时微微含胸，但她才二十出头……她穿着绿颜色的衣服，脸颊上跳动着几颗新鲜的雀斑，和人说话时，还略有些痴傻地眯缝着眼睛——王霞并不近视，所以姚一峰老有些怀疑，她的这种眯缝其实只为了显示出她是个可爱的女子——但难保也会有人下结论说：这是年轻女人的稚气。稚气当然与年轻有关。而年轻总是好的，至少在男人这方面。

姚一峰问过王霞南下的原因。她支支吾吾的，两只手抱着胳膊，光是咯咯地笑。仿佛这是个相当滑稽的问题。她的这种态度，多少让姚一峰感觉狐疑，但又不能说里面有阴谋的成分——阴谋需要心机，但王霞除了那年中秋布过一桌好吃的酒菜，毕竟还不能算是有心机的女人。

王霞的母亲和哥哥倒是来看过她一次。她母亲是个瑟缩的家庭妇女似的老太太，看人的眼光闪闪缩缩的，全然没有这个年龄应该有的笃定。姚一峰不太喜欢她。王霞的哥哥却极为高大，皮肤黑亮有光，一座黑铁塔似的立在面前。他有力地和姚一峰握手，而眼光里，则很有些"你不善待我妹妹，便狠揍你一顿"的意思。

四个人一起吃了晚饭。姚一峰狠花了点钱，气氛却并不太热烈。为了显示出自己是"被追无奈"，王霞在席上显得相当矜持，她拼命往娘家人盆子里夹菜，一只虾，两根人形的野山菌……姚一峰点了只"五香乳鸽"，香气四溢地端上桌时，王霞突然尖叫起来：

"鸽子！你怎么这么残酷呵，竟然吃鸽子！"

姚一峰被她吓了一跳，一时手足无措起来。王霞朝空气那儿白了个眼，拿着桌上的餐巾纸，使劲给自己扇风。她母亲呢，嘴里咕咕哝哝的，嘴角挂着一丝难看的笑——不管什么时候，它都挂在那儿的。

姚一峰去叫人换菜，服务员正忙着，便耽搁了一会儿。等他带着一个扎小辫的女服务员回到桌前，却一下子愣住了。

那盆"五香乳鸽"光剩下一颗可怜的小脑袋，孤零零地歪在盆子里……桌上的三个人倒是都很镇静。王霞正拿着一面小镜子补妆，她哥哥粗壮的手里抓着一根奶白色牙签——至于她母亲，则正专注地朝着面前鲜红色的餐巾布微笑。

姚一峰气得半天说不出话来。重新入座以后，他继续用沉默表达着内心的抗议。王霞却突然变得活泼起来。

她似乎觉得，刚才那一招已经足够显示她在男朋友心目中的地位，所以预备略微地做些安抚。她伸出手去，从才上来的"竹筒鸡"身上撕下一只翅膀，放进姚一峰的盆子里，说道："鸡翅膀，你喜欢吃的——对不对？"

姚一峰正赌着气，没理她。他斜了她一眼，心想，她倒若无其事的——旁人怎么都不会看出，就在昨晚上，这女人还和他睡过觉。

母子两个在当地玩了三天。姚一峰固然心里有气，但责任所至，还是力所能及地陪着。临走时，还大包小包送了好些当地特产。老太太似乎略微有些感动。这未来的女婿其貌不扬，钱包鼓不到哪里去，也看不出很有出息的样子，但人多少是厚道的……况且她女儿也就不过如此——后面这一点来得更重要些。即便女儿假装娇蛮，成心和姚一峰闹闹别扭，但作为母亲，一个过来人，她心里还是相当有数的。

他们临走时，王霞和姚一峰去火车站送行。那天王霞的母亲穿了套旅游景点上买的民族服装，上衣宽大，裤子紧窄，颇像只彩绘的鸟鹤。她手里挎着一只讨价还价来的珠线包，紫色和金色珠片交错串着，镶的却是发亮的银线。在正午的大太阳底下，闪得人眼皮子酸疼。但她不酸疼。非但不疼，而且眼光第一次焦点集中。她看着姚一峰，意味深长地说道：

"有空……上家里玩呵。"

权作这几天的辛苦钱，那顿晚餐上死于非命的"五香乳鸽"，以及对这毛头小伙较为扎实的见面礼。

火车的汽笛声像那件民族服装的大袖子，已经往前跑了很远，还牵牵扯扯的。姚一峰一直记得王霞哥哥从车窗里探出来的那颗脑袋，火车开出相当长的一段距离，它还执着地挂在那儿——像故事里受了委屈的冤魂。

04

这几年，姚一峰的相貌变得很厉害。每次从西南回来，再走，他的"小卷毛"妹妹都要去火车站送他。像小的时候，她喜欢伸出手去，摸摸姚一峰的下巴，"哥，你该刮胡子了。"再摸摸姚一峰的脸，"哥，你的脸怎么硬邦邦的。"他便摸一摸自己的下巴，再摸一摸自己的脸，"哥在火车上喜欢坐靠窗的位子，老吹风，老吹风，皮肤就变硬了。"他说。

其实姚一峰在火车上很少能坐到靠窗的位子。他不舍得买卧铺，而长途的硬座，就是见缝插针的意思。他上了车，两只脚不断替换着重心。后来，他别过头，无意中在对面窗玻璃那儿看到了什么。

他吓了一跳，几乎都有点不认识自己了。

姚一峰毕业后干过保险推销的事。有一天，一个面相很善的老太太，半头的白发，在门口拉着姚一峰的手，希望他留下来吃晚饭。姚一峰听到她没几颗牙的嘴里还在嘀咕着："这小囡真讨喜呵……这小囡的眼睛真好看……"

他去镜子里看自己的眼睛。不大，且是单眼皮，眼梢还微微下挂，再怎么都瞧不出好看来。直到后来又有一天——

那天他坐在一个陌生人的客厅里，鼻尖上湿着汗。他从斜背的大挎包里朝外掏资料，手忙脚乱……平时他稍稍有点脚气，不是很严重，但那是个溽湿的返潮天，车子骑得急，袜子也已经两三天没换了，他便很有些担心脚上的气味。

他把脚朝椅子后面缩缩。突然又觉得动静太大，反倒会遭人疑心。

他的客户，正坐在对面的沙发上结绒线。她是个四十开外的中年女人，两只眼睛距离分得很开，仿佛隔夜吵了架，正闹别扭似的。很有些市井的凶相。刚才她在门后出现的时候，姚一峰心头一凉。"长着这样一双眼睛！"他觉得她是不会让他进门的。但她瞥了他一眼，听他结结巴巴地说了几句，就朝里面努了努嘴，径直先进去了。

她摆弄着手里的毛衣针，一上一下，一下一上。偶尔抬头看看姚一峰。看不出她对姚一峰的保险计划有什么兴趣，她好像也没注意到姚一峰的脚气……现在这气味已经很重了，像一只嗡嗡乱飞的蜜蜂。姚一峰脸上红一块、白一块，是被它蜇到的伤口。

后来姚一峰出门的时候，把一份保险资料忘在了沙发上。先是想回头去拿，终于还是算了。他觉得这眼睛分开的女人有些怪。从头到尾，她几乎没有开口说过话。后来他又仔细看了她几眼。她的眼珠从来不转，而且——几乎是透明的。不像一个活人的眼珠。

屋子里就她一个人。但她好像一点不怕他，后来倒是他有些害怕了起来。

她送他出门。她走在后面时，他只觉得后脑勺那儿冷冰冰的。他重新骑上"飞鸽"牌，骑出很远，才有些缓过神来。

外面没有大太阳，淡灰色的日光挟着尘土，却是真实的。他回想起那个女人，她那双分得很开的眼睛……突然明白了过来，那不是凶，而是呆。什么都已经无望的感觉——他甚至觉得，他即便是个小偷，杀人犯，说不定她也会放他进去。

姚一峰一连好几天都忘不了那个女人。她的那双眼睛，冷冰冰，几乎透明的。他万万没想到，几年以后，在南下的火车上，在晃动的车窗玻璃里，他看着自己……

倒真是有风，从大开的窗户外面刮进来，穷凶极恶的。但他老觉得那不是风，是一只凶恶的手。它在他的脸上不断动作着，左边一巴掌，右边一巴掌。

而玻璃窗里他的脸，就莫名其妙地有种被人打过的感觉。打了，还不敢还手。那些被打的痕迹，留在他的皮肤与眼神里……他伸手摸摸自己的脸，倒吸了一口冷气。

05

王霞倒是一点都没认为姚一峰长变了。每个礼拜，她都要趴在桌上给家里写信。有一次，她写到一半时跑卫生间去了，姚一峰便凑上去看了看。

……照片收到了吧，我拍老气了，他倒还是那样……放心吧，哥……有你在，他不敢欺负我！……

姚一峰脊背那儿一阵冰凉，只以为是古代的黑旋风降临……幸好王霞在卫生间待了很长时间，近段时间她老是这样。好几次，她对姚一峰抱怨说，脸上的雀斑颜色又深了。姚一峰仔细观察了一下，说："好像没有吧。"

王霞不同意，坚持说是。接着就说到了西南这边的海拔。海拔高，太阳辐射自然就强；还说到每天中午吃的米线。米线里总习惯放点辣，这一辣，就又是色素沉积。再有最重要的——王霞现在吃口服避孕药——这回姚一峰无话可说了。

王霞每天在镜子前逗留的时间越来越长。她拧着自己的脸，做着怪相，龇牙咧嘴的。

开始时姚一峰还劝她，后来便不劝了。因为米线倒是可以少放些辣，海拔是低不了的，至于避孕药——毕竟，现在她还只是他的女朋友，所以也就只能将就吃着。

他没想到王霞会把这事看得这么严重。她本来就不是个好看的女人，五官平平，身材平平。倒是这雀斑长在她脸上，还平添了几分生动，奇峰突起似的。让人觉得那张平淡无趣的脸上，多了些别样的内容。

但王霞不要这内容。她倒是仍然爱吃米线，现在辣是不放了，但吃着吃着，她会把随身带的小镜子拿出来。就那样对着太阳光，东照照，西瞧瞧。正午的日照是最强的，这一照，结果总是不满意。好几次，甚至都有些不欢而散的意思了。要么是不吃了，板起脸走人；要么非但把排骨、鸡骨头挑给姚一峰，连两只鸽子蛋以及大半盆的米线，都"哗"的一声倒进姚一峰碗里。差点溅他一脸的汤水。

渐渐的，王霞脸上的雀斑让姚一峰也烦恼了起来。有时，他甚至觉得，它们好像已经离开了王霞的鼻梁四周，悄悄爬到了他的脸上。

有一天中午，王霞带了一个女人来吃米线。那天王霞仍然穿绿，那女人却偏偏着红。两人勾着手臂，推开米线店的玻璃门进来时，灰暗的店堂里便是姹紫嫣红的两道闪电。

那女人坐在姚一峰对面……姚一峰注意到，她脸上涂着粉。或许因为原本肤色不差，倒还不觉着浮白——但她确实是白，并不是脂粉的缘故——她的五官倒是长得不错，人也开朗活泼，王霞在一边尖声细气地介绍时，她便微微笑着，还不时起手拢拢耳边的碎发——她的头发略微有些卷，发梢那儿尤其厉害些，但看不出是烫过的，还是天生如此。

她的白给姚一峰留下了极为深刻的印象。整个吃饭过程中，姚一峰一直都在想着这件事……王霞叽叽喳喳地说着话；滴水的鸡翅膀，扑地一下飞进了姚一峰的碗里；一只青头苍蝇不知从哪里钻了出来……她的白，这女人的白。

在姚一峰的记忆里，只有一个人的白能够和她相比。也是好多年前干推销时的事了。有一回，开门的是个漂亮小姑娘。她脸色不太好，苍白着。嘴唇却异样的红——姚一峰断定她是生了病，在家里养着。但一个病人却有着那样红而娇嫩的嘴唇……她的眼睛大得吓人，像两只极深的洞。姚一峰被她那双大眼睛整个地吸了进去。他几乎产生了幻觉——这小姑娘的身后一定藏着一对翅膀，天使的翅膀——姚一峰梦里面的那种。

当时，姚一峰整个昏头昏脑的，没听清小姑娘说了什么。她的声音很小，风一吹就飘走了。天使的声音都是这样的。姚一峰还记得，她的下巴尖尖的，像被一种绿羽毛的鸟啄过似的。它往上抬起时，姚一峰恨不能上去轻轻地扶上一把。

"有事吗？"她说。

但姚一峰觉得自己分明听到了这样一句话："你……来啦？"

当然……当然了，现在坐在姚一峰对面的这个女人，她是另一个人。刚才王霞已经介绍过了，她叫曼玲，是王霞的客户。她和丈夫在这里开了家公司，生意做得不错。新近他们还在郊区添了一处房子——前几天王霞就被邀请去过他们家。坐在客厅的落地窗前，喝着曼玲刚煮的咖啡，能听到远处的水声，咚咚的，像王霞身上绿衣服的波纹……一头牛闷声叫着，两只苹果掉在了地上，还有人在用藏语唱歌。

王霞说，曼玲的丈夫叫丁铁。虽然姓丁名铁，但长得相当秀气，人也斯文。他和曼玲同岁，今年都是整三十。曼玲和丁铁是几年前结婚的，虽然暂时还没有小孩，但就如同大部分体面的家庭，一切看上去都是那样井井有条……至于那句最重要的话，王霞是后来凑在姚一峰耳朵边说的：

"她以前脸上也有雀斑，后来有人给了偏方——现在——真是一点看不出了吧。"

06

曼玲和丁铁很快就进入了姚一峰的生活。当然，这主要还是王霞的选择，她张开双臂，兴高采烈地迎接着生活里的两个新朋友——

随着在小镜子里的笑逐颜开，王霞对于那夫妇两个的评价也越来越高。很显然，王霞羡慕他们的生活方式，丁铁有一辆相当不错的越野车，逢到周末礼拜，丁铁开车，载着曼玲去附近的什么地方走走……要找到那样的地方，其实一点都不困难，除了人，树，很蓝的天，通常还能看到各种各样有意思的东西。草丛里钻出来的蛇，乌鸦，无数只发着光亮的蜜蜂；山坡上长满了蕨类、羊齿；一小溜细白的水，从脚底下凉飕飕地爬过去——远处却是发怒的惊天动地的水声……

有一次，王霞突然带回来一只血淋淋的野兔腿。她告诉姚一峰说，这是今天她跟着曼玲、丁铁他们打猎弄来的。一只红着眼睛的野山兔。在山坡上他们追了老半天，但它跑得那样快，为了追它，曼玲还差点把脚给扭了。后来他们在山上生了火，烤着吃了大半只。剩下来的这条兔腿，就是曼玲让她带回来的，"他们说了，让你也尝尝鲜。"

现在，王霞在谈及和姚一峰的未来时，一下子便多出了一个参照物。他们的未来……这东西原本多少有些空洞无物，就像王霞眯缝着的那双眼睛，但是——但是如今它却突然之间集中了焦距，变得能够憧憬了。

有些个晚上，王霞坐在姚一峰乱糟糟的床上，把刚剪下来的手指甲一根根排在床头柜上。他们的未来，便也像这些半月形的小东西吧，清晰可视，条理分明——总有一天，他们会和曼玲、丁铁一样。是的，总有一天，曼玲和丁铁的生活，就是他们的未来。等到再过个几年，他们多赚些钱，回去，然后结婚。就是这样。王霞系着围裙，在厨房里洗菜、洗碗、煮咖啡，姚一峰则坐在客厅的落地窗前看报纸……他们也会尽力买辆不错的车，当然了，只是尽力而为，并不强求。等到周末的时候，姚一峰开了车，载着王霞去郊区转转。江南不一定会有蜈蚣出没的山洞，马帮经过时的铃声，也不会有血淋淋的野兔腿——但总会有些东西是一样的，那些体面的、打理得井井有条的生活……

这甜蜜的憧憬，让王霞以加倍的热情介入到曼玲、丁铁的生活中去，后来，就连姚一峰也不自觉地卷入了。不过，总的来说，他们四个人倒是相处融洽，和谐共存。丁铁开车的时候，要是曼玲坐副驾驶座，王霞便在后面对姚一峰耍耍小性子；如果两个女人坐后座呢，车里仍然全是王霞的声音，叽叽喳喳的……从反光镜那儿，姚一峰偶尔会看到丁铁的脸。一般来说，丁铁鼻梁上总架着一副黑色墨镜——他是安静的，除了嘴角常挂着的那丝笑意，看不出还有其他什么表情。

有一天下午，他们在林子里打落了几只山雀。太阳离奇的好，从树梢间洒下碎金子、碎银子来。其中有只山雀惨叫一声，从天上直直地掉下来时，纷纷扬扬的，下了好一阵灰白色的羽毛雨……曼玲脸上溅到了几点血滴，可能是从山雀打断的脖子那儿喷出来的。曼玲擦了几下，没擦干净。姚一峰生火烤肉时，不由自主地老想着这事。只要擦一下，轻轻地一下。他想到。火焰一点一点往上蹿，冒出焦火气来。

姚一峰和丁铁各吃了两只山雀，曼玲吃了一只，王霞才咬两口，就嫌烤得有焦煳味，便把剩下来的给了姚一峰。还有很多瓶啤酒，空酒瓶扔得东一只，西一只的——他们在烤肉香、酒气，以及火堆最后的噼啪声里重新上路。都有些兴奋了，临上车前，姚一峰甚至还在地上打了个滚。

突然就不想回去了，都说再往前开，一直往前开。这样开着，天猛地就阴下来了。然而高原的阴天也是奇特的，下面是灰黑翻滚的阴云，上面却仍然是蓝天……不容商量的凛然的蓝色。看着都让人心寒。渐渐地车子上了一条泥巴路，颠得厉害。路旁还有些牛粪、马粪、驴粪什么的，极偶然的，一个披着羊毛毡子的丑女人闪过，面颊上是红紫色的晒伤斑——在她前面，则走着一群肥笨的绵羊。

也不知道这样开了多少时间，只觉得天蓝得吓人，更吓人了。就连说话不断的王霞也有些沉默，她伸出手，抓住旁边姚一峰的。她的手很凉，冷冰冰的，姚一峰的也是。

丁铁把车开上了一个缓坡，慢慢停下来。车门刚一开，一股寒气直扑过来……每个人都忍不住哆嗦了一下，酒全醒了。

这缓坡的尽头是个断崖，王霞抱着胳膊跑了过去，探头朝下面看了看，便赶紧回头向姚一峰直摆手，还连着吐了几次舌头。

倒是旁边山坡上有好些黑色石头，石头缝里却开出黄灿灿的花。王霞小心翼翼朝后退着，然后便眯缝着眼睛看那些花去了，一直走出很远；姚一峰在地上跳了几下，暖暖身子，便也走到那断崖边看了看。

但很快的，姚一峰就回来了，脚下有些不稳，脸也白了。他神思恍惚地往回走，突然听见曼玲一声惊叫：

"快看呐！"

姚一峰和丁铁猛地抬起头来——穿着葱绿外套的王霞已经走远了，没听见。

"雪山！是雪山！"

确实是雪山。只要转过身去就能看到它，就在看起来离他们很远的山坡的后方。在蓝到令人发指的天空下面，能看见山尖上亮得刺眼的积雪，如同无数把钢刀插在那里……而刀与刀之间，则是云遮雾绕的白色……

姚一峰的脚还有些抖，丁铁则要镇定很多，他点了支烟，很深地吸了一口。只有曼玲是那样的兴奋——她涨红了脸，朝着雪山的方向张开双臂，甚至还久久地、久久地闭上了眼睛。

那只野兔，就是这时候突然蹿出来的。没人知道它从哪里来，也没人知道它要到哪里去。但它跑得是如此之快，像一支黑箭一样，从曼玲身边斜着插了过去。

一阵飞沙走石，姚一峰只觉得脚下的坡地雾一般飘了起来……那只兔子一定是狠狠地撞了曼玲一下，她一

25

个趔趄，人整个失去了平衡，脚底却沙沙地直打滑。又是一阵飞沙走石，姚一峰眼见着，曼玲正急速地向那个断崖那儿滑过去。

姚一峰吓坏了。其实，刚才姚一峰就已经被吓坏了，仅仅只是在崖边站了那么一小会儿——姚一峰这辈子都没见过这样阴森恐怖的峡谷。并且他想：恐怕以后也再不会见到了。

07

曼玲并没有掉下山崖去。

就在曼玲失去平衡，向断崖那儿打滑的时候，姚一峰伸手一把拽住了她。在幻觉中，姚一峰觉得，自己刚才像是做了个漂亮的投篮起跳动作。他的双手是那样有力，他的动作又是如此准确——此刻，曼玲正在他的怀里大声喘气。她仍然紧紧闭着眼睛，但这一回可不是因为享受。

"你……没事吧？"姚一峰听到自己的声音，它听上去有些发抖。尤其不争气的是：因为紧张和寒气，他的鼻炎病又犯了。姚一峰明显觉得，有两小道清水鼻涕，现在它们正沿着他的鼻孔，慢慢地向外流出来。

"你应该当心点。"

这是丁铁的声音。说完这句话，丁铁就转身去车里了。但不知道为什么，姚一峰觉得这声音有点冷，冷冰冰的。像远处那座雪山上的积雪，也像最高、最高处的蓝色……但它完全不像一个丈夫的声音。确切地说，完全不像想象中丁铁对曼玲说话的声音。

"是呵，刚才可真险呵。"姚一峰自言自语道。这时，他突然意识到，曼玲的头仍然还钻在他的怀里——无论如何，这总是件不太合适的事情，所以姚一峰挪了挪身体。就在挪动身体的同时，姚一峰下意识地做了个动作：他抬起手，在曼玲的脸上擦了一下。

"刚才你溅到血了。"姚一峰说。

曼玲没动。姚一峰抱住她时，她没动；姚一峰的手碰到她的脸时，她还是没动。但是，丁铁看到了。姚一峰觉得丁铁应该是看到了。丁铁手里拿着毛毯，慢慢转身朝这里走过来时，曼玲还是保持着这个姿势。突然之间，姚一峰产生了另一个奇怪的念头，他模模糊糊地有种感觉：好像曼玲是故意要让丁铁看到。曼玲是故意的——光这念头本身，就已经让他吓出一身冷汗来。

但是……曼玲为什么要这样做呢？

就在刚才，他们三个人站在断崖上：曼玲，丁铁，还有姚一峰。他们两人——丁铁与姚一峰，他们与曼玲的距离几乎是对等的。这时姚一峰又想起了另一个细节。

他起手去抓曼玲时，觉得有股十分巨大的下坠的力量。当然，那只野兔的冲力非常大……但是不对，他明显觉得，当时曼玲并没有挣扎，或者说她完全放弃了挣扎。如果不是姚一峰拼命拽她，曼玲便会如同一片山雀的羽毛，永远地坠入那片山谷……

然而，这同样又是为什么呢？

"毯子，来，披上。"

丁铁拿了条薄绒毯，走到曼玲身边，替她披在了肩上。姚一峰注意到，丁铁的鼻梁上仍然架着那副黑色墨镜。

王霞从附近山坡上采花回来时，他们三人已经坐回了车上。

车里开足了暖气，还放着一种懒洋洋的音乐。王霞把采来的花放在了后座上。那些花是草本的，路上被暖气烘了会儿，很快便蔫了。车里很暖和，除了开车的丁铁，大家都在打瞌睡。奇怪的是，一路上没有一个人告诉王霞，刚才曼玲差点滚下了山崖……对于这件事，大家全都绝口不提。

08

接下来的几个礼拜，姚一峰都没有参加曼玲、丁铁他们的周末越野。但王霞还是去了，并且继续带回些鲜血淋漓的动物肢体。像以前一样，对于他们的出行，姚一峰会不咸不淡地问上几句。

"今天看到黑颈鹤了吗？"

"山上是不是又下雪了？"

"你老是跟着去，他们也不嫌烦？"

王霞总是兴味盎然地回答着。现在，和曼玲他们周末出行，已经成为王霞生活中最为重要的事情。从礼拜一开始，她就兴致勃勃地等待着礼拜六的到来。她脸上的气色好了很多，雀斑竟奇迹般地淡了，就连含胸驼背的习惯也改了不少。偶尔的，王霞甚至也穿起了红色——但这些难免又让姚一峰想到曼玲。曼玲是那样挺拔，在山崖上，如果不是他自小练就的身手，曼玲真会直直掉下去的……

有一天晚上，姚一峰就真的梦到了这个。他站在悬崖边上，眼睁睁地看着曼玲掉了下去。山谷是那样的深，他浑身发软。在梦里，姚一峰几乎不敢再看那峡谷第二眼。因为——要是再看的话，连他自己都会掉下去的。

现在王霞每礼拜的家信中，"曼玲""丁铁"也成了经常出现的名字。

"他们人都很好，是一对很好的夫妻……他们有辆很棒的车，棒极了，有一次，我们还把车开到了一个悬崖上面，真是开心死了……"

但是有一天，王霞回来，无意中告诉了姚一峰这样一件事情。

像往常一样，那天丁铁开车，带着曼玲和王霞。他们先是上了国家公路，接着拐进颠簸的乡村马路，最后，车子在一片树林前停了下来，没法往前开了。

他们要去不远处的一个村子。据说村里有很多有意思的东西，锅桩舞，传说中的神山，脸上有三百三十三道皱纹的算命老人……丁铁去附近打听了一下，说旁边有条土路可以直接开进去。但曼玲坚持要走小路。小路，穿过林木幽深、野猪出没的山坡——

王霞说，当时丁铁劝了几句，但曼玲就是不听，执意如此。两人甚至还争起来了。后来丁铁压低声音说了句："你太荒唐了！"便铁青着脸钻进了车子。就这样，他们三个人，分了两条路走：曼玲一个人步行，丁铁和王霞坐车。

"我真是尴尬死了，一路上，只能和他没话找话说。"王霞穿着拖鞋从卫生间跑出来，她脸上涂了层白色膏状的东西，黏黏的，足有一寸多厚。光剩下眼睛和鼻孔露在外面。王霞是小眼睛，这时突然显大了，而且黑……但在姚一峰看来，那仍然是白瓷片上的黑炭洞——瓷片是冷冰冰的，炭洞也是烧过夜的炭洞，连余烟都别想冒出来。

"你们在车上都说什么了？"

姚一峰闭上眼睛，想象着车里发生的情景。丁铁沉默着，把车开得飞快。茂密多汁的树叶不断在车窗玻璃上擦过，沙沙有声。树影中，王霞的脸蛋红扑扑的，她眯缝着眼睛，身体微微向前倾……王霞一旦遇到她觉得有意思的人和事，总是这副样子。很显然，王霞是欣赏丁铁的。已经不止一次了，她在姚一峰面前不止一次说过这样的话："瞧瞧人家丁铁！"

姚一峰在心里轻轻地"哼"了一下。丁铁——丁铁那一直戴着黑色墨镜的脸，他的不苟言笑，以及他那优雅的中产阶级作风。姚一峰突然想到一个细节，如果那次，王霞的母亲和哥哥来的那次，如果请客的是丁铁——他们在餐厅里坐下来，面前铺好了鲜红色、柔软喷香的餐布。然后，丁铁把菜单拿过来，轻轻地、绝对绅士风地翻看着。"就来这个吧——五香乳鸽。"丁铁说。这时，王霞一定也是脸色泛红，眯缝着眼睛，身体微微往前倾斜着……

"也没说什么。我就夸了夸曼玲，说曼玲漂亮，他们家的房子宽敞，还有……还有那辆越野车也好。"

"哼！"

"你哼什么？"

王霞突然从镜子那边转过脸来，一脸诧异地望着姚

31

一峰，"你哼什么？你有什么好哼的！瞧瞧人家丁铁，又能干，又开公司，还有——人家可是十六岁就会给曼玲写字条了……"

09

王霞的哥哥从江南寄了封挂号信过来。信里有两样东西：一张香喷喷的粉红色结婚喜帖。喜帖四周镶着花边，左上角是一个胖乎乎的天使，光屁股，圆滚滚的胳膊后面长出了两只白色翅膀——右下角则是烫金的五个大字：

"我们结婚了！"

字体是俏皮的舒体，每个字都像酒后的醉汉，摊手摊脚地躺在那里，一脸的烂漫与迷离。

那张结婚彩照从信封里掉出来时，王霞"呀"地尖叫一声，一把就抢了过去。她把照片拿在手里，翻来覆去验证了好半天，才重新递给姚一峰——"长得也不过如此呵！"她噘起嘴巴、皱着眉头，眼神里却是放下一块石头的神态。对于新嫂子的长相，实在看不出她究竟是满意，还是不满意。

姚一峰倒是把那张照片仔细地看了看。新郎穿着深藏青色礼服，脖子那儿紧紧地扣了个深色领结——与上次看到的相比，王霞的这个黑铁塔哥哥好像长胖了不少。姚一峰还突然发现，黑铁塔的脖子其实很短。身体的高大，反衬出脖子的粗短——愈发觉得，那个紧扣在脖子上的深色领结，就像一只凶犯的黑手，"勒死他！勒死他！"

新娘其实倒还可看。至少，姚一峰觉得，她长得要比他想象中好出许多。像一切婚纱照中的新娘，她的脸和身上的白礼服一样白，非但白，而且僵。她咧着嘴，脸上撑开着笑，这也如同下半身怒张的裙裾——她是瘦小的，站在黑铁塔身边，戴着长截白手套的手从深西服里探出来。怎么看，怎么都像大街上被劫持来的人质，"不许动！不许动！"

两个人拿着照片看了半天，接下来便说到了回去参加婚礼的事。喜帖上倒是清清楚楚地写了两个人的名字："恭请王霞、姚一峰届时光临！"但首先王霞就不同意这样。

"一起回去？那要多少钱！简直是开玩笑了！"她说得气鼓鼓的，那张照片被她捏在手里，都有些皱了，倒颇像只折断翅膀的病鸟。"你倒是算算看——那要多少钱！路费，见面礼，还有礼金！两个人可不就是两个人的礼金！话说得倒轻巧，他们只要说一声，一起回去……"

王霞走的那天，姚一峰陪着她去火车站。

两人离开家时天上只不过滚着几片乌云，等进了车站，雨点却如同泼妇的骂街话——"噼噼啪啪""噼噼啪啪"，劈头盖脸地兜头下来了。车站小卖部那儿黑压压地围了好些人，抢购里面的伞和一次性雨衣。姚一峰拨拉了好久，外套上的扣子都挤掉两颗，才好不容易买到一把艳蓝色的折叠伞。他一只手打伞，另一只手拎着鼓鼓囊囊的旅行包——

刚才王霞就守着这只包，窝窝囊囊地站了好久。她脸上的线条直朝下挂，还蒙着层灰。昨天王霞特意去做了个新发型，准备回去见新嫂子时镇她一镇的，没想到却逢上了这场雨。一直到上了火车，找着座位坐定下来，她脸上仍然还是别别扭扭的。

"别忘了每天打电话……知道吗？"

她皱着眉头打开车窗，探头关照道。

姚一峰站在站台上，不断有拖着行李，在他身边跑来跑去的旅客，深一脚浅一脚踩在水塘里，泥点溅起来……

"路上当心点，看好自己的行李。"姚一峰说话时，有辆拖轮车正好被人推过来，隆隆的轮子声。

"你说什么呢？"

"你在说什么呵——"

王霞的眉头皱得恨不能倒挂下来，她再一次把头探出窗外，大声说道。但黄豆大的雨点打在她头发上，如同伸手触到了滚烫的铁块，她触电般地，又把头迅速弹了回去。

火车发出一声怪叫，在灰蒙蒙的雨雾里启动了。姚一峰看着车窗后面的王霞——为了防雨，她把车窗玻璃放了下来。现在，雨点像一只只发怒的妇人的小拳头，狠命地砸向窗玻璃；然后，突然又安静了下来，变成一行行幽怨的眼泪，唰唰唰直往下流。

隔着玻璃窗，姚一峰突然产生了一种奇怪的感觉：仿佛那正是王霞的眼泪，它们正从她的眼眶里涌出来，然后顺着她的脸庞，流得唰唰唰的。

10

王霞走后的这几天，姚一峰老觉得睡不踏实。前四天里，下了两天雨，又出了两天月亮。房间里到处弥漫着王霞的气味。厨房里是王霞的酱油、麻油、白糖和粗盐。客厅里是王霞的芬芳牌空气清新剂。卫生间里还残留着那种白色膏状的味道。最新的一只小鹿腿，风干了，姿态优美地挂在墙上。到了晚上，姚一峰钻进被窝里，那种香喷喷、干净的女人味道，仿佛仍然缭绕在姚一峰的周围。

王霞翘着一只脚，把脚指甲一根根剪下来。

王霞推开窗，纤弱的身体如同缠人的蛇类："月亮，看到了吗？真圆呵！"

但是不对，姚一峰并不是因为王霞而感到了孤独。是的，王霞确实不在，他也确实感到了孤独。但这孤独是因为王霞的离开产生的，却不是因为王霞造成的。姚一峰躺在床上，辗转反侧。有一天，到了下半夜的时候，他给"小卷毛"打了个电话。

是"小卷毛"接的电话。

"哥，是你吗？"她说话了。她即便还没说话，姚一峰都能听出那种蜷曲、纤细的气息。

"哥，你什么时候回来？这次可别再坐靠窗的位子了。"

"小卷毛"已经是个大姑娘了。上一次姚一峰看到她时，"小卷毛"看他的眼神里，已经有了一种少女的羞涩……但有一点是不会变的——她是他的"小卷毛"，他梦里永远的"小卷毛"。

那是个有月亮的夜晚。但姚一峰觉得有种特别奇怪的感觉，这感觉是他不熟悉的。即便"小卷毛"一如往昔的甜丝丝的声音，都没能把他从里面拖出来。这却是让姚一峰有些害怕的。

就在王霞走后的第五天，姚一峰意外地接到了曼玲的一个电话。

她在他们常去的米线店那儿等他。

也就是个把月不见，曼玲瘦得脱了形，就像换了个人似的。不，准确地说，现在她看起来几乎就不像一个人。她那头微卷的头发不知什么时候剪了，剪成男孩的长度，脸颊却像悬崖边的峭壁……她的脖子突然细了很多，撑不住脑袋似的，摇摇欲坠。她倒还是白，但那是骷髅才会有的白——仿佛为了证实这个可怕的感觉，姚一峰觉得，她身上正散发出强烈的消毒药水的气味。

姚一峰惊讶得张大嘴巴，半天说不出话来。

"我现在很难看，是吗？"倒是曼玲先说话。

"不……"姚一峰不由得慌乱起来，连连摆手道，"不是……但你瘦了，瘦得很厉害。"

曼玲笑了笑。但她笑起来显得有些勉为其难，叫人看起来都觉得吃力。姚一峰看着她吃力地笑，恨不能上去帮她一把。就像那个去悬崖的下午，帮她擦掉溅在脸上的山雀的血迹。就那样，就那样伸出一只拇指，轻轻地，轻轻地，如同傍晚的风刮过树梢。

曼玲从包里拿出一只小盒子，递给姚一峰："这是我送给王霞的，前些日子她告诉我，你们很快就要结婚了。"

"结婚？"姚一峰愣了一下，"哦，是嘛……真是谢谢你了，再过几天她就要回来了，到时候你自己给她吧。"

"不必了，还是你交给她吧。"曼玲抬起眼睛，迎着姚一峰有些躲闪的眼光，"今天我是偷着从医院跑出来的……这事一直瞒着你们，得了这种病，真是一点办法都没有。"

她又朝着姚一峰笑了笑。仿佛得病的不是她，却是他；也仿佛因为告诉了他这件事，而深感抱歉似的。

"那么，丁铁……他知道吗？"

那只悬崖上的兔子，丁铁的黑色墨镜，睡梦中阴森恐怖的峡谷。姚一峰听到自己的声音在发抖。牙齿和牙齿交错的声音。一个人从峡谷上掉下去，发出的撕心裂肺的喊叫声——

"他早就知道了。"曼玲淡淡地说道。

11

去医院的那天晚上，姚一峰特意换了身衣服。

那是套半旧的运动服，袖口、膝盖那儿都有点发白，布料也软了，摸上去像是瘫痪发软的动物的四肢。姚一峰穿上它时，略微觉得有点小，紧绷绷的，像蛇皮一样裹在身上。

他在房间里走了几个来回，然后，他夸张地伸了伸手臂，又使劲往上蹦了几下。

以前，在姚一峰还小的时候，每次去操场打篮球，他也总是会做一下这样的习惯动作。草吸足了水的时候就是这样；一只忧伤的暮色里的小鹿，看着前方影影绰绰的树林，它要奔过去，像薄暮里射出的利箭……姚一峰临出门前，在那面挂着小鹿腿的墙下站了会儿。他抬头看着它，安静地抽了一支烟。他昂起的下巴与它形成一道美妙的弧线，仿佛正在低声交谈似的。后来，他像是突然醒了，他向它伸出手去，手起刀落——啪的一声，它被他一把抓了下来，扔进垃圾桶。

　　街上到处是回家的人群。暮色刚来，但天并没有黑。反倒有一种迷蒙的雾气，像是从垂死的动物口腔里吐出来的。姚一峰记得，有一次，丁铁射中了一只小鹿。他们呼叫着奔到它身边时，它正侧躺在草丛里。它的嘴巴不断闭合着，从里面吐出来的就是这样的雾气。甜腻，黏稠，迷惘，一碰到空气就散了。但是后来，当他们提着血淋淋的尸体走在山道上、跨过密集的草丛往回走时，空气里到处都是那种雾气的气息。

　　怎么赶都赶不掉。

　　在大街上，姚一峰找到了一家自行车出租行。老板是个矮胖的秃子，正坐在门口的小板凳上剔牙。姚一峰果断地走向他。

　　"租车。"姚一峰一手推车，一手扔了张纸币给他。

"什么型号的？"秃子说。

"飞鸽牌。"

"嗳——什么时候还？"秃子的声音已经远了。因为车上的姚一峰是箭。

"不知道。"

车子骑得真快，微风凛冽。姚一峰觉得自己的脸上糊满了鼻涕。而那个沉闷的、几乎不像自己的声音，就是从那些臭烘烘的液体间流出来的。

"不知道。"姚一峰说。

12

躺在病床上的曼玲没认出姚一峰来。她不可能认出他，因为她睡着了，头歪向一边，枕在软而白的枕头上。在姚一峰看来，睡着了的曼玲，就犹如一个安静而又甜蜜的婴儿。虽然坐在她床边正打毛线的女护工是这样说的：

"她刚睡着。打了一针，昨天又整整痛了一夜。"

是个雪洞般空洞的单人病房。床边的矮柜上摆了一大束花，刺眼的鲜黄色，如同倾泻而下的蛋黄瀑布。姚一峰一下子叫不出这花的名字，只觉得半人高的枝条嚣张而凶狠，很像章鱼漫天飞舞的手臂。

姚一峰拖了把椅子，在曼玲床边坐下来。看着她。

"你瞧，她还是那么好看。"姚一峰说。

女护工打毛衣的手在半空中停了会儿……她觉得自己可能听错了话，抬起头，有点好奇地看了看姚一峰，又看了看床上的曼玲。

"小的时候她就是这样。一睡就能睡一下午，特别乖。"

姚一峰伸手给曼玲掖掖被子。掖被子的手像游动的蛇，往上游就触到了曼玲的脸，再往上游又碰到了曼玲的头发——曼玲的头陷在枕头里，枕头很白，但衬不出曼玲头发的黑。因为她现在既不是微卷的长发，也不是男孩的短发。现在，曼玲的头上连一根头发都没有，头皮青汪汪的，活脱一只煮熟了的鸭蛋。

姚一峰的手指在曼玲的光头上滑过去，滑过去……它们不断做着弯曲的动作，勾起来，又翘上去；翘上去，再勾起来。就像一只奋力想飞上天、但又被打折了翅膀的鸟。

"她的头发从小就是卷的。卷得特别厉害，像打着一个个小呼哨——"姚一峰把一根食指竖起来，堵在嘴上，轻声说道。

女护工的脸上闪过了一丝惊恐的神色。好多天了，她陪着床上这个丑陋的怪物，现在突然又来了个疯子。

女护工觉得姚一峰真像个疯子呵，他胡子拉碴的，上面还沾了好多脏东西。他可真脏，就像躺在床上的那个——现在，这个怪物的头动了动，朝着姚一峰站着的那一侧。她的两只眼睛也动了动，但那根本就不是人的眼睛，在女护工看来，那简直就像两只烧焦了的大洞。

女护工下意识地用手抱住了自己——在她看来，这个冷冰冰的病房里，只有那个叫丁铁的男人是正常的，虽然他确实是严肃了些，说话也冷冰冰的。但就连他，也已经有两天没来了。

这时姚一峰突然又说话了："医生怎么说的？"

女护工正沉浸在可怕的冥想里，忍不住哆嗦了一下："医生说……说命是能保住的。"

姚一峰恶狠狠的："就这样保住？"

女护工又哆嗦了一下："那是医生说的。"

姚一峰说："医生还讲了什么？"

女护工往后退了一步，战战兢兢地说道："医生还说，她可能慢慢地会失去知觉……但医生说了，她不会死，她不会死的。"

姚一峰的声音里突然有了一丝恍惚："那么，她会成为一个植物人？"

女护工察言观色着："但医生还说了，也不完全是植物人，她能听到别人说话。有时候，她也会觉得疼。"

姚一峰在病房里走了两圈。走到窗口的时候，他推开窗，探出去小半个身体，还用手指触摸了一下外面的空气。

"湿度挺高的，要下雨了。"姚一峰说。

又过了大约两秒钟，他重新走回到女护工面前，说道："你回去吧，今天我来陪她。"

"你……我还不知道你是……"女护工一脸的迷惘。

姚一峰直视着女护工的眼睛，坚定而明确地说道：

"我是她哥哥。"

13

姚一峰那天离开医院时已经是半夜了。在他陪夜的四五个小时里，一个年轻小护士进去过两次。第一次的时候，她好奇地看了姚一峰一眼。这个陌生的男人，正呆呆地坐在床边的椅子上。以前她从没见过他。

"都好吗?"小护士例行公事地问道。

她记得这个陌生的男人是这样回答的："一切正常。"

第二次进去时，那个男人正拿着手机通话。但他通话的姿势仍然有些奇怪：他嘴巴对着话筒，整个的上半身却向床上的病人俯视着。这给人一种感觉，他其实是对着床上的人说话，他嘴里说出来的话都是讲给她听的。

这种怪异的感觉，让小护士留意了一下他说话的内容。

"你爱哥哥吗？"他说道。

小护士不知道对方是怎样回答的，但紧接着这个男人又说了：

"哥哥也爱你。"

这是小护士最后一次查房，关门出去时，她还想着这件有趣的事。但很快也就忘了。已经很晚了，她觉得困倦。

下半夜的时候，在值班室里打瞌睡的小护士听到一阵急促的铃声，自行车铃的声音。这铃声清脆悠扬，让少女想起春天的田野，金黄色摇动的野花，几只羚羊在香喷喷的黑土地上奔跑……她微微笑着，重又沉沉睡去了。

没有下雨，月亮反而出来了。月色普照，如同白雾升腾。姚一峰骑在那辆"飞鸽"牌自行车上，潮湿、沁凉的雾气，它们爬在他的脸上、鼻梁上、他裸露在外面的双手上。看不见四周，白雾迷漫，如同看不见山崖的边缘。有些时候，在他还是一个少年的时候，他就会这样两手离开龙头，两脚离开踏板，缓缓地闭上眼睛。然后，车子载着他，向着雾气蒸腾的山谷，滑过去，滑过去……

其实刚才，他站在曼玲床边向她告别的时候，就已经有这种感觉了。他闭上眼睛，慢慢地向她俯下身去。他对她说了最后一句话。他要告诉她的。他说了。即便很有可能她根本就没有听到。等到做完了这一切，他果断地抬起手，拔掉了曼玲正在挂水的针头，以及所有正闪烁着红绿灯的抢救设备。他做这些动作的时候，仍然觉得手有点发抖。他一直都觉得自己是个怯懦的人，所以还是有些不太满意。

庭院之城

01

　　蒋向阳和陆小丹是同处一室的同事。他们在同一所中学，同时教授中学历史课程。他们的办公桌也是连着的，面对着面。这一年的杨柳风吹起来时，蒋向阳无意中发现，陆小丹的玻璃台板下面压了张年轻姑娘的照片。姑娘坐在小河边的一张石凳上，黑油油的长头发挂在肩头。看得出，她的牙齿不大好，但笑容很甜。

　　蒋向阳在这张照片前面莫名其妙地发了会儿呆。

　　蒋向阳今年四十来岁，头发已经有点谢顶了。前些日子，他的女儿刚过完六岁生日。因为糖果与甜食的问题，小家伙的牙齿也相当糟糕。蒋向阳认为，这主要是他妻子和母亲的问题。特别是他母亲。她看上去倒真不像个厉害女人，个子不高，说话温和，但她的唠叨和闲言碎语却常常有种奇特的力量。有时蒋向阳会不无沮丧地想，他当年的婚姻有很大一部分原因，正是源于这种唠叨和闲言碎语。遥想当年，他向现在的妻子求婚时，她也坐在小河边的一张石凳上。也是春天。也是吹面不寒的杨柳风……但蒋向阳觉得，他母亲矮小纤弱的身体就如同河对面的那排古城墙。

那城墙有好几千年了，砖块有些发黑，上面还爬满了青苔，然而无疑是固若金汤的。他不由倒吸了一口冷气。

那天，在小河边，两个年轻人，关于未来的规划与打算，一切都是顺利的。后来他们还聊了些新房和婚礼的事。临到终了，快要起身告别的时候，蒋向阳未来的妻子突然很轻很快地问了句："但是——你真的爱我吗？"

蒋向阳愣了一下，很快回答说："当然。"

回家的路上，蒋向阳重新把这个问题仔细地、认真地、反反复复地想了想。由此得出的结论大致是这样的：他确实还算喜欢这个女人。但如果感情的强烈度能用百分比来衡量的话，他想，在精神上不会超过六十分。在床上要略高些，但也不会超过七十分。然而有一点，或许还是能让他未来的妻子感到欣慰的。那就是他对她的"六十分"和"七十分"基本上是稳定的，不像对其他女人，很快就变成了"四十分"或者"三十分"，甚至更低些。

蒋向阳想，不知道这是否就是她所要求的"爱"。

几年前，那个求婚过后的下午，蒋向阳回家时顺带去花鸟市场转了转。这是他很多年来的老习惯了。他站在那些大大小小的盆景、鱼缸和鸟笼面前，发了会儿呆。

就在刚才，未来的小两口还为这事讨论了一下。姑娘的意思是这样的，客厅里放雀梅和米兰，吊兰则是应该摆在书房里的……至于那个不大的小院——

"种点竹子吧？要不，就栽些芭蕉或者梅花？"

她微微仰起点头，在薄得几乎透明的太阳光底下，她鼻翼那里几颗芝麻大小的雀斑便立刻生动了起来。不知道为什么，蒋向阳突然有种强烈的冲动。他很想伸出手去，摸一摸那几颗雀斑。它们有大有小，或深棕或浅黑。它们跳动着，闪烁着，让他未婚妻的脸在一瞬间变得异常真实起来。

就像刚才小河边的那场谈话，让他未来的生活突然变得明确、现实、并且触手可及一样。

这些年来，有一个想法是蒋向阳一直萦绕心头的。不思量，自难忘——是呵，如果没有那天的杨柳风，没有杨柳风下的那场谈话，他的生活将会是怎样的？蒋向阳没有经历过什么刻骨铭心的情感，因为没有经历，所以更加难以幻想。但同时他也隐隐约约的有种感觉：固然他的婚姻与刻骨铭心没什么关系，但即便真有此种经历，他也认为两者未必就有必然的联系——

在课堂上，蒋向阳讲到唐明皇与杨贵妃的故事时，总会背靠讲台，饶有兴味地来上几句《长恨歌》。这故事是教本里面的闲笔，各种样式的考试里都不会采用的，所以学生们多半也当花絮来听。有时候他会念

"春宵苦短日高起，从此君王不早朝"，但更多的时候他则念"上穷碧落下黄泉，两处茫茫皆不见"。

私心里，蒋向阳从来觉得《长恨歌》的精髓在于后面两句，当然，这样的判断，多半来自一个有些悟性的历史教师的职业身份。蒋向阳认为自己是充满理性的。比如说，他认为同样是对杨贵妃的思念，老年特别是下野后的唐明皇与年轻时的唐明皇是完全不同的。又比如说，虽然他认为，如果不是因为实在的母亲和虚幻的责任，他是不会用婚姻这种方式来构筑自己生活的……然而，杨柳春风里，在这个城市的一处小小庭院，蒋向阳还是给自己筑了一个巢。

先是他母亲气喘吁吁而又满怀喜悦的声音："这盆花放哪里呀？盆好像小了呀，你来看看，真的是小了呀！"

后来，他的女儿呱呱落地了。他第一次抱着她走进小院，他的眼睛跟着她的——她盯着什么，看了很久。任何的东西。他觉得她的眼睛里有很远很远的风吹进来。

等她长到三四岁，蒋向阳突然发现，她说话时有着比较严重的口吃。有时，他下班回来，看见她正坐在院子里，手里摆弄着穿粉色花边衣服的玩具娃娃。

"爸……爸，漂……漂……漂……亮。"

他蹲下来，看了看院子里枯掉的茑萝叶子，再看了看这个相貌与他奇像无比的女儿，轻声说道："宝贝，今天过得好吗？"

在一个瞬间里，他突然觉得，这好像并不是他真正想过的生活。但是——他真正想过的生活又是什么样的呢？他其实并不知道，他回答不上来。哦不，不是这样的，其实他是知道的……

这时，就像调皮的男孩在春风里玩起了双手脱把，蒋向阳眯缝着眼睛，微微张开了嘴巴。他觉得他的眼睛里有很远很远的风吹了过来。

02

恋爱中的年轻人心里常常会涌起些暖流，和蒋向阳同一办公室的陆小丹也不例外。陆小丹是个每天脸上焕发出新鲜的光泽、下巴刮得铁青的小伙子。每当他心里涌起暖流时，就会掏心挖肺地和蒋向阳聊些事情。

"我说老蒋，"陆小丹说，"其实女孩子真是长头发好，温柔。"

蒋向阳点头表示同意。今天上班时他又瞥了陆小丹的玻璃台板一眼，底下换了张照片，还是那粲然带笑的姑娘，但头部的面积增大不少，所以显得头发更长更顺，牙齿却愈发不好了。

通常都是陆小丹的话多，但你来我往，蒋向阳偶尔也会健谈起来。然而即便如此，也不知道为什么，陆小丹却老是隐隐约约地有种感觉，好像蒋向阳并不是针对什么人而话多——不可否认，有时他确实是激情澎湃的，但有时却又分明意兴阑珊。陆小丹觉得，蒋向阳只不过撞上什么就是什么，撞上谁就是谁。其实他是不在乎的，也是没有什么选择的。这感觉着实让陆小丹不快了好几天。

然而，当下一股暖流徐徐涌起时，陆小丹仍然忍不住会对蒋向阳说些什么。自然，蒋向阳坐他对面，两个人鼻子对鼻子、眼对眼的。但这肯定不是唯一的理由。当陆小丹对面那个位子空下来的时候，当那张椅子上光剩下一团空气在流动的时候，他常会不经意地想：蒋向阳这个人可真是有些奇怪的呀。

人世间的很多事情就是这样：不去想它也就罢了，但一旦想了，便是疑窦丛生，便是百思不得其解。陆小丹把蒋向阳上上下下、前前后后地在脑子里过了一遍。他得出了许多支离破碎甚至自相矛盾的印象。

学校组织课题观摩交流的时候，陆小丹随堂听过蒋向阳一节课。给陆小丹留下深刻印象的，倒不是蒋向阳着实不错的教学水平（蒋向阳是区里有名的历史老师，他班上还出过好几个历史课统考状元），恰恰相反，陆小丹有种奇怪的感觉：仿佛蒋向阳并不是真的很看重这些东西——他手里拿着那根顶端磨得又光又滑的教鞭，仰着微微谢顶的头，倒背了双手，在黑板前面走过来，又走过去。

唐朝，是呵，唐朝是中国最鼎盛的朝代。

宋朝，宋朝当然也是不错的。宋朝有个皇帝叫宋徽宗，立他为帝时，有人向太后告诫说他"生性轻佻，不可以君天下"。后来，他果然就把江山断送掉了。

当时，前排有个梳了童花头的女生站起来问："老师，那什么样的人才能当好皇帝？"

蒋向阳踱步的两只脚猛地站定："这倒是不好说，这问题不好回答。其实历史这东西，每朝每代的人都在重写，了解事实真相的可能性是极小极小的。"

童花头又问："那我们为什么还要学历史呢？"

蒋向阳想了想，反问道："你家里住哪儿？新城区还是老城区？"

童花头说："老城区。"

蒋向阳接着问："新房子还是老房子？"

童花头说："老房子。"

蒋向阳再问："外面有院子吗？"

童花头说："有个小院，但可能很快就要拆迁了。"

蒋向阳这才把手里举着的教鞭垂下来，慢条斯理地说："这个小院拆迁以后，可能会成为一块绿地，商场的一角，新的住宅楼，或者一个商业区的展示台，很多很多年以后，我们说到它的时候，除了不像它最初的那部分，它几乎什么都像。"讲到这里，蒋向阳略微停顿了一下，说道："其实学历史也是这样，至少，我们从中还能了解一部分的真实。"

这堂课听下来，陆小丹觉得相当吃惊。他不明白，蒋向阳何以会用这种否定与怀疑的态度向学生教授历史。当然，蒋向阳的学生基本都能把历史考试应付自如，但这仍然不能解释蒋向阳的教学姿态。有点像游戏地，举重若轻地，带着点坏笑地翻开记载我们几千年历史的书本……

实在忍不住了，陆小丹也和蒋向阳探讨。他先是问："老蒋，你说现在的学生聪明不聪明？"

蒋向阳想也不想就回答："当然，吃牛奶面包长大的，个个冰雪聪明。"

陆小丹不置可否地抬了抬眉毛："我们读书那时可不敢问这样的问题，老师说什么我们就学什么。"

有句话已经到了陆小丹的嘴边，结果也给咽了回去。是呵，以前陆小丹见过的老师也不像蒋向阳这样。他们要么是敬业的，有水准的；要么就是混日子的，误人子弟的。谁都不像蒋向阳这样——既能教出考试分数最高的学生，同时又在不断提醒他们：你刚才学的那些东西都是假的，至于真的，对不起，没人知道什么是真的。

陆小丹正处于恋爱状态中的准热恋阶段，三天两头和那位长头发、坏牙齿的姑娘见面约会。两人有时手拉手散步，有时面对面吃饭。也有时呢，既不散步，也不吃饭，两人就坐在公园的木椅子上傻笑。也不用说什么话，眼睛和眼睛碰上了，谁都知道里面的意思。比说话还要灵光。所以陆小丹觉得，世界上的事情都应该是清楚明了的。女朋友就是女朋友。喜欢就是喜欢。爱就是爱。

是呵，难道这还会有什么问题吗？

但对于蒋向阳这个人，陆小丹却着实觉得吃不大透。陆小丹是个碟片迷，另外还是个侦探小说迷。最近他看了一张碟。里面有个职业杀手，那可真是杀人无数，杀人如麻，杀人不眨眼。每次杀完人，他就搬家寻找下一个目标。而每次搬家时，却总是不忘随身带着一样东西：一只不大的花盆，盆里稀稀朗朗长着三片绿油油的叶子。杀手把花盆放到新家的窗台上，晒晒太阳，浇浇水，他自己呢，则安静地站在一边抽上一会儿烟。等到这一切都安排妥当了，然后——杀手再次推门出去，手里拿着枪，去杀下一个人。

也不知道为什么，好几次陆小丹暗暗琢磨蒋向阳这个人时，不知不觉地总会想到碟片里的这个职业杀手。杀人是个秘密，养花则是对于这个秘密的补充，是另一个秘密。这两个秘密是相互矛盾的。那么，这样说来，是不是人的一些不可思议的怪异行为都是秘密与秘密的相互抵消呢？

陆小丹想得有点昏头昏脑，于是就走出办公室，到校园的各个角落走动走动。这一走动，有好几次，陆小丹都遇到了蒋向阳。

陆小丹意外地发现，蒋向阳很喜欢去学校后门那儿的小树林。有一次，陆小丹远远地看到他坐在一个枯树墩上抽烟。还有一次，蒋向阳正围着树林吭哧吭哧地跑步。是个雾天，但从蒋向阳鼻子、嘴巴里吐出来的热气，在小树林上空飞过来，绕过去，就像神话故事里修炼成精的小白蛇似的。

陆小丹站在远处看着，发了会儿呆。也不知道为什么，在陆小丹的眼睛里，这时的蒋向阳变得不像蒋向阳了。这个出现在陆小丹面前的人，除了不像蒋向阳，几乎什么都像。

突然，陆小丹像是一下子想到了什么，三步并作两步地跑回办公室。一把拎起了桌上的那只电话。

听着自己的声音，陆小丹觉得有点不自然："你在哪里？"

……

连呼吸也是急促的："和谁在一起？"

……

想见她的愿望如此迫切，但却不是往常熟悉的那种迫切："那么明天晚上，还在老地方？"

……

欲说还休的："你……今天……算了，见面再说。"

……

窗外弥漫着雾气。黏黏的，和陆小丹现在的心情有些仿佛。这是以前从来都没有过的事情，所以多少有些让他生气了。生自己的气。陆小丹没精打采地坐了下来，看着玻璃台板下的那张照片。抱着一种怀疑的、因此也是相当痛苦的态度。

姑娘还是那个姑娘，不是特别漂亮，但是经常让他想到童年时枕边的第一缕阳光。她的长而柔顺的头发，她的不很整齐但仍然可爱的牙齿，她和他牵着手时汗津津的手指……这些都是他熟悉的，触手可及的。但是今天，他突然觉得那张照片活了起来。先是蒙了层雾，接着雾气褪去，照片里的姑娘一下子动了起来。

她从河边的石凳上站起来。慢慢地走着。河水一如既往，流得很慢，但是缓缓不断。她就那样走了一段，拐个弯，进了一个幽深的小院。

门，就在陆小丹的面前轻轻地、但是也死死地关上了。

她到底是谁？

一丝让人心头发痒的疑惑涌了上来。这是陆小丹清晰可见的生活里从没体会过的情感。不理它吧，焦躁不安，理了它呢，仍旧烦乱的那种情感。就像现在，陆小丹透过办公室那扇打开的窗，看到正从浓雾里跑步归来的蒋向阳那样。

陆小丹盯着这个白色的影子。他越来越近了。带着一大团潮湿迷乱的雾气。

陆小丹觉得自己有点恨他。

03

一个下着小雨的午后，陆小丹决定去一次蒋向阳家。

最近一段时间，陆小丹经常和长头发姑娘吵架。也没有什么理由。有一次长头发姑娘急哭了，红着脸对他说："你最近变了！"陆小丹不承认。陆小丹很认真地说："我发现自己不了解你。"长头发姑娘吸了吸鼻子，非常委屈地说："我一直就是这样的，刚认识你的时候就是这样的，你以前怎么不说这种话！"

陆小丹就沉默下来。

在心里，陆小丹倒也觉得长头发姑娘说得没错。是呵，在他们俩之间，其实什么事情都没发生，什么事情都没改变，但就是以前的那种感觉找不回来了。那种澄澈、透明、一眼望到底的感觉。有什么东西突然拦在了他们两人之间。陆小丹经常觉得如鲠在喉。噎着，但又说不出个所以然来。简直是难受无比。

他们仍然定期约会，约会的时候呢，也仍然散步谈心，逛街吃饭。在有些气氛相当融洽的时刻，过去那种熟悉的感觉，丝丝缕缕的，好像又一点点地回来了。然而，那团可恶的、白乎乎的雾气不知从哪里又冒了出来。陆小丹眨眨眼睛，觉得眼前的姑娘变了形状。陆小丹再眨眨眼睛，姑娘甩着长头发站起来了，再怎么走，他都只能看到她的一个背影。

有好几个礼拜，陆小丹都赌着气，理都不理蒋向阳。但蒋向阳仿佛一点都没在意这个。每天早上，在办公室的窗口，陆小丹看到他慢腾腾地骑着自行车过来。每天黄昏，又看着他晃晃悠悠地渐行渐远。他仍然不时地在小树林里抽烟，发呆，跑步。有一次，陆小丹甚至还惊讶地看到他在自行车上双手脱把，像只鸟一样地飞过了很长一段距离……

"神经病！"陆小丹小声嘀咕着。

他真的不喜欢这种感觉。莫名其妙的人，莫名其妙的事。什么都是恍恍惚惚的。就像碟片里那个刚出场的杀手，只见绿叶，不见刀刃。陆小丹觉得心里堵得难受。

没想到机会终于来了。并且来得很快。

这天早上，陆小丹被告知蒋向阳家里有事，他的课临时将由陆小丹代上。上午很快过去了。到了中午，看着屋檐底下滴得有气无力的雨丝，一个念头在陆小丹心里悄然成形了。

他先去超市买了两瓶酒，接着又在附近的花鸟市场选了一盆样式奇特的"六月雪"。这是卖主竭力向他推荐的。说是奇品。陆小丹不知道什么样的花草能称得上奇品。但就这样看上去，那盆"六月雪"歪脖子歪腿的，倒还真的有点奇怪。

陆小丹在路边叫了辆黄包车，先把"六月雪"小心翼翼地放在前面的踏板上，然后再抱了那两瓶酒坐上去。以前，陆小丹隐隐约约地听人说过，说蒋向阳喜欢在家里弄点花草什么的。至于那两瓶酒，一瓶代表着陆小丹的心意，叫作：一醉解千愁。还有一瓶则暗怀了陆小丹的心思，名为：酒后吐真言。

去蒋向阳家的路上雨还在下着。在东摇西晃的黄包车里，陆小丹看到这个城市打湿的一角，像一张墨染的宣纸般慢慢地打了开来。

今天早上陆小丹代课时正好讲到了"江南四大才

子"。因为是临时代课，陆小丹便留了些时间让学生自由讨论。结果他发现，绝大多数的学生对唐伯虎很熟悉。因为唐伯虎，他们对小丫头秋香也颇有几分了解。最有意思的是，他们总结出了"三笑"发生的真实地点，它们分别是：寺庙走廊的拐角，虎丘的后山，以及华府的后花园。

"落难书生中状元，小姐约会后花园。"后来陆小丹想想，倒也不无道理。有些真正重要的事情往往都是发生在后花园的。比如今天，他坐着黄包车，经过了无数的黑瓦，白墙，飞檐；骑过了很多的木桥，石桥，砖桥……在垂着青藤和爬山虎的白墙后面，有一处就是他每天同处一室的蒋向阳的家。

是呵，今天陆小丹要去的，就是蒋向阳的后花园。

出来开门的是个脸颊和鼻翼那里长了些雀斑的女人。她穿了件完全看不出体形的宽大衣服，外面还系着卡通图案、带荷叶边的围裙。完全不成体统。

陆小丹愣住了。倒不是因为雀斑或者衣着，而是这女人脸上的某种神情吸引了他。

一个人养花，他无数次地浇水、施肥、锄草、灭虫，但那些花仍然无数次毫无例外地死掉；或者一个还算耐心的教师，却遇上了永远没法把他教会的学生时，脸上出现的就应该是这样的表情。

"请问——蒋老师在家吗？"陆小丹欠了欠身。一时不知道是这个开门的女人错了，还是自己错了。

女人侧了侧身，让他进来。这不伴随语言的身体动作，却分明让陆小丹觉得：她很累，很烦，很失望，很无奈……这种种的情绪夹杂在一起，几乎让她连话都不愿意说了。

是个典型的江南人家小院。陆小丹沿着四四方方的青石板路朝里走时，还差点撞到了屋檐底下挂着的腌咸肉。一共有两块，为了防雨，其中有一块还盖着滑腻腻的油纸。

在一棵正疯狂开花的石榴树后面，陆小丹看到了头发蓬乱的蒋向阳。蒋向阳身上的两种色彩不由得让陆小丹大吃一惊：他的手里拿了一小束艳红的石榴花，而手臂上则缠着黑纱。

"是我母亲，昨晚上的事……本来不想麻烦你们的。"

或许是注意到了陆小丹盯着石榴花的眼光，蒋向阳接着说道："好几年了，她一直身体不好，瘫在床上……也没什么爱好，就是喜欢和小孙女说说话，还喜欢隔着窗玻璃看看院子里的花花草草……"

小院子里确实种了很多花。它们和陆小丹面前双眼红肿、头发蓬乱的蒋向阳有着某种共同点：一半的花开得很盛，而另一半则荒芜杂乱。这几乎让陆小丹生出一种错觉，仿佛大街上、庭院中、城市里的很多人，他们全都是一手拿着花，而手臂上则缠着黑纱似的。

陆小丹不知所措地把手里那盆"六月雪"递了过去。两瓶酒是装在袋子里的，陆小丹拎拎紧，顺手藏在了身后。

雨越来越小，连牛毛和针尖都不是了。看着比牛毛和针尖还要小的雨，看着它们在蒋向阳谢顶的脑门上留下的亮痕，陆小丹心头一阵发酸。他轻声说道："老蒋呵，学校那边你放心……自己身体要紧……过几天我再来看你。"

蒋向阳没说话。点点头。过了会儿，又点点头。

突然，蒋向阳说话了，他说："下次你来，替我带点学校小树林那儿的湿土。那边的土特别好，石榴、芭蕉和桃树都喜欢。"

陆小丹起身告别的时候，一个抱着漂亮洋娃娃的小女孩怯生生地走了过来。看得出她刚刚哭过，眼睛红肿着。但一看到开满了小白花的"六月雪"，小女孩马上开心地咧嘴笑了。还露出了一排黑黑的牙齿。

然而忧愁还是紧紧跟着她，她拉了拉蒋向阳的衣角，很认真地问："爸爸，人是不是都要……要……死呵？"

蒋向阳愣了一下，没说话。

小女孩又说："但那些卡……卡通书上的人……人就不会，他们刚刚倒下去死了，一会儿就爬……爬……起来了。"

是呵，有那么多事情她有点明白了，但还有那么多她不明白，所以她又开始问道："那么，奶奶是不是再也不能给我糖……糖……吃了？"

陆小丹走出小院时，雨已经完全停了。天上挂着小小的一道虹。颜色很淡，边缘甚至是白色的。根本就没有传说中的彩虹那样绚烂，那样明丽。

"你看，许许多多的花瓣围绕着花蕊，它们共同组成了一朵花……"

陆小丹的身后一直断断续续地传来蒋向阳的声音。

"爸爸爱你……爸爸当然也爱妈妈。你看，等到它们长大了就会开花，有一些花还会飞到天上去……所有的花都是美的，宝贝，像你一样美……"

陆小丹在门口停了下来。回转身，轻轻地、生怕触痛什么似地关上了小院的门。

凝视玛丽娜

2013 年的春天，在一次只有两个女人参加的谈话中，李天雨漫不经心地讲起了 1974 年在意大利那不勒斯完成的那次"节奏 0"的行为艺术。

"那女人叫玛丽娜·阿布拉莫维奇吧？"李天雨喝着一杯新茶。

"是的，好像是叫玛丽娜·阿布拉莫维奇。"戴灵灵发出很响的嗑瓜子声。

春雨绵绵的下午，两个中年女人——李天雨和戴灵灵，同岁，盘着同样一丝不苟的发髻，现在，她们各自经营着一个茶艺馆和一个小型艺术画廊。衣食无忧，云淡风轻。

"她是黑山共和国人……"

"前南斯拉夫。"戴灵灵纠正道。

短暂沉默。

"她母亲是军官吧，少校……还是中校？支持铁托的共产党游击队员。她和她母亲的关系好像不好，强硬的女人……不管怎样，她应该是革命者的后代。"

戴灵灵继续嗑着瓜子。

李天雨起身续上茶，站在窗前张望了一下，重新回到桌边，坐下。

"那次行为艺术表演持续了整整六个小时。她为观众提供了七十二个物品——随便用吧，她说，在我身上随意使用吧，摆布我吧，她说——随你怎么样都可以，我的身体是画布，桌上的七十二件东西是画具，你们当众画画吧。你们不用负任何责任，我自愿承担一切的后果。"

"啧啧，"戴灵灵摇晃着脑袋，"那些东西里好像有玫瑰花，羽毛和蜂蜜……"

"还有鞭子、剪刀和铁链！"不知怎么，李天雨突然加重了语气。

"哦，我倒是忘了——这件作品最后是怎么结束的？"

"一个家伙用上了膛的枪顶住了她的脑袋……而另一个人上去把枪夺下了。"李天雨冷冷地、不动声色地说。

02

1993 年，桃花开得很早的初春……两个形影不离的评弹学校学生李天雨和戴灵灵。两人的友谊缘于一次女孩子们热衷的玄妙游戏——类似于算命、血型和星座。

"你的生日究竟是什么时候？"戴灵灵好奇地问。

"4 月 27 日。"李天雨说。

"那怎么会是你的生日呢，那明明是我的生日。"戴灵灵瞪大了眼睛。

"可是，那确实也是我的生日呀。"李天雨也笑了。

同月同日的生日让两人很快亲近了起来，但她们很快发现，对于生活的态度和性格，两人其实几乎有着天壤之别。

怎么说呢，打个比喻。戴灵灵就像一个猎人，每天清晨睁开眼睛后立刻四下寻找猎物，包括别人的称赞，漂亮的衣物鞋子，新大陆，有趣的男人，经验，爱……而李天雨则更倾向于一个佛教徒：试图放弃所有的东西，轻松经历生命。

李天雨和戴灵灵都是寻常人家的孩子。家境不算很好，但也绝不太坏。清晨她们在小花园里吊嗓子的时候，万物初醒，空气清新，一切都还是令人欣喜的。但到了晚上，有时候她们被叫去一些新开张的酒店，莺莺燕燕，三两曲弹词开篇——新描的浓妆，借来的不太合体的旗袍——从那个时候开始，戴灵灵突然明白了一个道理：贫穷是一个必须经过比较才能得到的感觉。并不仅仅是小时候书本上说的，受到地主欺负、吃不饱饭的人才叫作穷人。

戴灵灵从来没觉得自己很穷过。而当她看到这个世界上还存在另一种生活时，她知道自己其实是个穷人。

进入评弹学校以后，戴灵灵相处的第一个男朋友是新加坡人，第二个是中国台湾人，接下来又以闪电般的速度相处过一个丹麦人……戴灵灵天生像是给外面的世界准备的，她每天的生活，从熊熊燃烧的日出开始，直到淡蓝色的夜幕降临，每时每刻，她生活着，其实只是在为另一种生活做好准备。

至于李天雨，则是另一种情况。

李天雨的母亲去世很早，不久以后，父亲另外成了家，所以她基本是由姨父姨母带大的。她成绩还算不错地小学毕业，不好不坏地读完初中，在接下来的学业问题上姨父姨母产生了分歧。姨母顾念李天雨早逝母亲的情意，希望她能继续就读正规的全日制高中——姨父是反对的——后来姨母终于妥协，其实也并不是真正的妥协，这是一种接受现实的选择，李天雨很容易就被辨别出既无"落雁之貌"，也非"经纶之才"，"她和大街上的那些女孩子有什么区别呢？"她的姨父姨母暗暗思忖。"她实在是和大街上的那些女孩子没有什么区别呵！"他们很快得出了结论。

那么，既然如此——她又凭什么要向生活索取或者争夺它所根本不能给予的东西呢？

于是事情就这样定下来了。

两个女孩子在评弹学校里学习发声原理、戏曲理论、化妆美容、甚至青春期心理。但是评弹学校不教宗教和哲学。如果她们知道，有人建议真正的艺术家生活中只要有九件东西就可以了，那一定是会大吃一惊的：

一件夏天穿的衣服、一件冬天穿的衣服、一双鞋子、一个讨饭的碗、一顶蚊帐、一本祈祷书、一把雨伞、一个睡觉的垫子、一副眼镜（如果需要）。

03

就在春天快要结束的时候，发生了这样一件事情。

戴灵灵新结识了一位香港男朋友——舒先生。在她和舒先生确定以后，有一天，她告诉同月同日生日的同学李天雨——一位外貌清秀性情孤僻、却又与她比较亲密的南方姑娘——她说，她将介绍一位新男友给李天雨，此人四十来岁，长相周正，斯文有礼。他在苏州有点私人事务，所以接下来这半年他将长居此地，打点生意，游览名胜古迹……或许，应该，当然了，在一个陌生的地方，孤身一人的男子，他是需要一位端正可人的女伴的。

"他也是香港人呢。"这个信息是戴灵灵最后说出来的。她微微涨红了脸，努力按捺着口气里一种强烈的东西。

一个礼拜以后，两个人去学校后面的小花园散步。吞吞吐吐地，戴灵灵对李天雨说："是这样的，我想，这件事情你还是应该要知道……那个要介绍给你的香港人……他，已经结过婚了。"

很快，戴灵灵跟着舒先生去了香港。临走时，她留给李天雨一张字条，上面写着那个香港男人的姓名和联络方式。她告诉李天雨，同样的字条也留给了那位香港人——他姓商，只不过上面换成了李天雨的姓名和联络方式。

"他很快会和你联系的呢……"戴灵灵说。

"当然，你也可以主动给他打个电话。"戴灵灵像是突然想到了什么，或者，她真正想说的其实只是下面这句话，她轻描淡写，声东击西，欲盖弥彰，其实只是想说出下面这句话。而只要说出来了，事情就可以像流水一样顺势而下，也可以如野火一般熊熊燃烧——但是——所有的一切，和她，戴灵灵，则是毫无干系了。

戴灵灵说："我也已经告诉过你了，他，是个结过婚的男人。"

04

2013 年的春天和 1993 年的并没有什么不同。桃花开得很盛，鸟儿在这个地方少了，总会在另一个地方多起来。女人们有点老了，却仍然有着同月同日的生日。

这天正是她们四十周岁的生日。

两个人决定一起过生日。就她们——李天雨和戴灵灵，两个人。

为这次生日聚会，两人做了不少准备工作。李天雨在桌上摆酒杯、法国南部的葡萄酒、芝士蛋糕、巧克力、脐橙、苹果、一台小型微波烘烤炉、菲力牛排、刀、叉、琵琶、三弦……还有一把搁在桌边的明晃晃的水果刀。

"你还记得那位前南斯拉夫的女疯子……在桌子上放了多少东西吧？"李天雨随口一问。

"七十二种吧。"戴灵灵从旁边的陈列柜拿出一本画册，翻到其中一页，念了起来："枪、子弹、蓝漆、梳子、铃、鞭子、口红、刀、叉、香水、勺、棉花、花、火柴、玫瑰、蜡烛、水、丝巾、镜子、玻璃杯、宝丽来相机、羽毛、铁链、钉子、针、安全销、发夹、刷子、绷带、红漆、白漆、剪刀、圆珠笔、书、帽子、手帕、白纸、菜刀、锤子、锯、木头、斧子、棒子、羊骨头、报纸、面包、葡萄酒、蜂蜜、盐、糖、肥皂、蛋糕、金属管、手术刀、金属矛、钟、盘子、长笛、橡皮膏、酒、奖章、大衣、鞋、椅子、皮革带、纱、钢丝、硫黄、葡萄、橄榄油、迷迭香科、苹果。"

"要是让你先用一种，你会选择哪个呢？"李天雨把烘烤炉小心翼翼地通上电。

"嗯……我会先选玫瑰吧。"戴灵灵说："你呢？"

"我也会先选玫瑰。"李天雨垂下眼睛。

05

二十年前，李天雨和香港人商先生相识的第一个星期，就收到了她这一生里的第一枝玫瑰花。

那个星期，他们一共见了三次面。

第一次，李天雨带着商先生穿街走巷，还去了一个水巷深处的园林。在假山洞里绕来绕去时，商先生突然不见了。等到李天雨昏头昏脑地钻出来，青天白日，洞口商先生摆出一个夸张的卡通熊动作，举起两只手，张大了嘴巴——

第二次见面，商先生请她吃饭。

"能喝点酒吗？"他问。

结果他们两个都喝了不少。商先生告诉她，其实他祖籍应该是上海浙江这一带的，祖父那一辈辗转去了马来西亚，再是香港；在学校里学的是艺术方面的专业，然而现在转行做了生意；十来年前他在一个爵士酒吧，以及一个小型歌剧团里都干过一阵，结果当然也一样……总是觉得被一种莫名其妙的力量控制着，干不成自己真正想干的事情……

商先生倒是狠狠夸奖了晚餐时的新鲜活鱼。商先生说他吃惯了生猛海鲜，今天才明白湖鱼的细洁鲜美，就连那些小小的鱼刺也是伶俐可爱的。

李天雨则回忆说，在她很小的时候，与母亲一起去鱼市买活鱼，养在水缸里。因为父亲要晚上回来吃饭，所以鱼得以在水缸里幸存大半天。李天雨说她一直记得母亲的这些话——"那时你就隔着玻璃和鱼玩上好一会儿，后来困了，在床上睡着了。等再醒过来的时候，我和你父亲坐在餐桌前等你，桌上则放着一大盆香喷喷、冒着热气的美味鱼丸。"

商先生手里拿着酒杯，听得很仔细。

"后来呢？"他问。

"后来……我母亲问了我好几次……她说你真是个奇怪的小孩子，其他的孩子看到一起玩过的狗呵猫呵死了，都会哭的，但你一点表情都没有，洗了手就坐下来吃鱼丸了，冷静得让人心寒，没有感情，简直……简直就不像一个五六岁的小孩子……"

商先生听得入神，这时说："那时你还那么小，记不得鱼丸和水缸里那些鱼的联系的。"

李天雨摇了摇头，说："我母亲认为一定能记得的，特别是童年时代。"

商先生笑了，说："你母亲真是个敏感细腻的人。"

李天雨沉默了一会儿。

商先生又问："长大了以后，你是不是很像你母亲？"

李天雨轻声回答："她去世得很早，在我还读小学的时候。"

接下来的事李天雨说得就像一段背熟的评书——她父亲如何跟着一个眼梢吊得很高的女人走了。她养过的一只猫就是被那凤眼女人扔掉的。她有两颗假牙，凤眼女人给她吃过太多的糖。她父亲有一段时间嗓子突然哑了。还有，她那两个面目慈祥的姨父姨母……

商先生突然插话："那只猫——你说你养的猫被扔掉了，那时你哭了吗？"

李天雨说："还是没有。"

商先生皱皱眉头，说："不知道为什么，我总觉得你失去那只猫，应该是在鱼丸那件事的前面。"

"为什么？"

"不为什么，只是一种感觉。"商先生说。

李天雨和商先生的第三次见面是在两天后的晚上。他们一起去看了夜场电影，在灯火辉煌的大街上，商先生吻了李天雨。就在李天雨感觉天昏地暗的时候，那朵人生里馥郁艳丽的玫瑰出现了。它出现在商先生的手上，像一滴久旱过后的甘霖。

06

在后来交往的那段时间里，只有一次，在谈话时他们提起过戴灵灵。

商先生对她的评价简单明了："很漂亮的女孩子，喜欢物质。"

往下就没有话了。

李天雨隐约觉得，商先生对于戴灵灵的评价更类似于"物"，看似褒奖，其实不带情感，更没有精神。

这突然令她警醒。于是她尽量、几乎极少在商先生面前提到钱——这种态度有悖初衷，甚至有点刻意——但商先生的态度同样耐人寻味：他从不带李天雨去高档餐厅，李天雨收到的唯一礼物，是一条普通到不能再普通的长方形丝巾，外包装纸上倒是印着花纹繁复、质地考究的波斯图案——然而，这除了多少能够证明商先生具有含蓄优雅的品位，其他的，几乎什么都无法证明。

因为——商先生不愿意在她身上花钱？商先生本来就没有太多的钱？商先生认为她和戴灵灵是完全不同的两种人？商先生在悄悄试探她，就像一位富有经验的猎人？……李天雨记得，戴灵灵和香港人舒先生谈恋爱的时候，经常会把收到的礼物拿给她看。玫瑰也是有的。然后是香水，口红，高跟鞋……这些东西零零星星散落在评弹学校的寄宿宿舍里，半夜醒来，李天雨可以看到各种美丽的形体，闻到各种芳香的气味。李天雨突然觉得，或许，自己其实比戴灵灵更需要这些美丽的形体和气味，只不过由于自小的环境和身世，朴素的生活和刻板的性格，使得自己更像一个守株待兔的人。

倒是有那么一次，商先生突然对她说："这次来内地，现金带得不多……不过租的那套公寓里倒是添置了一些家具……等到走的时候，你让人一并拖走吧，不要客气。"

李天雨惊得连连摆手，说："这怎么行！这怎么行！"

于是这事搁下不论。

此时刚是初夏。距离商先生离开尚有一段时间。

他们经常在周末见面。李天雨穿得清纯中稍稍带点时髦，商先生则衬衫西裤烫得笔挺，胡子刮得溜光……他们面带笑意地走向对方。略带讨好的，试探的，小心翼翼的。

后来，在很长一段时间里，李天雨想：如果商先生对别人介绍自己，又会怎么说呢，一个"在社会主义单调的禁欲主义生活中成长的女孩子"？

07

"二十年前，我们躲在宿舍里，抽了平生第一根烟。"李天雨优雅地吐了个烟圈。

"像做贼的感觉……心都快要跳出来了。"戴灵灵也点了一根。

"任何事情，好像开始时总是小心翼翼的。"李天雨意味深长地停顿一下，"因为多少有禁忌。"

戴灵灵想说什么。突然沉默。

"你去烤一下牛排吧。时间不早了，你饿了吧……看到了吧，刀在那里，小心一点。"李天雨不紧不慢地说。

08

二十年前，事情的转折发生在又一次酒后。

其实就在和商先生交往后不久，李天雨就发现商先生有些嗜酒。好几次她都大吃一惊，一个西装革履、温文尔雅的中年男人，三杯两盏下肚，突然就像换了一个人——领带歪了，或者干脆拽下来，那用力的程度，仿佛下意识里想把自己勒死；眼眶有点泛红，眼珠子鼓出来……她发现商先生竟然还会说粗话，在他和她渐渐熟起来以后——

他先是抓住她的手，说些温情脉脉的话。

"你真是个小甜心。"

"你知道吗？我需要你的陪伴。"

他把她的手放到自己的唇边。那嘴唇的柔软和温度让李天雨红了脸。但他很快就醉了。他开始骂人。

他骂每个人。他虚伪的上司，恨不得在他身上扒出每一分钱来；他的一个朋友，借了他三千块钱，三年了！整整三年了！（不知为什么，李天雨总觉得他在说舒先生，就是把戴灵灵带走的那个香港人），他连他贤良的老婆都骂——因为她过于贤良，贤良到让他觉得几乎是种阴谋！……他咕咕哝哝地说着，突然想起了什么，拿起酒杯，仰头喝完，再抓住她的手。

"你真是个小甜心，只有你是我的小甜心。"

他埋下头哭了起来。再次抬头的时候，鼻梁和嘴唇之间挂着一小行鼻涕。脏兮兮的。

但李天雨并没有感到他脏兮兮的。她觉得自己怜惜这个男人。有时候她也会探究这种怜惜的根源。寄人篱下的刻板的少女时代，就如同她大部分衣服裙子都是姨母改过的旧物。姨父在一家区级机关工作，每天准时上班下班，说话总是同样的不咸不淡的口气。她从来没见过他哭。他甚至好像也很少笑。她姨父姨母家的每一件家具都摆得那么齐整，高尚，带有潜在的共产主义精神而一尘不染，却奇怪地不具备任何感情。很多时候，她一个人在家的时候，她真想拿起锤子斧子，拿起厨房里的切菜刀，砸烂那么一件两件……然而每个见到她的人都说她是个乖孩子。这真是件无比奇怪的事情。

那天商先生彻底醉了。她给他倒上浓茶，一小碟镇江陈醋，热毛巾敷在额头上，老式电风扇呼呼地吹着。她看着躺在沙发上崩溃成一团烂泥的商先生——就在前几天，他们上街闲逛，商先生指着四周方方正正的建筑，说他不喜欢……这样的建筑，它们为什么会被设计成这样？千篇一律，笨头笨脑，最重要的是，它们完全看不出带有什么感情色彩……那天他朝她挤挤鼻子，做着鬼脸，问道："难道社会主义的建筑都是这样的吗？"

而那天，看着沙发上的商先生，她突然想到一句有趣的话，她甚至很想推醒商先生，问他："原来资本主义就是一团烂泥呵？"

晚上十二点钟的时候，商先生醒了。

他额头上沁出细细的汗珠，手臂则像藤蔓一样垂落在沙发一侧，他整个人是柔软的、无力的，如同一条被海浪冲上沙滩的病鱼；他呆呆地一脸迷茫地看着李天雨——西方教堂里有许多无辜的天使，他们漫天飞舞，或者停下来休息、沉思……天使大多也是柔软的，惹人怜爱的。

"你真好，"他说，"只有你愿意陪伴我。"

他一把拉过李天雨，就像拎起一只树下的兔子。

09

第二天，天光还未开启，李天雨离开了商先生的公寓。

商先生已经完全醒了，他慌慌张张地穿上衣服，看了一眼歪在床上的李天雨，想说点什么……终于还是欲言又止。

厨房里叮叮当当一阵响动，接着传来商先生的声音：

"来杯咖啡？"

"我不喝咖啡。"

"那么……一杯茶，你想喝茶吗？"

……

过了会儿，商先生回到房间，手里端着一杯咖啡一杯茶。他侧身坐到沙发上——商先生不知什么时候刮了胡子，身上是簇新的灰白竖条纹衬衫，扣子扣到脖子下面第二粒。破晓时分，气温降下去一些。商先生站起身，关掉老式电风扇，再次坐下，并且用力清了清嗓子。

商先生的声音起了微妙的变化。这种变化可以解释为：一个醒了酒的人重新把自己收拾得齐齐整整、毫无漏洞，也可以进行这样的想象：一块正在融化中的冰在降温中再次凝结成固体，并且更坚硬，更锐利。

"昨天我喝多了……"商先生再次清嗓子。

李天雨沉下头。

"真是喝多了，现在还头疼……真是对不起……"商先生喝下一口咖啡。但喉咙里仿佛是药的感觉，他皱了皱眉头。

"是有点多，你还吐了。"

商先生站起来给李天雨续上茶，动作麻利而略显殷勤，对于一个照顾了他整夜的人，这样的动作和神态真是最合适不过了。

"我喝不了那么多酒的，真是不好意思……而且……喝多了以后，很多事情第二天我怎么都想不起来了……对了，昨天我说什么了吗？"

"没说什么。"李天雨抿了抿嘴唇。笑笑。

商先生也自嘲似的笑笑，仿佛这真是一件非常好笑的事情，仿佛他正在和一位知心好友谈论一件轻松而好笑的事情。当然，在说话的过程中，他会稍稍停顿，看一看李天雨的脸色。他好像又觉得热了，重新打开电扇。房间里再次充满了沉闷而有规律的吱嘎吱嘎声。

大家都沉默了一忽儿。

"我怎么会喝那么多酒呢？"商先生像是问李天雨，

也像是在问自己。

这次李天雨没有回答，眼睛看着别处。

"我记得……我们先喝的葡萄酒，是吧……"

……

"然后是啤酒，还有威士忌……"

……

李天雨离开商先生来到大街上，走了一段路以后，天色渐渐亮了起来，街上有担着新鲜蔬菜莲藕的小贩走过，小巷子里传来主妇们疲沓的拖鞋声，门开了，伸出一只有点浮肿的光腿，或者肥大得飘飘荡荡、无以着落的睡裤，打哈欠的声音，亲狎的嬉笑声——正常的、有规律的、满足或者并不那么满足的生活就要开始了。

有一缕阳光照在李天雨的脸上。她下意识地闭了闭眼睛。

她脑子里突然出现了一个奇怪的念头。这个念头一旦出现就再也无法克制不去思考，不去假设，不去延伸——她想到了两个人、两段话、两种场景。

一个是春天快要结束的时候，她在评弹学校的同学、朋友戴灵灵神秘兮兮地告诉她，将要介绍一位新男友给她，然后，在一系列的周折、停顿以及铺垫以后，戴灵灵补充了这样一句话："这件事情还是应该要让你知道，他是个结过婚的男人。"

另一个，则是今天早上，就在刚才，商先生一而再再而三、极其无辜而又意味深长地重复着这样一个意思：昨天晚上商先生喝多了酒，而酒醉的人既不知道自己曾经说了些什么话，做了些什么事情，更不知道哪些是错的，哪些是对的，还有哪些可能有点过了头……所以说，可能什么都说了，什么都做了，什么都发生了——但是，仍然还是什么都没说，什么都没做，什么都没有发生。

李天雨觉得自己的生活是怪异的。看起来这是多么柔软而又温情脉脉的生活呵。知心闺蜜拉着你的手，在你耳朵旁边哈着热气，告诉你生活将会有一些甜蜜的变化——但是，很快，在温情脉脉的绸缎下面冒出刺来，冷冰冰的，一碰就疼的，会扎出血来的——这本质性的真实被放在绸缎下面，一起如数奉上，呈现给你。与此同时，你又如何去回忆那些让你心动的气息、声音以及身体的温度，当有人一再地强调、暗示，这一切，只不过是酒精控制下的无意识行为……整个的，商先生被一只充满酒气的玻璃瓶子罩了起来，商先生是安全的。而李天雨赤身裸体，无依无傍。商先生递给她一颗糖。

"这是一颗糖。"他告诉她。

她剥开外面包着的一层薄纸，吃了下去。

10

在评弹学校读书期间，每个礼拜，李天雨要回姨父姨母家一次。当然，这个频率是刚开始的时候，后来就有所变化，十天一次，两个礼拜一次，一个月……甚至更久一些。

姨母会下厨添几个新菜，姨父则坐在沙发上，跷着二郎腿翻阅当天的报纸——即便如此放松的一个动作，也能隐约感到他浑身的肌肉仍然处于绷紧的状态中。如同旷野里的兔子，随时竖起耳朵，揣摩树林深处的风声。

报纸翻得差不多的时候，或者就在翻阅的过程中，姨父也会偶尔抬起头，看她一眼，不紧不慢地说上几句话。

"在学校里过得好吗？"

"挺好的……"

"哦，那就挺好……前几天遇到你们一个老师，说你有几个晚上没回宿舍睡觉？"

……

厨房那里突然安静了下来。整个房间寂然无声。

……

"也可能是你们老师弄错了，她可能弄错了人，你们一个宿舍有好几个人吧？"

"六个人。"

"是呵，六个人，那是很容易弄错的。"

寂然无声中吃晚饭。

睡觉。

李天雨把小房间的灯灭掉。过了会儿，姨父姨母房间的灯也暗了下来。

李天雨在黑暗里睁大了眼睛，突然想起，在她还很小的时候，有一次，早上醒得早，穿着睡衣，懵懵懂懂走到姨父姨母房间门前，手按在门上，轻轻一推，门开了。

姨父姨母还在睡觉。两人都光着，身上没有一丝一缕的衣服。

李天雨是在第二天临近中午的时候离开的，姨母准备了一些点心，让她带回评弹学校去。就在李天雨收拾衣物细软时，姨母把小房间彻底打扫了一下。她把李天雨用过的枕巾拿了起来——左下角那里有眼泪干涸后盐渍的痕迹——姨母放在手里，轻轻揉揉，又低头嗅了一下，最终和几件内衣内裤一起扔进了洗衣机。

11

商先生临回香港的前一天晚上，李天雨留在了他的公寓里。

商先生租的是一幢老屋的二楼套间，一楼住着房东一家，一个宽肩膀、卷头发的中年女人，她的丈夫有点黑瘦，总是佝着背在暗处吸烟……他们养了条毛色油亮的小黑狗，见到陌生人就会发出子弹出膛般的叫声。

李天雨和房东太太打过几次照面。

"商先生呀，你回来啦……"房东太太说话带有一种奇怪的尾音，绵绵软软。每次她看到商先生，总是满脸微笑，她甚至轻轻地向商先生鞠躬。

房东太太从来看不到跟在商先生后面的李天雨。她的眼梢从李天雨的头发上方飘过去，留下一小段意味深长的空白。

那天晚上商先生忙着整理行李，李天雨则在客厅看电视，屏幕上一个穿套装的女人正在播报晚间新闻。电视声音开得很轻，套装女人如同在说哑语，而李天雨更像一只惊弓之鸟，栖枝发呆。

李天雨先去浴室洗澡，然后一头钻进被窝。

商先生去洗澡。浴室里水声哗哗直响。商先生也一头钻进了被窝。

就在这时，楼道拐角口的公用电话铃响了。

房东太太的拖鞋声，接电话声，笑声，然后是嘹亮的叫声响彻整个楼道：

"商先生呀，商太太来电话了——"

商先生猛地停住了动作。李天雨一下坐起来，用手捂住嘴巴。

12

秋天的早晨有点薄薄的凉意。李天雨耸着肩膀站在大街上，而背景深处，房东太太家的小黑狗一直在尖声吼叫。

商先生叫了一辆半旧的菲亚特出租车，两只大箱子，一只小箱子，还有双肩包，后备厢放不下，于是堆到前面来。

车子开得颠簸，有一扇窗手柄坏了，摇不上去，风声呼呼地刮进来。

两个人挤作一堆，不知道为什么，都显得有点尴尬。

商先生先开口说话："家具的事……"

"我知道了……"李天雨连忙打断他，眼睛看着窗外。

商先生清了清嗓子，想一想，还是接着往下说："其实挺简单的，叫几个人，一卡车就运走了……"

李天雨不说话，还把眼睛低下来了。

破破烂烂的菲亚特开了大约一个多小时，有一段路正在维修，尘土飞扬，李天雨被吹进来的沙粒呛住了，咳个不停，一阵急促，一阵轻缓，直到商先生在国际出发的通道口向她告别时，咳嗽仍在时断时续地延续着。

商先生握了握她的手。那力度刚好让人回想起，过去的半年确实发生过一些不太寻常的事情，与此同时，商先生也想告诉李天雨，他会记得曾经发生过的一切。但是……他转身朝她挥手的动作，又分别在表达更为清晰明确的事实：他总是要走的。现在就要走了。很有可能，这是他们这辈子最后一次相见与别离。

就在这时，商先生突然停住了，转身再次向李天雨走来。

"你……"刚一开口，商先生就卡住了，他的脸还微微泛红。

李天雨能感觉到手心里的汗。她的身体不可思议地晃了一下。

"你……不要往我家里打电话。"

说完这句话，商先生的脸已经涨得通红。

13

那封写给房东太太的信，是商先生走后的第三天寄出的。

您好！

　　您可能不记得我是谁了，这没关系。但世界上的很多事情并不都像您想象的那样……

　　商先生房间里的家具，请您处理一下吧。

一个您不熟悉的人

　　信被李天雨装在一个小牛皮信封里。天上下着小雨，人迹寥落。评弹学校的南门附近有一个邮政信箱，李天雨撑着伞，听见稀稀拉拉的雨声融化在伞面上，听见自己的脚步声——就在三天前的那个早晨，她和商先生一起走出公寓的时候，她也听到了这样的脚步声，犹犹豫豫的，担心一脚踩空，却又明明留恋着什么。

　　商先生提着一个箱子先下楼。她守着门，等商先生返回来，拿另外一大一小两个箱子。

　　房东太太就是在这时候突然出现的。

　　她穿着深色外套，站在楼道的拐角口，就像一个巨大的阴影扑向她。

　　"你是谁？"房东太太的声音像一把刀。

　　李天雨猛地哆嗦了一下。

　　"你是妓女吧？"

　　李天雨觉得自己的腿在发抖。

　　"我看你就是个妓女，小小年纪就勾引男人，怎么这样不要脸！"

……

李天雨和房东太太单独对峙的时间其实很短，商先生提着箱子下楼，安放妥当，再度上楼，也就相隔那么三五分钟吧，但就是这短短的三五分钟，李天雨觉得自己完全说不出话，头脑里没有思维，整个身体像被钉子钉在楼板上，无法动弹。她被一个陌生的女人咒骂着，用最恶劣最肮脏的语言，先是谨慎小心地刺探着，慢慢地变得越来越粗暴、野蛮、令人毛骨悚然……直到很久以后，李天雨仍然弄不清楚，当年的那个陌生女人，为什么会对她如此仇恨？这恨从何而来？为什么竟然恨之入骨？但是，有一种感觉是异常清晰的，那就是——如果这样的对峙再延长两分钟、一分钟、三十秒、二十秒、十秒，李天雨相信，房东太太一定会大声喊叫起来：

"警察！警察！把这个女人抓起来！"

李天雨听到那封薄薄的信落到邮筒里的声音。

一封莫名其妙的文艺女青年调调的信——"商先生房间里的家具，请您处理一下吧。"

商先生曾经一而再再而三地对她说，把家具拖走。是的，未必商先生不把她当成妓女，家具拖走了，权当付了嫖资，但商先生毕竟还会脸红。房东太太最早第二天就会收到信，捏着那张皱皱巴巴的信纸，她会大笑吧，还是不屑？她依稀会记得那个可怜的小女生……她真觉得她是妓女吗？或者她明明知道她不是——

雨渐渐大起来。无数个小水塘出现在李天雨周围。雨水落下来，软软的，再溅起来的时候，更像针。

那天晚上，李天雨没有回宿舍睡觉。她走进一间陌生的酒吧，喝了不少酒。在完全醉倒瘫软前的那一刻，李天雨觉得四周大雨瓢泼，而她如同身陷孤岛。她被困在那里，找不到任何人能够配得上她的爱和激情。

14

"后来，你很快就和舒先生结婚了？"李天雨优雅地跷着二郎腿。

"是的，到香港大半年以后。"

"半年以后……那正好是商先生走的日子。"

"哦，商先生……后来你还见过他吗？"

"没有，"李天雨摇摇头，"难道你还真以为——我和他还会再见面吗？"

戴灵灵把烤好的两份牛排端到桌子上。雨还在下，不大不小，但天已经完全暗下来了，形象停止，只能凭借声音来识别。端上来的牛排装在镏金瓷盘里。暮色已降，暗暗的金色有着锈气；牛排的轮廓也看不清，同样只能凭借香味来识别。

"开灯吧，开关在窗帘后面。"

灯亮了。像一小团初冬的暖火。两个女人坐在灯下，原先一丝不苟的发髻现在略微有些散乱，仿佛对于自然重力作用的绝妙呈现。

"刀有点钝了，没切好。"戴灵灵在李天雨对面坐下。

"没关系的，香味还在。"李天雨说。

"那就——祝你生日快乐？"戴灵灵举起了酒杯。

"也祝你生日快乐！"李天雨同时举起了酒杯。

"我第一次离婚那会儿，见到过商先生。"戴灵灵的眼睛转向窗外，"我和舒先生结婚大半年就离掉了，情绪低落，商先生请我喝酒……他还问到你了。"

"哦，是嘛。"

"他问你好不好……他挺关心你的，他其实……还是个好人。"

"这世界上坏人本来就不多的。"李天雨淡淡一笑。

"他其实也挺不容易的，他的小儿子两岁时查出先天性痴呆，他太太看起来性格温和，背地里对他很凶的。"

"哦，是嘛。"

"舒先生做生意欠了他一笔钱，这是我后来才知道的。商先生……怎么说呢，时间长了，我觉得他真是可怜，那段时间，我们经常在一起喝酒，每次喝多了，他都会问到你。"

"嗯，真是难得，我都快要忘了这个人了。"

"后来，我第二次结婚，和商先生的一个朋友，两年以后又离了……我没告诉过你，商先生是我的第三任丈夫吧？"

15

在灯光下，葡萄酒色浓得像血。雨声渐渐停了，但夜色越来越浓，也像血一样凝固在窗外。

"商先生……"戴灵灵长长地叹了口气，"如果我知道他有那个病，我就不提出和他分居了……"

李天雨在切一只脐橙，她沉着头，已经很长时间没有说话了。

"知道他出事的时候，我正在纽约现代美术馆，他前面那个老婆打来的电话，很简单的几句话，就是说，商先生突然发的病，隔天晚上走的，过个两三天就要办后事……"

"商先生得的是什么病？"李天雨抬头问道。

"躁郁症……他从十几层楼上跳下来，很干脆。"

李天雨又把头沉了下去。

"那时候我有一个情人,我和商先生的关系也已经非常糟糕,但我不知道他有这个病……"

李天雨又点了一根烟,但没抽几口就很快灭了。

"火……"戴灵灵盯着李天雨熄灭的烟头,若有所思,自言自语,"那个阶段,我不断地变换着情人,仿佛不断燃烧才能维持生命的火焰,燃烧,不断地燃烧……我没注意到那时商先生其实已经燃尽了。"

"你去现代美术馆干什么?"李天雨果断地打断了戴灵灵。

"那个叫玛丽娜·阿布拉莫维奇的女人,前南斯拉夫的行为艺术家,她在纽约现代美术馆有一场行为艺术表演,叫作'艺术家在现场'。"

16

"我是在接近闭馆的时候才进去的,美术馆外面每天都排很长的队,有人隔夜就来了,彻夜等候就是为了得到许可,可以坐在玛丽娜的对面——那年的 3 月 14 日到 5 月 31 日,一天 7 小时,她一动不动地坐着,在美术馆中庭,沉默地坐在一把木椅子上。排队的任何人都可以坐在她的对面……她睁开眼睛与你默默对视,你想要坐多久就可以坐多久。"

"那天发生了几件意料之外的事情。先是一个浑身纹满了地狱天使的大个子男人坐了上去，他狠狠地盯着玛丽娜，充满能量，但是大约十分钟以后突然崩溃大哭，像婴儿一样哭泣。"

"接下来是一位好莱坞演员，短短五分钟就手捂着胸口离开了，他匆匆奔向门口，很快消失。"

"一个穿连衣裙的姑娘坐了上去，她猛地把裙子脱掉，赤身裸体，她被黑人保安披上衣服劝走时，还在大喊着——我不知道有这个规定！我只是想让玛丽娜看到——其实我像她一样的脆弱……"

戴灵灵告诉李天雨，因为这一连串的事件以及处理耽搁了一些时间，所以等到快要轮到她时，美术馆当时闭馆的时间到了。

"那天你没有轮到凝视玛丽娜？"

"没有，而且永远也没有机会了，因为第二天，我就飞回中国，开始准备商先生的葬礼。在机场候机时还听到有人在谈论玛丽娜，他们叽叽喳喳，小声议论道——这女人太可怕了，她就像一面镜子呵。"戴灵灵说。

"镜子？"李天雨微微欠了欠身。

"是的，好多人都说，他们在玛丽娜的眼睛里显而易见地看到了自己。"

17

"那么，我们来尝试一下，你看着我的眼睛。"李天雨把椅子扶正，两手端放在膝盖上。

"好的。"戴灵灵稍稍迟疑，也端正坐好，低垂双目，然后猛地睁开。

"看着我的眼睛。"

"是的……"

"我第一次知道玛丽娜，是因为她那个'节奏0'的行为艺术，她说——随你怎么样都可以，我的身体是画布，桌上的七十二件东西是画具，你们当众画吧，你们不用负任何责任，我自愿承担一切的后果——你知道我当时想到了什么？"

"什么？"

"我想到了二十年前你那张字条。"

"字条？"

"你跟舒先生去香港前，留给我一张字条，上面写着商先生的姓名和联络方式，然后你还告诉我，同时你也留了字条给商先生，上面写着我的姓名和联络方式。"

"是的，我记得，我是留了字条给你，我还告诉你有关商先生当时的一些情况……但是，它只是一种境遇与现实的提示，你当然可以破坏它！"

"二十年后，我或许有这种力量去破坏它……而当时，至多只是经历了一场成人礼吧。但是——在那个过程中，我渐渐感受到一种隐秘的快感。"

"快感？"

"是的，后来回想起来，我突然明白了玛丽娜的'节奏0'，在那件作品中，她其实做了一次实验，她想知道：人们在不必负责的情况下会做出何等程度的事。这是一件阴险的作品，很像一个预谋，一次不知其终的逗引——当然，最终公众画出来的作品是暴力和凌辱，就像玛丽娜说的，'我强烈地感觉到被侵犯了，他们剪开我的衣服，把玫瑰花的刺扎在我肚子上，一个人用枪指着我的脑袋，另一个人又把枪夺下……'"

"人性中确实是有恶的……"戴灵灵眼光有些游离，"这些年来，你一直是一个人生活吗？"

"有过一个男朋友。"

"后来呢？"

"后来无疾而终，他突然厌倦了尘世，进了佛堂。我们最后一次见面是在一家闹市的素斋馆，我们静静地吃了一个多小时，我看着他的眼睛，他也看着我的眼睛。我觉得眼泪充盈了眼眶，但是他完全没有表情……就这样大约过了十来分钟，我知道我再也无法挽留他了，在那次对视中，我完全败下阵来，倒不是因为他把自己的艰难和痛苦传递给了我，而是因为他的眼睛里再也看不到任何东西。离开他以后，我在街上转悠了半天，我浑身发抖，但是丝毫不恨他……反而有一种提升起来的感觉，一种快感。那时候我突然明白了，没有人能够战胜空无一物。"

"这么多年，"戴灵灵长叹一声，"唉，还是再次祝你生日快乐吧。"

"你也是。"

"有时候我会想，如果没有当年商先生那一段，你……"

"不！"李天雨坚决地摇着头，"如果恶魔消失，天使也同时飞走了。"

哑

01

在时断时续的秋雨里，蔡小蛾沿着"小吃广场"的青灰色石板路，整整走了三个来回。

人生不如意十常八九。这话说起来谁都清楚、明白。但当十一月的秋风秋雨里，一个女人左手撑伞，右手拖着黑色旅行箱，脸色铁青地在同一条路上走了三个来回时，事情或许就有些严重了。

现在，雨水正顺着伞面滴滴答答往下掉。这说明雨虽然时断时续，但其实从来就没真正停过，并且还可能一直下下去。女人穿着浅米色秋衣，衣领竖着，脚上的黑皮鞋则泥渍斑斑……这表达的意思是，女人确实走了很长一段时间。或许被人看到的是三个来回，而其实根本就不止这个数字。

她遇到什么麻烦了。这麻烦或许还真不小。由于这个前提，一些猜测便有足够的理由成立。比如说，她右手拖着的那只黑色旅行箱。它的体积倒是不大，还不时在石板路上摩擦出沙沙的响声。但就在皮箱的夹层里，很可能就放着一些解决麻烦的方法：安眠药，毒鼠灵，敌敌畏，一把很容易就能割开动脉的锋利小刀。还有，一星期后去海岛的预订票——在那里，茂密的山间树林，以及巨浪滔天的暗色海滩……这些都是了结问题的相当不错的地点。隐秘，诗意，神鬼不知。特别是对于这样一位还算年轻并且也体面的女人来说。

虽然主意已定，但在打定主意和付诸实施之间的那段时间里，还是容易让人感觉无聊与伤感的。就像将死的天鹅跳起忧伤的舞蹈，古道上的纤夫唱着让人落泪的纤歌，恋爱中的女人穿上嫁时的衣裳。女人觉得自己也应该做些什么。随便什么。

她的目光停留在一根电线杆上。那是竖立在"小吃广场"西面的电线杆。像这样的电线杆，从南到北，石板路上一溜排了好几根。而女人恰巧就站在这一根的旁边。

电线杆上贴着好几张字条。有些已经被雨淋得面目全非了。只有一张还是清晰的。

她凑上去，仔细看了一下。上面是这样写的：

诚征四岁男孩临时看护。待遇面议。
联系人：陆冬冬。

拖着黑箱子的女人推门而入时，屋里有三个人。

开门的是个嘴唇开裂起皮、脸色苍白的女人。她一只手扶着门框，满脸茫然地看着门口这位不速之客。

"你找谁？"

"陆冬冬——是不是住在这儿？"

"我就是。"

"哦，是这样的……"女人把伞和箱子放在一边，接着又从上衣口袋里掏出一张纸。就是刚才在电线杆子上揭下来的那张。她拿着它，并且还晃了两下。"对了，我叫蔡小蛾，你叫我小蔡好了。"

"哦……你先进来吧。"

刚才还贴在电线杆上、现在却鼻子是鼻子、眼是眼的陆冬冬说道。她关上门，又把蔡小蛾让进屋，安排她在屋角的一张椅子里坐下。

这样，蔡小蛾就看到了屋子里的另外两个人。

一个男人坐在沙发上。他身边放着一小堆器械。听诊器，镊子，钳子，一台红绿指示灯正闪闪发亮的机器，以及一面银色小镜子。

这一小堆东西让蔡小蛾初步得出判断：这是个医生。

很显然，刚才陆冬冬正在和这个医生说话，谈话被蔡小蛾的敲门声打断了。所以现在他们正继续下去。

"你的意思是说……他聋？"陆冬冬说。

"不，他不聋。但他听不见。"医生回答道。

"那么，他是个哑巴？"

"他也并不哑——"

说到这里，医生咬了咬下嘴唇，干咳了一声。

医生似乎很想举出一个恰当的例子。例子一旦举出，问题也就说明了。但事情在这里出现了难度。所以他边说边琢磨着："你这个儿子呵，他的听觉系统是好的……但他确实听不见。他也不哑，但他不会自己开口说话。就好比……就好比……"

他的眼光转到了坐在一边的蔡小蛾身上，不由眼前一亮。

"这么说吧，就好比我们大家都在一扇门的外面，草地呵，菜场呵，医院呵。这些东西都在外面。我们要踢球，就去草地那儿，要吃西红柿、青椒白菜呢，就去菜场，万一碰上头痛脑热的，医院也在不远的地方。但这孩子不是这样，不是这样……他被关在了门里。他一个人待在那儿，再也不走出来了。"

为了说明这个精彩的比喻，医生从那堆镊子、钳子、小镜子里站起身来，以身作则地向门口走去。他这一走动，蔡小蛾就发现了问题：

这医生竟然是个瘸子。

大约走了五六步路，医生走到了门口。他打开门，为了表示出"门里门外"的意思，他还把门留了一条小缝。从那条小缝里，他伸出手，使劲地朝着陆冬冬挥了挥。

"现在明白了吗？我走回来了，刚才那位女士也走回来了——"他用眼光向蔡小蛾这边做了个简短的示意，很快又向陆冬冬那儿转过去，"但是他，你的儿子——他不愿意走回来。"

蔡小蛾看着医生一瘸一拐地重新坐回到沙发上。平心而论，除了瘸，这医生还真称得上是个帅小伙。双肩宽厚，肌肉发达，眼睛里还汪着水……他坐在那儿的时候，你怎么都不会想到他是个瘸子。但他一站起来，明白不过就是个瘸子。左腿比右腿短了好几寸。就是这样。这个世界就是这样奇怪。

这时，蔡小蛾看到的屋子里的第三个人——也就是电线杆上写着的那个"四岁男孩"，陆冬冬的儿子，瘸腿医生的病人——他正呆坐在窗口那儿。和医生的情况一样，他就那样坐着的时候，可真是个好看的孩子。夏日玫瑰的香气，清晨的第一滴露珠，还有微风里的一声口哨，说的就是他这样的孩子。和同龄孩子相比，他略微要胖些。胳膊、腿、脸蛋那儿都肉乎乎的。他的脑袋很大，有点挂不住似的靠在窗台上。今天妈妈给他穿了件漂亮的海军蓝上衣，衬着他的白皮肤，就像海面上飘过了白云。

只有在和他说话的时候，才能感到有那么点不同。比如现在，陆冬冬向窗口走过去。

"康乐乐。"她叫他。

男孩还是望着窗外的什么地方。窗外是天，是乌云，是远处小学校里光秃秃竖着的旗杆。

"康乐乐，听到妈妈说话了吗？"

她又走近些。并且慢慢弯下腰去。

医生叹了口气。他已经在收拾沙发上的那堆器械了。就在一个多小时前，在自己的小诊所里，他刚送走一个男孩。也是同样的病——自闭症，也就是重度的孤独症。这种病通常病因不明，也没有确切的治疗方式。所以和现在一样，确诊过后，医生能做的，也仅仅就是摇头叹息了。唯一不同的是，那个男孩是父母两个陪着来的。他们拿着诊断书，女的当场就哭出来了。男的搀着她。医生在男的肩上拍了两下，说："会改善的，要是教育得当的话。"说这话的时候，他自己都觉得心虚。他清楚地知道这些孩子将来的命运。就如同知道，他的瘸腿每次着地时细微的触觉。那些孩子……一个一个，他们的脸在他面前浮现出来，胆怯，木然，羞涩，然后便日渐粗糙。

"医生，"陆冬冬再次向他转过脸来。一般来说，女人遇上很好或者很坏的事情时，总是这样的。总是不相信。总是要再问一次，"他……会变成傻子吗？"

"他的智力没有问题，"医生小心地斟酌着字句，所以语速变得缓慢起来，"其实身体也没问题……"

"但他不说话，也不想听我说话。"陆冬冬喃喃自语道。

医生忍不住又叹了口气。他看着面前这个女人，不太美，也有些年纪了。她的这个孩子——他会成为她一辈子的负累的。这是件残酷的事情。对于残酷的事，医生通常都有着职业性的漠然。但他是个瘸子。他做梦的时候，大街是平的，草地是平的，就连楼梯也是平的。他知道绝望是怎么回事。所以说，在面对这个女人说话的时候，他想象着自己在雨天穿越泥泞之地的情境，尽量轻柔，尽量不伤害她。

他甚至还挺了挺腰板，做出一副信心十足的神气：

"你瞧，他会好起来的……总有那么一天，对吧？他还小，他只不过比别的孩子学得慢一些，是的，稍稍慢一些。你知道，总有些孩子是会慢一些的……如果他们比其他孩子更胆小，也更善良的话。"

瘸腿医生再一次向门口走去。这次可不是做什么比喻，而是一次真正的告别。医生走在前面，他走得比较慢，所以跟在后面送他的陆冬冬也放慢了脚步。她替他提着那只黑漆皮医药箱。里面躺着亮闪闪的听诊器，镊子，钳子，温度计，消毒酒精，还有镶嵌了红绿指示灯的小仪器……虽然在刚才的诊断中，这些东西几乎没一样派上用场的。

蔡小蛾看着他们。男孩，陆冬冬，还有医生。整个的谈话过程，从始至终，蔡小蛾都在静静观看，细细琢磨。蔡小蛾就像一只黑暗中的蛾子。现在，点点滴滴的小念头一闪一闪的，又如同夜色里的萤火。

关于这男孩的病，蔡小蛾觉得自己有点明白了。但好像又不是完全明白。反正，男孩得的是种怪病。这种病既不发烧，也不牙疼。你要是让他伸伸胳膊，他就能伸伸胳膊。你要是让他动动腿，他也能轻而易举地动动腿。你瞧，现在他的两条小白腿就垂在椅子那儿……不管怎样，就这样看上去，他可要比瘸腿医生健康多了。

过了一会儿，传来了陆冬冬上楼的声音。门开了，陆冬冬摇摇晃晃地坐下来，两只手抓住自己的头发……大约有那么四五秒钟的时间，突然，她想起了屋里还有另外一个人。

"你想清楚了，他可是个病孩子。"陆冬冬从沙发那儿抬起头来，默默地但又意味深长地看了蔡小蛾一眼。

"当然，我当然知道——他是个病孩子。"

这时陆冬冬开始仔细地打量蔡小蛾。很显然，看上去她可不像个当保姆的。

"那么，价钱怎么说？"陆冬冬问。

"随便。"

"随便？"陆冬冬有点不相信地重复了一遍。

"是的，随便。"

这显然不是能让陆冬冬放心的回答。所以她沉默了一会儿。而蔡小蛾仿佛已经看透了她的心思，相当镇静地说道：

"我也是个女人……其他我没法说什么，但至少我也爱孩子……你放心，我会心疼他的。"

03

蔡小蛾给男孩换上新衣服、新裤子。

蔡小蛾为男孩倒了杯热牛奶。

蔡小蛾端来一只方凳子，把男孩抱上去。接着又端来一只圆凳子，放在方凳子的对面，给自己坐。

"来，跟着我说。这是树，树——"蔡小蛾指着窗外的一排老树，做着夸张的嘴形。

"树上站着什么呢？是鸟，鸟——"

"从树叶中间跑过去的又是什么呢？是风，风——"

但这样的努力显然是徒劳的。男孩坐在方凳子上，一脸迷茫。蔡小蛾甚至觉得他根本就不看自己。根本就没有办法让他对一件事情感兴趣。蔡小蛾对他说"树"的时候，他恍恍惚惚地看着自己的鼻尖。蔡小蛾做出雄鹰展翅的姿势，"鸟"，她说，但男孩莫名其妙地笑了起来。接下来，蔡小蛾说"风"，男孩突然整个地扑到了蔡小蛾怀里去，就像一头撒娇的小兽。

没法和男孩交流，因为首先他根本就不看你。他不会因为你看着他，就觉得自己也应该回看你一下。同样地，你给他指出了一个世界，要牵着他的手，慢慢地把他带进去。谁都在那个世界里活着，但他甚至连看都不想看一眼——这就是男孩康乐乐和这个世界的关系。

蔡小蛾觉得有些哭笑不得。

中午，蔡小蛾在厨房炒菜。炒着炒着，她突然想到了一个问题。是这样的：因为陆冬冬要去上班（现在蔡小蛾已经知道，陆冬冬是一位中学语文老师，而中午和晚上还兼着两份家教），所以男孩的中午饭就得蔡小蛾来准备。她今天想给男孩烧木耳小母鸡汤，双菇苦瓜丝，还有香菇豆腐，所以一大早她就去菜场买了一只鸡，两条苦瓜，三两黑木耳，几块豆腐，还有些香菇和金针菇。又因为买了这些东西，所以就还得添上葱、姜、盐、酱油和香油。然后呢，炒菜需要油锅，有了油锅，又需要

114

把它放在灶台上，所以厨房是必不可少的……这些东西一个紧挨一个，彼此需要，彼此牵制。这就是一个秩序。世界上所有的事情，其实都有这样一个秩序在里边。

蔡小蛾想，男孩的问题就在于他是拒绝秩序的。只有两种人具备这样的决绝。男孩康乐乐是一种。至于另外一种，蔡小蛾想起有一个失眠的晚上，在黑暗里，她问自己："你为什么要死？"隐隐约约地，她听到有一个声音这样回答："因为我不想活了。"从这一点来看，蔡小蛾觉得自己与男孩倒是同一类人。

饭好了，菜也好了。蔡小蛾把它们放到饭厅桌子上，然后，又洗了手，抹干水渍。做完这些事情以后，她朝着男孩的方向习惯性地叫了一句：

"好了，吃饭了。"

突然，她想起了什么，猛地回过头来。

男孩正坐在椅子上，用心地啃着自己左手的大拇指。蔡小蛾叹了口气，走过去，小心地把他抱下来。似乎是为了回答自己刚才说的那句话，她低低地又把它说了一遍："好了，现在咱们去吃饭了。"

几天下来，她倒是真有点喜欢他。这个肉乎乎、眼神呆滞、什么都不听什么都不管的小家伙。这是她答应住在陆冬冬家的主要原因。另外，她也喜欢只有他们两个在家时的那种安静。那才叫安静。能听见窗外秋风刮过时树枝折断的声音；一只野狗懒散地趴在楼底下，眯着眼睛晒太阳；有几次，她走到那只黑色旅行箱那儿——自从进了陆冬冬家，它就躺在她住的那间小房间的床底下。这是间朝北的屋子，紧挨着男孩的房间。

她打开那只箱子。仔细地摸索一下。发一会儿呆。然后，再把它关上，重新塞回到床底下。

现在，男孩吃完了饭，正坐在外间沙发上。他又开始啃自己的手指头。不过这回不是左手大拇指，而是换成了右手的食指。蔡小蛾皱着眉头看他。当然，这个动作其实并不说明男孩对自己的手指感兴趣。他对什么都不感兴趣，对树不感兴趣，对鸟不感兴趣，对风不感兴趣。所以同样地，蔡小蛾认为他对她——蔡小蛾也不感兴趣。这种游离与漠然的结果是：

在这间屋子里，蔡小蛾觉得自己获得了无限大的自由。而这，则是她现在最需要的。开始的几天，她的睡眠突然改善了，强烈的头痛也缓解了不少。

04

这天晚上，发生了这样一件事情。

和前两天一样，蔡小蛾安排男孩睡下，又仔细检查了他的卧室，然后就回自己的小房间睡觉了。也不知过了多久，迷迷糊糊地，她听到了敲门声。

门口站着陆冬冬。她穿了件蓝底白条的绒睡衣，腰带松松垮垮地系着。她的头发也显得有些凌乱，一看就是刚从床上爬起来的。

"你……睡了吧？"陆冬冬说。

也不知道是自己睡眼惺忪，还是光线的问题，蔡小蛾觉得陆冬冬的神情有些古怪。她迟迟疑疑地点了点头，然后又本能地问道："现在几点了？"

"一点多吧。"陆冬冬说。还没等蔡小蛾对这个时间发表看法，她又说道："我……能进来吗？"

在蔡小蛾的房间里，陆冬冬大约待了一个小时左右。在这一个小时里，陆冬冬先是仔细询问了男孩这几天的情况：饮食，体温，睡眠，大小便，还有，他的注意力能集中些吗？他左胳膊上摔破的伤口是否好些？……蔡小蛾一一作答。但与此同时，蔡小蛾又不由得心生疑虑，"为什么？为什么要在半夜一点钟问这些呵？"她想。这样想着，她就忍不住抬头去看陆冬冬。在昏暗的床头灯下，陆冬冬的脸有点发青，眼圈也黑着，相当憔悴。"这么累，干嘛还不睡？"蔡小蛾又想。她正这样想着，陆冬冬的下一轮问题又开始了。

她先是站起来，看了看蔡小蛾睡的床，"被子还暖和吧？"

接着她又走到朝北的窗户那儿，"这扇窗不太严实的，雨下大了就有点漏。"

后来，她的目光在那只黑色旅行箱上面停留了一两秒钟。睡觉以前，蔡小蛾把它从床底拖了出来，现在，它正静静地靠在墙边上。

"要是有贵重东西的话，放抽屉里吧。钥匙我明天给你。"

午夜时分，男孩母亲表现出一种非常强烈的谈话的愿望，直到终于告辞离开蔡小蛾的房间时，似乎仍有点意犹未尽的样子。蔡小蛾看着她穿过黑暗的客厅，重新回到自己的房间。也不知道为什么，蔡小蛾觉得，今天陆冬冬的背影显得特别虚弱、瘦小、犹疑、无力……就像走一半就要摔倒似的。

蔡小蛾关上门，重新躺回到床上，睡意却完全淡了。她翻了几个身，感到太阳穴那儿又隐隐作痛起来。

"只能明晚再好好睡一觉了。"她这样想着。

05

蔡小蛾没想到，到了第二天晚上，陆冬冬又来敲门了。

她还是穿着那件蓝底白条的绒睡衣，腰带松着，长的那端一直垂到地上。头发却纹丝不乱。所以蔡小蛾几乎没法判断，她究竟是从梦中醒来，还是根本就没有上床睡觉。

这次陆冬冬什么也没说，就径直走了进来。

蔡小蛾带上门，跟在后面。她揉揉眼睛，犹疑了一下，还是忍不住说道："刚才……我去他房间看过了，他睡得挺好。"接着，蔡小蛾又伸出两根手指，在太阳穴那儿用力按了几下。

但陆冬冬一点没有要走的意思。她一只手撑着椅背，有点吃力地坐了下来。她的样子实在是糟糕透了——她的手从皱巴巴的睡衣袖子里伸出来，拿着蔡小蛾递给她的杯子。但那杯子连同杯子里的水，一到了她的手里，却像得了热病似的，充满神经质地不断发抖。她的脚光着，右脚上套着左脚的拖鞋……左脚倒是没穿错，但那分明是另一双鞋的左脚。

"你……没事吧？"蔡小蛾盯着陆冬冬奇怪的左脚，小声问道。

"没事，我没事，就是睡不着，找你聊聊天。"陆冬冬把手里的杯子放下来。突然又觉得不对，重新拿起来，喝了一口。

蔡小蛾在床沿上坐下来。她的脚触到了床底下的什么东西，她下意识地往里踢踢。方方的，硬硬的，应该就是那只黑箱子。她又抬起脚，用了点力，再往里踢了几下。

陆冬冬倒是一点没在意蔡小蛾的动作。她坐在床边的椅子上，手里捧着那只杯子。"带康乐乐……真是辛苦你了。"她幽幽地说着，眼睛则看着手里的杯子。

蔡小蛾按住太阳穴的手停了下来。康乐乐——她的眼前浮现出那张好看但又愚笨的脸；他永无止境地对自己的手指头感兴趣，以及几乎永远挂在脸上的口水、鼻涕；有时他不肯吃饭，她忍不住打他两下，他却冲着她咧开嘴笑了；还有一次，她给他穿衣服。穿着穿着，她的眼泪突然掉下来了，一串连着一串，怎么都止不住。说也奇怪，这孩子一向是声东击西、你指南他朝北的，那天却突然对她脸上的液体感起兴趣来。他伸出一根白白胖胖的手指，小心翼翼地碰碰她的脸，碰碰她脸上那些咸津津的东西。后来他一定明白了那东西的味道，因为他重新把那根手指放进嘴里，一边咂，一边眼睛亮闪闪地看着她……这真是个奇怪的小东西。乱七八糟的小东西。

"也没有，他其实还是挺乖的。"蔡小蛾脱口而出。

"再说，那天医生不也说了，他会好起来的，他会慢慢好起来的。"蔡小蛾觉得，除了想要安慰陆冬冬的部分，自己也并没有完全在撒谎。

"医生？"陆冬冬摇摇头，"他们全都这么说。"

"全都这么说？"

"为了这个孩子，"陆冬冬抬起头，几乎是恶狠狠地瞪了蔡小蛾一眼，"那天你见到的，已经是第二十三个医生了。"她赌气似的，把杯子里的水一口喝完，"我知道，其实我都知道，他们全都在骗我，全都在撒谎。"

陆冬冬让蔡小蛾去冰箱里拿点酒来。蔡小蛾拿着一瓶酒、两只杯子回来时，脑子里突然莫名其妙地蹦出一句话："第二十三个是瘸子。"她甩了甩头，那句话却一点没有被甩掉，还在那儿蹦来蹦去的："第二十三个是瘸子。"

等到两杯酒下肚，那句话才终于被抛在了脑后。而陆冬冬的脸上渐渐见了血色，话也有点多了起来。

她拉了拉蔡小蛾的手："你知道吗，发现他的问题以后，我见得最多的就是两种人……"

"两种人？"

"对，两种人。医院里的医生和寺庙里的和尚。"

"和尚？"蔡小蛾扬了扬眉毛。

"是呵，大部分遇到的和尚，是因为我去庙里求签。但也有例外的。有一次，我带康乐乐出门，在一条很热闹的大街上，一个穿僧衣的人迎面拦住了我们。那人长得很高，黑黑的，光头，穿一件浅灰色的长衣服。他在康乐乐面前蹲了下来，伸出一只手，摸了摸康乐乐的头。他那只手可真是大，足足有我的一个半还不止。后来，他站了起来，对我说：'你的这个孩子呵，他是个神。'……"

蔡小蛾张大了嘴巴。她以为自己是听错了，吃惊地问："什么？"

"是这样的，"陆冬冬的眼睛这时有些迷茫起来，"他说康乐乐的头上有一个光环……这当然是瞎话。他还说康乐乐到了八岁就会说话了……这种事情谁知道，谁都不敢说，就连医生都不敢说的。但他临走时很长地叹了口气。'等他会说话以后，头上的光环就没了，就给磨掉了。'说完这句话，他又蹲下来，摸了摸康乐乐的头。然后就头也不回地走了……你说这件事情有多怪，后来只要一想起来，我就觉得怪。"

"你不觉得怪吗？"陆冬冬突然问道。

蔡小蛾没提防她会这样问，一时不知该说什么。

"还有一次，"陆冬冬不等她回答，接着又说道，"我带康乐乐去看病，那家医院旁边恰好有个寺院，看完病，我就去求签。那天医生把康乐乐的病说得特别严重，所以我心情很不好。但求签的时候却求了个上上签，上面写着五个字：人善天不欺。那天我特别地失态，也不管康乐乐在旁边，'哇'地就哭出来了。后来我忍不住问那解签的。我说，我那么诚心，来了那么多次，但我希望的事却一直没有发生，这是为什么？"

"你猜他是怎么回答的？"陆冬冬打住了，有点紧张地看着蔡小蛾。

蔡小蛾摇摇头。但从她绷紧的嘴唇，以及下意识的手的动作看起来，她其实也相当紧张。

"他看了我一眼，很平淡地说：'那只能说明你的心还不够诚。'"陆冬冬停顿了一下，仿佛又把这句话重新过滤咀嚼一遍，"换了你，你会相信吗？"

"相信什么？"

"相信……相信有一天，康乐乐突然会说话了。"

陆冬冬死死地盯着蔡小蛾的嘴巴。仿佛从那张紧闭的嘴巴里面，随时都会蹦出鲜花、香草，蹦出穿着衣服的白猫，去而复返的光头和尚，或者已经开口说话的康乐乐一样。

06

陆冬冬的夜间来访一连持续了好几天。一般来说，她会在蔡小蛾的房间里待上个把小时。有时短些，一个小时不到。有时则长些，一个小时过十分钟，或者过二十分钟。这一天，在确认男孩已经熟睡过后，她们去楼下的林荫道上走了走。蔡小蛾穿了一件土黄色的薄呢外套。在她那只黑色旅行箱里，统共才放了一件外套、一件毛衣，还有一套揉得皱不拉叽的内衣。脚上那双黑皮鞋呢，也因为浸水时间太长，皮革纤维变得松软、疲沓。穿在脚上整个大了一码。倒是很像一只汪洋里的小船。陆冬冬还是披着睡衣，只不过在临下楼时，外面又套了一件式样明显过时的外套。但睡衣比外套长了一大截，腰带的两头一前一后，一头从外套敞开的前襟那儿垂下来，另一头则随着陆冬冬走动的步伐，不断拍打着她的两只小腿。

在离她们不远的路边，传来一声很闷的狗叫。

一个治安联防的，拿着手电筒在她们身上扫了几下。接着，光圈又落到了旁边的香樟树上。好像树丛里躲着小偷、抢劫犯，或者纵火者一样。几天以前，蔡小蛾打着伞、拖着黑箱子来的时候，几乎没有注意到这些枝冠浓密的树。而现在，她的生活里除了这些树，还突然多了一个自闭症男孩，一个绝望的母亲——这位名叫陆冬冬的母亲需要她。凭借女人敏锐的直觉，蔡小蛾早就看出了这点。但是她为什么需要她？仅仅因为男孩确实离不开一个照顾他的看护？

蔡小蛾想起了一件事情。就在早上，她整理房间的时候，无意中发现陆冬冬床边打开的抽屉里放着好几只药瓶。出于好奇，当时蔡小蛾拿起来看了一下。结果吓了一大跳。有些药名她熟悉，有些药名她不太熟悉。而她吓了一大跳的原因则在于，那些熟悉的药名，恰恰和她放在黑皮箱夹层里的一模一样。

她手里拿着药瓶，站在那儿，犹豫了几秒钟。最后还是把它们放回了抽屉里。那些药，它们或许说明了什么问题。但或许也并不能说明什么。然而不管怎样，出于对男孩的责任心，蔡小蛾觉得，有些话她还是应该提醒陆冬冬的。

"孩子还小，"她清了清嗓子，但同时又把声音压低了说，"家里有些东西最好放在他取不到的地方。"

陆冬冬一时没反应过来。但她一定也想到什么了，一脸讶然地看着蔡小蛾。

蔡小蛾只好硬着头皮往下说。

"比如说，小刀呵，打火机呵，药瓶呵，"说到药瓶的时候，蔡小蛾停顿了一下，但最后还是决定艰难地把话说完，"有些抽屉……最好能锁起来……锁起来就好了。"

在月光下，蔡小蛾觉得陆冬冬的脸色一会儿泛红，一会儿又有些发白。这个印象多少有点分辨不清。

如果是泛红，应该是陆冬冬在谴责自己不该有的疏忽；但要是发白的话，那么，刚才对于黑皮箱的联想可能就是成立的。蔡小蛾这样想道。

07

接下来的几天，蔡小蛾在给男孩穿衣做饭、教他说话、打扫卫生、整理房间，以及独自发呆、把床底的黑箱子拖出来、打开、摸索一番，再塞进床底这些事以外，突然又多出了一件事情：

查看陆冬冬房间里的那只抽屉。

这件事情是她完全忍不住要做的。明明知道不应该，明明知道是不好的，是违背道德的，但还是没法控制。做这件事的时候，她觉得自己带有一种好奇、犯罪感、责任心交替混杂的复杂心态。

有一次，那只抽屉真给锁起来了。蔡小蛾凑近了看，上面挂着把小铜锁。锁的边沿还有些斑驳的锈渍。

还有一次，蔡小蛾才轻轻一拉，抽屉就开了。但抽屉里面是空的，什么都没有。

最让蔡小蛾感到尴尬的是，有一天中午，吃完饭，洗了碗，康乐乐也开始在客厅里仔细研究自己的手指头……她鬼使神差地又进了陆冬冬的房间。这回抽屉里没有药瓶，却多了五六张大大小小的照片。第一张是个穿红肚兜的男婴，正对着镜头咯咯傻笑。第二张里还有那个男婴，不过他被陆冬冬抱在了怀里，还有个男人坐在陆冬冬旁边，戴黑框眼镜，白衬衣，条纹领带，相当精干的样子。但让蔡小蛾感到惊讶的是，照片里的陆冬冬是那样年轻明媚——这哪是那个半夜敲门、憔悴而又苍老的女人呵……

就在蔡小蛾翻看第三张照片时，那扇虚掩的房门突然开了。

康乐乐站在门口。

"康乐乐——"

蔡小蛾听见一只丽蝇"嗡"的一声飞走了，还听见康乐乐哧哧地吸鼻子声（那几天康乐乐正在感冒，鼻尖那儿擦得红红的），但蔡小蛾最清晰记得的，是自己的声音，虚弱，并且……蒙羞。

就像他经常呆呆地坐着那样，那天康乐乐呆呆地站在门口；然后，就像他经常无缘无故地哭一样，那天康乐乐咧开嘴，无缘无故地冲着蔡小蛾笑了笑。

蔡小蛾在康乐乐身边蹲下来，指着照片里的那个红肚兜男孩。

"来，来看看这个，这个是你吗，康乐乐？"

康乐乐笑笑，然后有点不好意思地往后缩缩。

蔡小蛾又指着那个戴黑框眼镜、穿白衬衣、系条纹领带的男人，问道：

"妈妈抱着康乐乐，对吧，这个呢，这个是爸爸吗？"

康乐乐还是在笑。他的身体不断扭动、不断朝后退缩，仿佛蔡小蛾手里拿着一条正吐着蛇蕊、随时都会扑上来的蛇一样。

现在，到了晚上，对于蔡小蛾来说，安静的睡眠重新成为一件奢侈的事。当然，原因与以前是不尽相同的，至少多了以下两点：首先，陆冬冬很有可能半夜三更来敲门；再有，在发现了那个抽屉的秘密以后，蔡小蛾突然又有些担心起来——如果，陆冬冬这天晚上没有来敲门……

她老是觉得有一些意外的声响。有时候，她猛地从床上跳起来，推开门，竖起耳朵听听。

万籁俱寂。只有风刮过树叶时发出的沙沙声。

好不容易迷糊着睡了，她梦见自己在一个浓雾的清晨，离开了这个房间。她拖着那只黑箱子，穿过一整片的香樟树林。整个天空都飘着牛奶或者蒸气一样的冷雾，就连树梢上都挂满了水珠。雾气没头没脑地向她扑来，头发，脸，脖子，手臂。并且很快结成了冰。她感到冷，恐惧……她转过身，想重新回到那个房间去。突然，她的手摸到了身边的一棵树。她紧紧地抱住它，手脚并用，拼命往上爬——只要爬到树梢，就可以触摸到朝北的那个窗户。

她跌了下去。

噩梦整夜缠绕着她。第二天早上，她在厨房里见到陆冬冬。令人吃惊的是，陆冬冬竟然也面如纸色，神情恍惚，好像昨天晚上彻夜未眠、又是担惊受怕又是竖起耳朵的人是她一样。

吃早饭的时候，陆冬冬说了一件事："今天是康乐乐的生日。"接下来，她又告诉蔡小蛾，下午她准备带男孩上街，买点东西，顺便再去拍张生日照片。

她看了一眼蔡小蛾："你去吗？"

蔡小蛾想了想。"那么，他五岁了。"

陆冬冬把她的话又重复了一遍："是呵，他五岁了。"

08

这天晚上，陆冬冬敲门的时候突然发现：门开着，而蔡小蛾也没睡，她披了件衣服，正坐在床边的椅子上。

"你来了？"她的姿态和语气，就像断定了陆冬冬一定会来似的。

两个女人面对面坐下，彼此深深地看了一眼，几乎同时张开了嘴巴——

"你先说……"陆冬冬不好意思地笑了笑，还搓了搓手。

"还是你先说吧……"

蔡小蛾仔细地打量着陆冬冬。就在这个下午，她们带着男孩去照相馆拍生日照。摄影师替他选了一身小迷彩服，呱呱叫的小靴子，还有一顶古铜色的军用钢盔。她们费了好大的劲，包括糖果、可乐、巧克力等一系列的诱惑，好不容易才把男孩抱进了那辆道具坦克。

蔡小蛾站在镜头那儿看效果。后来陆冬冬也来了。她明显地觉得陆冬冬在发抖，"他可真好看呵。"她还听见陆冬冬惊叹着说。

现在，陆冬冬就坐在对面。她说话的时候显得特别严肃。这严肃说明了某种凛然的态度，也说明了谈话的重要与确凿。而今天蔡小蛾认为更应该是后者。

"你能在这儿待多久？"陆冬冬问。

"多久……我也不太清楚。"

"你会很快就走吗？"因为某种奇怪的情绪，陆冬冬的声音就像发着高烧似的。

"这个不好说……我真的不知道。"

"我想说的是，"陆冬冬直视着蔡小蛾的眼睛，"你别走，我希望你不要走。"

"我从没说过要走……"

"我知道，你头一天来我就看出来了……虽然我不知道是为什么……但我知道你很快就会离开我的，离开我，还有康乐乐，就像……他的爸爸那样。"

蔡小蛾没有说话。这和她想象中的谈话有着很大的区别。她一时还没能跟上陆冬冬的思路。但有个形象是清晰的：那个男人，黑框眼镜，白衬衫，条纹领带，以及凝固在那张照片里的巨大的沉默。

"我晚上经常来敲你的门，你一定会觉得奇怪吧，"陆冬冬继续说道，"其实我真是没办法，一点办法都没有。因为我害怕，我特别害怕，我特别害怕这个屋子里只有我和康乐乐两个人……"

"这又是为什么？"

蔡小蛾觉得谈话越来越离奇了。

陆冬冬咬了咬下嘴唇，又停了一会儿，"他还小，他现在其实一点都不痛苦。但他总会有长大的一天。等他长大了，我也老了，等我老得什么事都没法做的时候……"说到这里，陆冬冬又停顿了一小会儿。仿佛那个抽象的"老"字，已经穿过漏风的窗缝，正式登堂入室似的。

"等到了那时候，等我老了，等我死了的时候，他怎么办？"

陆冬冬的声音变得尖利刺耳，这问题和声音都是蔡小蛾始料未及的，她有点紧张地看着陆冬冬，担心会有更震惊的事情发生。

果然，陆冬冬说："等到了那时候，他会非常非常痛苦的……非常非常的痛苦，即便他自己完全意识不到。每次我这样想的时候，就特别想做一件事情。"

"什么事？"

蔡小蛾听到了自己不规则的心跳声。

"杀了他。"

蔡小蛾瞪大了眼睛，惊讶得完全说不出话来。

"但是，今天下午，我在镜头里看着他……他是那么小，那么好看，那么孤独，在那么一大堆的人群里面……我突然觉得自己是那么害怕失去他……你有孩子吗？你懂得这样的感受吗？"

蔡小蛾摇摇头。紧接着又使劲地点了点头。

"你别走，帮帮我。"陆冬冬急切地说道。眼神里则充满了蔡小蛾熟悉的那种恐惧、忧伤和焦灼。

09

几天以后，也是一个下着秋雨的日子，一个穿着毛衣、头戴绒线帽的女孩子蹦跳着走过"小吃广场"。她的手里拿着一根玉米棒，边走边啃，看上去吃得很香。

她在广场西面的电线杆那儿站住了。东张西望着，可能在等什么人。

过了一会儿，她的注意力被电线杆上的一张字条吸引住了。她小声地念了出来：

诚征五岁男孩临时看护，待遇面议。
联系人：陆冬冬，蔡小蛾。

生命伴侣

01 画家和作家

那大概是周末晚上九点多钟的样子。我和程程刚去看了一个地下小剧场的演出：契诃夫的短剧《天鹅之歌》。我们从暖气不足的地下室出来，顺着铁锈斑斑的楼梯重新回到雪花纷飞的街头。在人迹渐渐稀少的街道上，我和程程的高跟皮靴发出响亮而空洞的声响——这不由让我又回到了刚才剧场中的场景——一个一生郁郁不得志、68 岁、即将走向生命尽头却仍然一事无成的老丑角，最辉煌的成就是《哈姆雷特》的候补 C 角……那天晚上他喝醉了酒，夜半时分，在空无一人的剧院后台醒过来。当他在空荡荡的剧场四周走动的时候，发出的也是这种听起来响亮其实却异常空洞的声响。

直到他和那位同样没处睡觉、只能藏身后台的提词员意外相遇。

"我们开始吧？"他对提词员说，当然，也有可能是提词员对他说。

"好的，我们开始吧。"

于是，在提词员的提词下，他开始声泪俱下地演戏，演莎士比亚的戏中那些他梦寐以求的角色……

接着好像有人来了。真的有现实中的人走进来了。然后，终于，什么都结束了。

雪越下越大，还不断地夹杂着冰碴子。我们在离开剧场大约一站路的地方找到了一家热饮店。

店里的暖气充足到了令人昏昏欲睡的程度。而室内外的温差，则让厚厚的窗玻璃上升腾起了浓浓的雾气。

我们喝着热巧克力和牛奶。说来也怪，以前我醉过酒，醉过咖啡，甚至也醉过浓茶。那天晚上却突然发现，其实巧克力和牛奶也是可以让人喝醉的。对了，在这里我要顺便介绍一下我和程程，以及我们之间的关系。我是一个作家，更准确一点来说，是一位过气的作家。而程程呢，则是一个永远处于迷茫状态中的画家。真是很不幸，这个世界常常就是这样，相同类型的人和事总是会不期而遇，然后难舍难分。就像喝醉了酒的候补C角夜半偶遇提词员一样。

我和程程的谈话常常从谈论艺术、谈论概念开始，直到最后以谈论艺术、谈论概念结束。我们都认为艺术的问题其实就是生活的问题（有一些瞬间，我会怀疑这其实就是我之所以成为过气作家以及程程之所以成为迷茫画家的真正原因），虽然我们论证的方式和结论都有所不同。比如说，我和程程讨论过理性和感性的问题。在这个部分，我们的观点异常一致。我和程程都很喜欢法国导演路易·马勒的一部名为《爱情重伤》的电影。这是马勒生命历程中的倒数第二部作品。执导此片时马勒已经年届六旬，他说了这么一句话："我活得越久，就越不相信思想，而是愈加相信感情。"

这句话无疑说到了我和程程的心坎上。

程程有点迫不及待地说出了自己的观点，语速很快，几乎带着口吃的嫌疑。她说："我几乎所有做得对的事情，都是由感性的力量推动的——虽然，大部分的结局并不是那么完美——但是，这真的很重要吗？"

我微微笑着。我知道，我和程程都喜欢把事物推向一个极端。这是一切差错的根源，然而奇妙之处恰恰也在于此。我是懂得程程的，特别在那些微妙而留白的空间。这其实与提词员和候补C角之间的关系并没有什么不同。

"那么，我们开始吧？"

"好的，我们开始吧。"程程回答说。

02 程程的故事

程程讲述的故事如果用一句话来概述，那其实是非常简单的：程程为什么要和前夫大李离婚？

不过程程的叙事视角非常有意思。这个离婚的故事，程程是从她和大李度蜜月开始讲起的。而这个蜜月的目的地也比较特别：敦煌。

在程程的叙述中，她的蜜月之行一开始并没有什么太大的不同。

那是十年前的事了，那时程程和大李刚刚结婚，两人稍作商量，便决定去遥远而神秘的敦煌。途中他们还在武威逗留了一个晚上。夏末秋初的天气，很容易让人联想起武威还有一个更广为人知的名字——凉州。

像几乎所有的旅行者一样，他们去了鸠摩罗什寺。

大李在当地的朋友一路开车送他们。在鸠摩罗什寺一条树荫浓密的长廊里，大李停下脚步接听电话……那天的晚餐是在鸠摩罗什寺附近的一个小饭店吃的，从来滴酒不沾的程程那天突然喝了点酒，而且竟然还喝醉了。

这个小小插曲过后，接下来的事情基本还是按照既定的行程路线和逻辑依次进行。漫漫无期的丝绸之路，梦境里似乎还有驼铃声响起。武威、金昌、张掖、酒泉、嘉峪关、玉门关、瓜州，最后到达敦煌……

程程和大李都是第一次来沙漠，虽然遇上了接连两天的沙暴，等到第三天下午，风沙稍稍止住，两人便迫不及待地背起相机，投入到戈壁沙漠的深处。

在接下来的几天里，他们精心构图，每一张都力图拍出最佳的图景。他们上了三危山，又去千佛灵岩，甚至还雇了一辆当地人破旧的驴车寻访了两关遗迹。为了拍出那种荒绝的意趣，他们还去了许多人迹罕至的地方。漠漠荒原，漫天风沙。你几乎无法想象那里的朝暮所能给人带来的那种惊悸。他们站在非常遥远的沙漠里，遥望着那面三危山与鸣沙山之间的峭壁，峭壁向南北延绵得很长，上下几层，栉比相连，就像累累坠坠的蜂房。在漫天的风沙里，它显得如此遥远而怪异，甚至还有些不可思议的感觉。确切地说，它更像天与地之间被强力所扔弃的一个怪物，它是如此突兀地出现在那里，非常的无理，无理得让人想落泪。

就在三危山上，程程躺在沙与沙之间，长发飘起，让大李给她拍照的时候，她忽然小声地叫了起来。她说："等一等，我想哭。突然地很想哭。真的，非常非常地想哭。"

大李就停了下来，关心地询问道："怎么啦？你没事吧？"

程程摇摇头，回答说："没事。"

大李迟疑了一下，又说："光线很快就要暗下来了……我们还是抓紧时间吧？"

程程摇了摇头说不。她说其实也没有什么大事，无非只是需要一个人安静一下。真的是什么事情都没有发生，大李也真的不用担心什么，只是……仅仅只是她需要独自一人安静一下而已。如此而已。于是，在大漠深处愈来愈黯淡下来的暮光里，大李稍稍有些不快而狐疑地走开几步，点上一支烟，闷闷不乐地抽了起来。

在接下来几天的拍摄过程中，大李和程程突然异乎寻常地寡言少语起来。他们每天很早就起来，晚上很早便入睡。而即便已经入睡了，也仍然还能听到窗外的风声，和细小的沙粒敲击窗棂的沙沙声。有一次程程半夜醒来，迷糊中想起以前听人说过，有些人到了敦煌后便不想回去了。程程就想，这些人也一定在漫天的风沙里莫名其妙地产生出想哭的感觉。不想哭的人是不会眷恋敦煌的。这样想着，她便又回想起那天在三危山上，那种突然之间悲从中来的感受。那样的一种悲从中来，就像漫天的飞沙一样席卷而过。但别人或许是看不到的。即便是大李。程程就想，选择敦煌作为蜜月旅行的地点可能本身就是一个错误。想想看，到了敦煌后，有的人想哭，有的人不想哭。沙漠吞噬与淹没了所有的语言，这就让人间的情话显得浅薄苍白了许多，而在甜言蜜语渐渐流逝隐匿的时候，他们突然发现，自己原来是无话可说的。

说到这里，程程停了下来，挥手向服务员又要了一杯热巧克力。她咕噜咕噜地喝下大半杯，然后朝我这边歪了下脑袋。

"怎么样？你喜欢这个故事吗？"程程说。

"什么？"我惊了一下，问道，"你的意思是——这个故事已经结束了？"

"是的，结束了。"

"但是，这分明只是一个故事的开始……"

"有些故事，开始的时候就已经预示着它的结束。"程程说话的声音冷冰冰的，就像热饮店外面鸡毛乱飞一般的雪花。当然，或许那一瞬间只是我的幻觉罢了。程程其实什么也没有说，只有风和雪，以及冰碴子打在窗玻璃上的声音，就像千万里之外的敦煌，漫山遍野的流沙和鸟鸣。

"好吧。"我清了清嗓子，说道，"那么，你愿意听一听我的故事吗？"

03 早于我的故事的"米薇的故事"

说来也巧，我三个月前才刚刚从外地回来，而且，我去的地方也是河西走廊的最西端、那条著名的丝绸之路的节点城市：敦煌。

这次突如其来的敦煌之行，其实只是源自一封简单的家书。好了，让我把话说得更简单透彻一些。前面我已经提示过，我是一个已经过气的作家。这个过气，打个比方来说，我就是那个《哈姆雷特》的候补 C 角，夜半的剧院，酒醉后的台词，未必比不上 B 角甚至 A 角的铿锵有力，直入人心，然而可惜的是从来没有人听到过、更别说在意过我的表演。这样的际遇甚至多多少少影响了我的创造力。有时候我半年多都写不出一个字来。我使用过各种奇奇怪怪的方法，试图唤醒内心的那团火焰。这件事让我烦躁、痛苦，然而比这两种情绪更为糟糕的，其实是一个看起来风平浪静的词汇：麻木。

直到有一天，我无意中看到了那封家书——这封家书写于一千七百年前；写信人有一个美丽的名字：米薇；而家书的发出地点则是那个既熟悉又陌生的名字：敦煌。

这是一封永远都收不到的家书。

美丽的米薇出生的地方叫撒马尔罕，是今天乌兹别克斯坦的第二大城市。在当时，它是罗马与中国丝绸之路上的交通枢纽，异常繁华。撒马尔罕商人奔波行走于丝绸之路，他们高鼻、深目、多须的形象，留在敦煌洞窟的壁画上。

米薇带着年幼的女儿，跟随经商的丈夫沿着丝路来到了敦煌。遥远的商旅异常艰辛，一路上黄沙蔽日，杳无人烟……然而，后来，她的丈夫遗弃了她。

那是永嘉二年六月的一个夜晚，米薇翻来覆去无法入睡，于是决定起身再写一封信：

我亲爱的丈夫纳奈德，这种凄惨的生活，让我觉得我已经死了。我一次又一次地给你写信，但从未收到过你的哪怕是一封回信。我对你已经彻底地失去了希望，我所有的不幸就是，为了你，我在敦煌整整等待了三年……

但是那天晚上，米薇不知道，她的丈夫将永远都不会收到那封信。因为信使在去往撒马尔罕的路上被黑风沙吞没，他死在了玉门关边上，在厚厚的黄沙之下。直到百年前，英国探险家斯坦因在敦煌附近的烽燧意外地发现了米薇的这封信，她的信与其他七封商务信件一起，在公元312年的某一天，被遗落在沙漠深处的烽燧里。

我们永远都不会知道，那位策马从敦煌向撒马尔罕奔去的信使，途中究竟遇到了什么样的意外与劫难。唯一可以推测的是，这是一个具有责任感的人，在意外发生的时候，他将叠成十厘米长、三厘米宽、用丝带细心捆扎的八封信，藏在了遮风蔽日的烽燧里。历史学家们从七封商务信件中看到了中世纪丝路的繁盛，当时的物价，中原的战乱……虽然于米薇，这封信的遗落其实并不意外，因为它同三年来的每一封信一样，有去无回。

而此刻，米薇在一千七百年前写给丈夫的信，正安静地躺在大英图书馆的橱窗里……

我完全无法解释，米薇的故事究竟是在哪里如此触动了我；我能够陈述的只是：就在看完米薇"一封家书"的那个下午，我一气呵成地完成了那次敦煌之行的准备工作：上海至兰州的直航机票。然后，是一趟漫长的绿皮火车。就像几天以后我在兰州火车站看到的那个景象：

在时大时小的雨雾中，绿皮火车以一种缓慢而忧伤的姿态迎面驶来。是的，这确实是一趟足够缓慢的慢车，从兰州至敦煌：20个小时，沿途停靠13站，全程1 133公里。

04 我的故事

现在回想起来，那位姓周的先生，究竟是在天祝还是武威上的车，我已经完全记不清楚了。我在兰州车站候车的时候，已经零星地开始下雨。不到十分钟的时间，雨势便变得磅礴惊人起来。雨，和黄土缠绕在一起，升腾起一股连绵不尽的雾气。这一切几乎让我产生一种奇怪的错觉：黄河就在附近了。

车刚过兰州西，我就迷迷糊糊地睡着了。后来，或许是一次非常突然的刹车，或许只是因为过于嘈杂的人声……

我睁开眼睛，看见身穿制服的女列车员正和一位乘客说着话。他们站在两节车厢的连接处，说话声音很大，类似于吵架了。

"这里是六号车厢吗？"从我的角度，只能看到那位中年乘客的背影。他穿着白色衬衣，花灰色牛仔裤。而衬衣的后面好像还有点汗湿。当然，也有可能只是淋到些雨罢了。

"错了，这里是九号车厢。"列车员说。

于是中年乘客做了一个转身准备下车的动作。

"来不及了。火车很快就要开了。"列车员两手微微摊开，摆出一个无奈、劝慰或者阻挡的姿势。

这时，我突然有点清醒过来。就在刚才，我上车的时候也差点遇到了同样的问题……这是一辆奇妙的列车。在这辆列车上，通往八号车厢的门是锁住的。也就是说，乘客们无法从现在的九号车厢穿过八号、七号，最终来到前面的六号车厢；反方向亦然。而现在车上这位乘客的困境还在于，时间已经不允许他下车、回到站台，然后再按照另一种方式进入六号车厢……

就在这时，火车再次徐徐开动了。

"兰州、永登、天祝、武威……"

这是一辆典型的慢车。它开得如此缓慢而又沉着，仿佛前方并没有尽头，也仿佛从来没有人在意前方有没有尽头。车窗外是沙葱，骆驼刺，沙拐枣，沙漠红柳，"穷荒绝漠鸟不飞"……而餐车里也竟然只有极少的食物与水源的选择，更令人怀疑这趟列车即将开往一个洪荒之地。同行的乘客们大都厌倦了，即便就在列车启动之初，他们确确实实也经历了非常短暂而真实的欣悦时刻。而现在，他们只是在座位中、卧铺上独自发呆或者沉沉睡去。而我，在这样的情况下，很多时候，选择把头转向窗外。

凝神之时，我听到了一个浑厚的男声。紧接着，我的眼角里出现了一条花灰色的牛仔裤（这让我隐隐觉得有点眼熟），而它正慢慢地向座位这边移动过来。

"请问，这里有人吗？"

这是一个平和中不乏亲切的声音，试探着表示友好、如果对方提示距离也完全可以维持体面的声音。

我轻轻地摇了摇头，示意座位是空着的，示意对方坐下来就可以了……而这时我才突然意识到，在我身边落座的就是刚才和列车员争执的那位中年人。而他，也似乎感觉到有某种阐明缘由的必要。

"你知道的——"他看起来稍稍有那么点尴尬地说，"六号车厢……这其实真的不是我的错。"

我微微笑了一下。接着又有点担心自己的笑只是显示了疲惫，于是再次认真地微笑起来，表示刚才自己确实目睹了他和列车员之间的小小的插曲，也表示自己理解他的处境，更重要的则是那种隐隐的……我希望他可以察觉我的用意，我希望安静，只是保持安静而绝不是被打扰。因为我仍然沉浸在一千七百年前米薇的故事里，那种大漠孤烟的绝望、那种黑风沙般席卷而来的离奇的错过与宿命。

而他，也确实沉默了挺长一段时间。车窗外的一切再一次孤寂而决绝地向后退去，越来越快，甚至连铺天盖地的沙漠都看不清晰了。

然而，他终于还是开口说话了：

"你……也是去敦煌吧？"

05 周先生的故事

这便是我和周先生认识的由来，不早不晚，不前不后，还夹带着六号车厢的意外变故。而现在，除了这位邻座乘客姓周以外，我也零星知道了一些其他的情况。比如说，周先生告诉我，他是一位教师，目前在东南沿海一座二线城市的大学教物理学。

"哦……那就是说，您其实是一位科学家？"海岸，细软或粗粝的沙滩，海瓜子的气味，还有神秘的物理学（在我求学的时候，对于这门石头碰撞石头般坚硬而枯燥的学科，一直带有一种恐惧而又敬畏的态度），这一切突然点燃起了我与周先生谈话的兴趣。我明显变得积极而恳切起来。

"嗯，也不能完全这么说吧。物理学和科学还是有所区别的。"周先生眼睛望向窗外，或许是受到强烈光线影响的缘故，他微微眯起了眼睛，一副若有所思的样子。

"那么，您去敦煌也是和物理学有关吗？"现在轮到我开始发问。而且我的坐姿也稍有变化，向周先生那里略略侧身过去。

"呵。那倒没有。不过你知道，在海边待久了的人，有时候是会渴望沙漠的。"伴随着这句回答，周先生朝我俏皮地挤了挤眼睛。

就这样，谈话一下子变得流畅而生动起来。就像一阵阵轻微却又澎湃的海浪，似乎还有点点白色的海鸥，在浪尖上恣意翱翔。

周先生也确实提到了海鸥，确切地说，不是海鸥，而是另一种鸟类的族系：椋鸟科。

周先生说，大约在一年以前，他有一个意外的机会参加英国华威大学的科学家研究小组，在英格兰南部海滩跟踪观察一大群椋鸟。这些椋鸟在飞翔的过程中不断改变方向，好像是有一位首领指挥一样。鸟群的动作就像一个有组织的团队。然而，无论你再怎样仔细观察，却仍然无法认出究竟是哪一位首领正在带领群鸟。

周先生又说，这个科学家小组最终的研究结果表示，这是因为鸟类的本能需要保持最佳的群体密集性，为了能够看穿而且观察捕食者，同时保持鸟群的整体性。

"其实就是说，鸟群中的每只鸟都有着相同的信息模式……从外面看起来，像一个非常有组织结构的行为方式，但实际上是很多个体在同一时间做着同样的事情。"

"我们还观察过被猛禽所捕食的椋鸟，它们也无一例外地表现出类似的行为。因为鸟群看起来总是那样的密不透风，而个体的鸟类更希望可以看到捕食者（猛禽），更希望看到同类鸟对于捕食者的反应。也正因为总是试图保持这样的高频信息，鸟群们被猛禽冲散后总是一直回来，回到原来的队形。所以捕食者无法永久分裂鸟群。"

周先生一直都在滔滔不绝地说着，好不容易在这里做了个小小的停顿，稍稍解释道："就仿佛……怎么说呢，就仿佛它们是因为一种神秘的力量结伴而来，相互保护，同时又纠缠不清⋯⋯"

"是的，我明白。我确实有点明白。"我看着周先生的侧影，突然发现这个侧影几乎可以说是英俊的⋯⋯我又接着说，"但是，你是否可以先告诉我，椋鸟——它到底是什么呢？"

06 我和周先生的故事

"那么，你去敦煌，又是干什么呢？"周先生微笑着看着我。眼睛里饱含着笑意。

后来，在敦煌的三天三夜，大部分时间我是和周先生一起度过的。我们一起探访了很多地方。而这些场所，又绝大部分重叠于十年前程程和大李的行程。我们同样遇到了沙暴，那是在一次毫无预测的旅途中，突然间昏天黑地的一片，什么都看不见了，什么都听不清了。我和周先生迷失在大漠深处。因为风沙的缘故，我几乎无法睁开眼睛。而我竭尽全力所能做的，则是伸出已经变得粗糙蜕皮、丑陋而灰蒙蒙的双手，死死抓住周先生。

在几乎要裹挟一切的暴虐的沙尘里，我放声痛哭——那样的场景，又让我想起了深夜的剧场，那位即将走向生命尽头却仍然一事无成的老丑角。那么多沙尘落入了我的眼睛里，从而激发出更多更多的眼泪。

我不知道为什么哭。我只是在那里哭。而周先生也不问。他只是静静地站在我的身边。不说话，也不询问。他也紧紧地抓着我的手。

所以后来在我回忆敦煌的时候，记忆最深的就是那次沙暴归来的途中。我放声痛哭，而周先生则寂静无声。并且因为隔着灰蒙蒙的天和地，我和他即便紧紧地抓着对方的双手，彼此也是看不清晰的。

三天以后，我和周先生在敦煌机场告别。我回南方，周先生则转机去东北一座小城。在候机大厅里，我们相互留下了联系方式。然后拥抱，然后互道珍重，然后告别。在飞机起飞的那一瞬间，我才想起，这次敦煌之行，我竟然并没有去探访或者追寻那诱导我来到敦煌的最初起因——那曾经触动过我的关于米薇的一切。

周先生的航班比我的率先起飞。我站在大玻璃落地长窗的后面，看着那只银白色大鸟笨重而落寞的身影，在午后沙漠的烈日里闪闪烁烁，影影绰绰，然而又仿佛无比坚定地飞向某一个冥冥之所在。我突然很想马上告诉周先生：“现在我知道了，我真的知道了，你以前说过的椋鸟到底是什么！”

周先生每天都会和我联系。

绝大部分是网络聊天。极其难得的有一两次邮件。

周先生几乎从来都不打电话给我……而这样的联系延续了大概有二十天左右。在这二十天里，我在低烧与失重的交叉感受中，奇迹般地重新开始写作，我的头脑里不时有大片大片的椋鸟飞过；黑压压的森林里充满对称感的林木不断挣扎着向上；还有沙漠，记忆中的烈日以及漫山遍野的风暴——

直到有一天，我和周先生的微信聊天界面上出现了一行字，有点暧昧的，甚至可以说是相当暧昧的，这毫不奇怪；然而，周先生所给予收信人的称呼——很显然，那个人却并不是我……紧接着，那行字突然又神秘地消失了。很显然，发信人在发现有什么地方有误的时候，非常及时而果断地撤销了它。

07 我和周先生故事的延续

"那么，你的意思是……"

程程像是想起了什么，或者是明白了什么，抬头看着我说："你的意思是，那个时候你开始怀疑……"她没有把话说完，只是看着我，目光炯炯。

我面前的那杯牛奶已经凉了。陶瓷杯子上画着一只鸟的侧影，脖子上仰，翅膀折断。

"其实，认识他几天以后，我就已经知道了。"我看着杯身上的那只鸟，想象着艺术家创造它时的心情。

"知道什么？"程程有点吃惊，或者只是假装着吃惊。

"知道什么？"我接了程程一句，然后突然没心没肺地大笑起来，说，"认识他几天以后，我就知道他是个骗子。"

其实一个星期以后，我就已经知道了，那个在网络上每天和我聊好几个小时的名叫"周先生"的人，他只是个骗子。

让我来还原当时的场景。周先生和我登上了同一辆通往敦煌的列车，在九号车厢进退维谷，左右不是。后来，或许是机缘，或者是刻意，他坐在了我的身边。"如果没弄错的话，你应该也是去敦煌吧？"周先生微笑着这样问我。

然后，周先生告诉我，他是一位教师，目前在东南沿海一座二线城市的大学教授物理学。

那次，离开敦煌回家以后，我仔细查询了地图和网络。结果是，周先生提到的那座大学的名字并不存在；而在地图上，那又确实是一块美妙的海域。很多年前，我跟随一个旅行团去过那里。那是我头一次看见真正意义上的海。我发现它不是想象中的那种深蓝色，倒是接近于灰白，海水泛着泡沫冲到沙滩上，挟带着一些贝壳、小螺、沙粒。海滩上到处都是人，一近黄昏，风就凉了起来，没有人在沙滩上逗留得很晚。海风带着荒凉的意味，人们裹着浴巾，拎着拖鞋，纷纷离去。只有那些热恋中的情人，在月亮升起，或者涛声浓重的深夜，穿过树林，来到已是空无一人的海滩。与我们同一个旅行团中的一对男女，他们经常彻夜不归，看上去那男的要比女的大十几岁，人们都说听见过他们晚上穿越树林时，树枝响动的那种哗哗声。女的穿着白色连衣裙，丰满健康，笑起来恍如秋日的阳光那样明媚灿烂。而在他们的照耀下，原本欢乐的人群黯然失色，人们低着头，默默无语。只有孩子们，跑到一边的小摊上，从面色黝黑的小贩手里买下一串串用贝壳串起的项链。那项链则在正午强烈的阳光下熠熠生光。

怎么说呢，或许这只是一个比喻吧。通过我反反复复地查询和检测，我发现这位周先生，他所说的所有的主观的部分，关于椋鸟神秘旅程的延伸，那种存在并且可以触摸到的相互保护、同时又纠缠不清的力量……所有的这些我都喜欢，同时它们也都是某种真知灼见，关于这个世界的，无论是我们已经看到还是未曾看到的。

然而，与此同时，周先生所说的另一部分客观的存在，包括他的身份、阶层、他的目的、行程，几乎所有的这一切，则全都是假的。

就像很多很多年以前，海滩边小贩手里的贝壳项链，当它、它们在正午烈日下闪闪发光的时候，那种光芒是如此热烈而耀眼，然而，当我猛地伸手想把它抓在手里——

我竟然抓不到它。那根项链并不存在。或者说，它们也就是敦煌漫天遍野的飞沙。无数的沙曾经被抓在手上，又从指缝里漏下去，还没揉成形状便散了。

08 骗子周先生

在这个世界上，有很多事情是线性的。比如说，那条著名的丝绸之路。"起自中国古代都城长安，经中亚国家阿富汗、伊朗、伊拉克、叙利亚等而到达地中海，以罗马为终点，全长6 440公里。这条路被认为是联结亚欧大陆的古代东西方文明的交汇之路，而丝绸则是最具代表性的货物。数千年来，游牧民族或部落、商人、教徒、外交家、士兵和学术考察者沿着丝绸之路四处活动。"在这里，路的起点和终点拉成一条长线，丝绸、驼铃和驿站则贯穿始终。又比如说周先生所说的椋鸟，椋鸟在飞行旅程中的终极路线也是线性的；另外，那天晚上，我和程程去看契诃夫的《天鹅之歌》，顺便说一下，——关于契诃夫，人们都这么说——"契诃夫不管在多短的文字里，都会把人生道尽。一个人生活中遇上的都是这些事儿：孩子、事业、变老、生和死、前台和后台、梦想、光荣、现状。除了这些还有什么？没有了。"

契诃夫也活生生地把我们所有人的一生拉成一根线，飘飘荡荡，气若游丝。

然而，有时候那根线终究还是断了。丝路上的信使在去往撒马尔罕的路上被黑风沙吞没，他死在了玉门关边上；那封米薇的信，也并没有按照线性的方式到达她丈夫的手里，而是被遗落在沙漠深处的烽燧，整整一千七百年。再有，那些飞翔在天空中的椋鸟，它们线性的旅程则总是被猛禽冲散，冲散，再回到原来的队形；再冲散，再回来，周而复始。

他们从来都不是按照直线的路程，从开始走向那个遥远的终结。

至于在那辆开往敦煌的列车上遇见的周先生，他是那么特别而有趣，他告诉我鸟类的故事，他说树木之所以如此高贵，原因是只有它才显示出宇宙中最完美的对称感；对了，他的侧脸有一种阴暗的忧郁让我深深着迷。但是——

比我真正愿意承认的时间要来得更早，我很早就知道，并且不得不承认，这位周先生，他，只是一个现实意义上的骗子。

然而，这个世界是多么矛盾呵。在认识周先生以后，每天起床后的第一件事情，我总是期盼着看到这位骗子的留言。

"我童年的时候是一个孤僻的孩子。"有时候,周先生的留言是这样的。后面加一个小小的表示微笑的符号。接下来便整个没有了下文。但是这简短的一句话却会让我沉聆良久。

有时候他也会留下长长一段文字。讲述他的一件往事,上一个恋人。很荒唐突兀的一段感情,讲到高潮之处戛然而止。

还有一次他突然留言问我:"你把我弄糊涂了……你知道你要什么吗?"

然后他自问自答或者自言自语:"我知道我要什么。"

他总是和我谈很多事。这些事情的本身都是很有意思的,但或许和他这个人都没有确切的关系。这位周先生,他可能是一个穷人,他也可能是一个富人。但他不是他所说的那个人。

他一定有他的理由。但是,他并不选择告诉我。

很显然,这位名叫周先生的人是喜欢我的,想和我交往,在一起,甚至发生关系,等等等等,但是,这一切的一切,都不是和那个真实的人发生的。

我说得连我自己都有点糊涂了。

"一点也不糊涂。"程程在一旁轻声一笑说,"旁边的人

157

看得很清楚，你爱上他了。或者说，你被他迷住了。"

显然，已经到了热饮店不得不关门的时间。我叫来了服务员，结账，披上外套。

街道上开始积雪。我和程程的高跟皮靴变得寂然无声。只有程程追问的声音在大街上回荡："后来呢？——后来你见过他吗？"

09 丝路来信

后来我就再也没有见过这位名叫周先生的人。细想起来，其实这个人或许从来都不姓周，他可能姓张，姓王，姓刘，姓李，恰恰不是姓周；也有可能他恰恰只是姓周，然而，这一切的一切，都已经完全不重要了。

就在大约一星期以前，我收到了一封信，信封是淡黄色牛皮纸做的，上面盖着大大小小、浓浓不一的十来个邮戳——"兰州、永登、天祝、武威、金昌、张掖、酒泉、嘉峪关……"

最后一个是敦煌。

亲爱的朋友：

你好！

我第一次在火车上认识你的时候，已经知道自己只剩下三个月的生命了。

医生告诉我的。这是一种罕见而奇怪的绝症。从医学的角度上基本无药可救，然而最终并不会太痛苦，只是身体的各个器官极速衰竭，进入一个完全昏迷的状态。

"你还有三个月的时间。"他告诉我说。

一天晚上我偷偷逃离了医院。我觉得这三个月时间的概念，非常像那天高悬空中的那轮月亮。它离我仿佛很远，然而月色又整个地笼罩在我身上。

那天晚上我回想生命里前几十年的经历，回忆我这将要很快结束的一生。绝大部分都很平淡，另有一些却怎么也忘不了。比如说我小时候偷过妈妈的钱包。比如说第一次性爱。又比如说我最凄惨的失恋的故事。还有一些——那些曾经的放飞自我的瞬间。

当我回忆的时候，我觉得以前的生活大致可以分为两种类型。一种是公开的，凡是要知道这种生活的人都看得见，都知道，充满了传统的真实和传统的欺骗。另一种生活则在暗地里进行。或许是奇特的巧合的缘故？在我以前的生命里，凡是我认为非常重要、充满激情而又有趣的事情，凡是我遵从内心去做而没有欺骗自己的事情，统统是瞒着别人、暗地里进行的（比如说我曾经有过一个深深痴迷的情人，在两年的时间里，我每个月偷偷摸摸地去和她约会）；而凡是我用来伪装自己、别有企图的时候，比如各种例会，一部分的走亲戚看朋友，却统统是公开的。

在我逃离医院的第二天，我就准备过另一种生活，遵循自己的内心和激情，并且尽可能地放飞自己的内心和激情。因为，我只剩下三个月的时间了。

我选择了走丝路。

在火车上我见到了你。你坐在窗口，但仿佛并不属于那个空间……我真的不知道怎样来形容见到你那一刻内心的感觉。你很神秘。你焕发了我内心非常美好的东西，这是真实的。但是在丝路之上，并不仅仅只有你一个人焕发了我内心美好的东西，这同样也是真实的。这种说法和行径听起来就像骗子甚至流氓，但它确实是真实的。

后来，我给遇到的每一位我喜欢的女士写信，聊天，和她们谈椋鸟，谈树，谈敦煌，谈恋爱……（真的对不起，我知道你看到这里一定会失望的。）如果她们认为我是骗子也可以，因为我不仅仅给一个人写。但我不会伤害她们，因为她们中间没有人可能再见到我。而我，也将带着被她们再次焕发出的身体里的能量和激情，去另一个世界。这多少是一件有点伤感的事情。

我知道这样做或许不太道德。但正确的一生到底是什么？没有人曾经给过我答案。所以我准备按照自己的意愿书写过程。

对了，当你收到这封信的时候，我已经不在这个世界上了。有两件事情是我最后要告诉你的：

第一：在敦煌的大漠深处，我爱过你。

第二：必须在生活里寻找一件感兴趣的事情，让自己活下去——在你这个年龄，应该知道这个道理。

而这便是周先生在这个世界上给我留下的最后一段话。

10 作家和画家

雪越下越大了。

午夜时分，气温骤降，每一小片花瓣般的雪花，都给这个世界增加了一丝丝厚度。

程程在雪地里跺了跺脚，叹息道，她最近的画画状态仍然很不好，所以经常显得无精打采；而越是无精打采，画画的状态就更是不好。

"我想谈恋爱了。"她非常认真地说道，"真的，不管是不是一场错误的恋爱。"

我没有回应程程。我突然想起了一件事，并且把它说了出来。我说："这几天我重新又看了安德烈·纪德的

《人间食粮》，里面有这样一句话——你永远也无法理解，为了让自己对生活发生兴趣，我们付出了多大的努力。"

"我理解。"程程狡黠一笑说。接着她也似乎想起了什么，问我道："活到现在，你最后悔的事情是什么？"

"我……我想，我是爱那个骗子的。然而他不知道这个。"我停顿了一下，接着说，"而且，他再也不可能知道了。"

"嗯。"程程叹了一口气，一小团白雾在她脸颊旁缠绕片刻，很快消失不见。她继续往下说："我呢，离开大李以后，我又经历过几段感情，然而每一次都几乎是大李模式的翻版。"

午夜时分。我看了眼手上的腕表。还有整整两天，就是新的一年。

"程程，如果阿拉丁的神灯可以给你一次机会，你有什么愿望？"我问。

程程伸展双手，伸了一个如同人生一般漫长的懒腰："我希望，那年的蜜月，我和大李去的地方不是敦煌。"

程程并没有紧接着询问我的愿望。而是我自己说出来的。我说出来，不仅仅是为了告诉她，更多的是告诉我自己。仿佛这个沉甸甸的愿望已经压在我心里太久太久——

"我只是希望，如果那个骗子还活着，我想和他做一次爱。"

虽然那天晚上我记得,我和程程是在街心公园附近挥手告别,各奔东西。我们互道珍重,因为天气寒冷,我们忘却了语言和形象,在大街上仓皇而逃。

然而不知道为什么,回家的路上,我却有一种强烈的幻觉。仿佛我们都是一千七百多年前丝路上的信使,奔走在敦煌附近落日孤烟的大漠上。前程漫漫,不知道黑风沙什么时候会再次到来。我们唯一能做的,就是奔跑,向前奔跑。

金丝雀

少年的尸体是被一对恋人发现的。

附近派出所的警察听取他们报案时，那女的还打着哆嗦，她脸色苍白，两手死死地抓住男人的手臂，嘴里发出一种莫名其妙的咝咝的声音。

"死了……他死了……在树丛那里……趴着。"

花了好长时间，警察才弄明白大致的情况：两人在公园里约会，不知怎么就走到树丛那里去了，是公园里比较密的树丛，与大街只隔着一排铁质的镂空栏杆（显然，那男的也有些紧张，他声音颤抖地说出了许多不大相干的细节）。而那具尸体就横在树丛的空地上，身上有很多血，非常吓人。

"是个男的，穿了双球鞋，像个学生。"

女人可能害怕过度，她说话时声音是悠在半空里的，但又不能不说，仿佛说了一点，害怕就能从体内多跑出去一些。她一边说着话，一边用力抓住男人的手臂，仿佛要把指甲嵌进他的肉里面去。

警察盯着她的那双手，瞬间有些分神。

"他就趴在那里，脸朝下，手脚都伸开着。我们开始都没有在意，谁会想到大白天的就遇上个死人。谁都想不到这种事情的。"

男的用手理了理自己的头发。看来，他已经很快恢复了镇静，他甚至还从口袋里掏出一包烟，递了一支给警察。

"想不到这种事情的，哪里会想到这种事情。"男人给警察点上烟，继续说道。

公园就在市中心的大街旁边。应该把这样的公园叫作街心花园，但它又显然要比一般的街心花园大一些。隔着铁质栏杆，人们可以看到公园的里面。

草地上坐着几个人，也有躺着的，在某一段时间里，他们看来是静止的。在公园的外面可看不到这样的情景。公园的外面是个活动着的世界，看不大到静止的东西，什么都在变化着。一眨眼的工夫。而公园则是让人休息的地方，是个意外的地方，所以说，在公园里发生些意外的事情，包括在树丛里看到个把死人，毕竟也是一件可以理解的事情。是的，其实这话就是警察说的，他说："不要害怕，没有什么的。"他说这话明明就是为了安慰他们，特别是安慰她，看起来，她的脸上直到现在还是毫无血色，那样子倒是真有点吓人。

这对恋人带着警察重新来到公园的时候，正是正午时分。那女的现在已经不打哆嗦了，但仍然死死地抓住男人的手臂。初夏正午的阳光是白色的，天气越好，颜色就越淡。这阳光照在女人的手上，有一种虚幻的、向四周荡漾开来的光泽。

白色的手，死死地抓住一个男人的手臂。

公园里静悄悄的，没有任何反常的声响。有一只蝉嘶地叫了一下，像是发现了什么错误似的，马上又停止不叫了。让人怀疑刚才只是种幻觉。树木的叶片都长得老大，已经长到一年里面体积最大的时候，并且吸足了水分，使人觉得敦实与心安。一切都照常进行着，以至于他们绕过椭圆形喷泉，向树丛走去时，瞬间都产生了一种奇怪的感觉。

真静呵。女人想。她想着的时候，不由得又打了个哆嗦。

死人了。真的死了人了。男人莫名地感到有些兴奋，又觉得"死"这个字就像喷泉的水，一点点溅出来，是凉飕飕的。

那个女人的手呵。警察在大太阳底下眯了眯眼睛，他的这个动作特别给人以一种人情味的感觉。一个警察在正午公园的太阳下面眯了眯眼睛。

"就在那里。"还是那个男人首先打破了沉默。他下意识地挣脱了女人的手指，赶前两步，与警察并肩而行。

少年大约十二三岁的样子，穿一件蓝白相间的海魂衫。他四肢伸展，躺在地上，看上去直僵僵的，当然，是在知道他已经死了这个前提下的感觉。或许他倒还是温热的，手臂是温热的，它们现在正伸向前方，其中的一只一小半嵌在泥土里面。腿也是这样，还有头发。除了嘴角与耳道那里有些细细的血流以外，少年的身体实在看不出有什么特别异样的地方。当然，血是另外一回事情，血总是有的，还很多，让人感到恐怖的其实是血，它是额外的事情，是一种意外。

警察绕着尸体走了一圈，又凑到少年的脑袋那里看了看，他还抬起头四处张望了一下，然后便在旁边的空地上坐了下来。

"是摔死的。"

警察从男人手里接过烟，点起来，又转身看了看躺在地上的少年："从很高的地方摔下来，头部先着地。"

说完这句话，警察忽然沉默了一会儿。他甚至一点都不掩饰这种沉默，好像，他正在想着什么事情，他确实给人正在想什么事情的感觉（把烟点着后，他狠狠地吸了两口），但没有人知道，他到底在想些什么，类似于警察正在想什么这种事情是很少有人知道的。

而女人可能忽然又感到害怕了，太阳照得人头脑发晕，手里又没有烟，手里没有烟的女人是很容易感到害怕的。况且她还穿了件白色的裙子，站在血淋淋的尸体旁边（她下意识地摸了摸自己的裙子），接着，她转过头，寻找旁边男人的眼睛，他正看着别的什么地方，没有找到，就又把眼光收回来，停留在少年的海魂衫上。她可真是害怕，又是害怕又是想看。

这时，警察把手里抽了一半的烟扔掉了（他好像突然感到自己刚才有些失态，作为一个警察，他飞快地职业化地感觉到了自己的失态）。

"他们就来，"警察说。他从地上站起来，扔掉烟头，然后告诉他们说，其他的人很快就会来了，他的同事们，那些和他穿一样衣服的警官，还有验尸的。公园的平静很快就会被打破，他们将非常精确地计算出具体的死亡时间，当然，还有其他的一些东西。

女人点点头，她正看着少年的尸体，神情有些恍惚。

"你们常到公园里来吗？"警察问道。

仍然是那个警察，他坐在一张靠背椅上。夏日中午的阳光（虽然是初夏），疲劳，还有害怕，就这样，女人仿佛忽然老了许多，她张了张嘴巴，像是要回答警察的这个问题，又忽然停住了。她望望窗外，那个男人正在外面，一个小个子、鼻尖有些发红的警官指手画脚地和他说着话。

"有时候……有时候是吧。"她说。

看得出来，说这句话时，她的脸微微红了一下。

警察记录的笔停住了，但没有抬头，他的眼睛重又停留在纸张的上半段——上面写着女人的职业：一家影院的放映员。警察熟悉那个影院的名字，就在街道的拐角那边，用红砖砌成的小尖顶。

就这样停顿了一会儿，女人又接着说下去。因为事先已经关照过，作为目击证人，警方希望他们提供尽可能多的细节：这个初夏的中午，在公园里。

"我们大约是十二点不到进的公园。"女人说，刚说一句，她又停住了（显然，她还是有些害怕，她不由自主地选择了这种叙述方式，一些恐怖电影和推理故事里经常使用的方式。她好像被自己吓住了，于是就闭了闭眼睛）。"我们从正门进了公园，公园里人不很多，刚吃完饭的这段时间，大家都懒洋洋的，特别是在夏天。都想睡觉。草地边的石凳上就有人躺着，脱下来的外套盖在脸上。我们坐下来，听到不知是谁随身带着那种小的收音机，里面正唱着评弹，我是喜欢听评弹的，但他好像不喜欢（这句话讲得很轻），他就拉着我朝另外一个方向走。太阳照得厉害……"

警察开始时还做着记录，后来就停住了，看着女人，却并没有打断她说话。女人穿了一件白底碎花的吊带连衣裙，坐在房间的阴影里，肩膀的线条显得很瘦弱，声音也是瘦弱的，以至于警察过了很久才和善地插话说："后来你们就到树丛那边去了。"

"是的。"被打断了说话的女人顿了一下，接着便仿佛不知道怎样说才好，她有些怯生生地看着警察，等待着他的继续提问。

"请形容一下当时的目击现场。"警察的声音冷冰冰的，但听得出来，语调是和缓的，经过了一些处理。

"他就趴在那里，"对于多次重复叙述同一内容她显然有些不解，但警察非常认真地做着笔头记录，又使她感到这或许是件必需的事情，至少对于警方来说是这样。虽然无奈而又不解，但却是必需的。好多事情就是如此，她是知道这个的。"他穿着海魂衫，挺醒目的，长得又不高，还是个孩子。我隔了老远就看到他了，趴在地上。怎么都没想到他已经死了。远远地看过去，他就那样趴着，像睡着了一样，怎么就会死了呢，真是吓人。"讲着讲着，她的脸又白了，过一会儿，又涨得通红，像是想到了什么事情，要哭出来了。

警察站起来，走到一边的桌子那里，倒了杯水，递给她。她愣了一下，接住。

"你们在树丛附近走动的时候，有没有听到什么声音？"警察背靠着墙，站在阴影里，继续问道。

"声音？"她皱了皱眉，"树丛那里紧靠着大街，总是会有一些声音的，自行车的车铃声，卖冰棍的吆喝声，大街对面是个音响商店，那里面的老板喜欢放邓丽君的歌，而街道两旁全都是女贞树，女贞树的叶片和白色的小花有时候就会被风吹到公园这边来。"

"一点都没有异常吗？"警察又问，"比如说哭声，吵架声，或者有什么重物从高处坠落下来。"

她的脸上露出一种使劲回忆的表情，但紧接下来，这种表情又被迷茫与困惑涣散掉了。她摇了摇头。

"没有，"她说，"没有什么不一样的地方，我们在树丛附近绕了几圈才走进去，本来想在喷泉那儿的石凳上坐一会儿的，但那里已经有人了，好像是一对恋人（她说出'恋人'这两个字时，声音非常温柔）。他们靠得很紧，在说话。我们就绕了过去。没有什么异常的声音，真的没有。"忽然，她像是想起了什么，眼睛亮了一下，"除了——"

"什么？"警察竖起了耳朵。

"有歌声，"她说，"是首童谣。"

"哦。"显然，警察对这个不是太感兴趣的，他懒洋洋地做了个手势，示意她继续讲下去。

"声音隔得很远，隐隐约约听到几句，那调子是很熟的，有几句好像是这样：忘了唱歌的金丝雀呵／把它扔到

后山吧 / 呵，不，不能 / 不能那么做。"她说，"好像是这样，那声音很好听，不知道是不是从音响商店里传出来的。那声音真好听，真是好听。"

警察点点头。他已经有些显出倦怠的样子，从桌上的盒子里取出烟，点上。他的身体语言显示出这次目击记录已经临近尾声的意思。女人感觉到了，站起来。

"还有一个问题。"

警察看着女人，（她的手正抓着纤细的皮包带子，那些带子不知怎么的缠绕在一起了，她的手抓着它们。）他又想了想，忽然说道："最后一个或许有点冒昧的问题，当然，你可以拒绝回答。"警察停顿了一下，观察着女人的表情，见她仿佛并没有特别反对的意思，便说道："请告诉我真实的原因——今天中午为什么去公园？"

女人困惑地看着警察，迟疑的表情在她脸上显得很浓。包已经背在肩上，手却还抓着带子，手指把它们绕起来，又放开，再绕起来。她已经站在了门口，一副就要夺门而出的样子，忽然，她转过身。

"有点不太愉快的事情。"她又迟疑了一下，不知道要不要接着往下说。那种由突发事件引起的惊惧表情已经没有了，女人穿着白底碎花的裙子站在那里，肩膀的线条显得非常瘦弱。

警察看着她肩膀的曲线，有些走神。

这对恋人大约在下午四点左右离开了派出所。警察把他们送到门口。两人都骑自行车，车子骑到巷口，一拐弯就不见了。警察却还在门口站了一会儿，他又在抽烟，今天已经搞不清这是第几支烟了。而太阳也已经由白色转成了淡黄，街上忽然变得空旷起来，不远处的那个公园由于中午发生的事情嘈乱了一阵，现在也基本平静下来了。验尸报告清清爽爽地放在桌上，上面写着：

尸体表面检查：死者上身穿圆领蓝白条文化衫，衣着自然，无破损撕裂现象。耳道鼻孔内有血迹，右侧顶枕部有点状表皮擦伤。解剖见：脊颅骨骨折，脑沟变浅，脑回变平，蛛网膜下腔广泛出血，脑脊液呈血红色。主检法医分析认为：死者是从一定高度跌落，造成颅骨骨折，蛛网下腔广泛出血而死亡。

死者的其他情况也很快查清了，是公园附近一所学校的学生，从外省转学来的，和七十多岁的老奶奶生活在一起。据学校老师说，这孩子平时话不多，也没有什么朋友，喜欢独来独往。成绩是中等水平，还算听话，不惹事，是个让人留不下太深印象的孩子。穿白衬衫、灰裤子的中年女教师说这话的时候，脸上不断闪现出刻意回忆的神态，让人感到，假如不是因为这初夏中午白

176

茫茫的阳光下发生的事情，她是很有可能记不清这个孩子的，但同时，她也真的有点被吓坏了，嘴里嘀咕着：

"怎么会是这样……怎么会是这样……"。

警察把手里的烟头掐灭，又点上一支。

少年是从树上摔下来的，树挺高，在公园的树丛那里，还不难发现挺高的树木，而从现场来看，少年两手的手心与手臂都留有深浅不一的划痕，估计是坠落时攀抓树枝所造成的。就是这样简单，并且不可能存在其他的解释。

少年中午去了公园，他背着书包，里面放着一天要用的书本，书包里还有一小袋零食（估计是老奶奶放进去的，这只书包后来在一根矮树桩旁边被发现了）。这是一个街心花园，这样的街心花园一般不用购买门票就可以入内，对于一个在附近学校上学、又喜欢独来独往、并且没有什么朋友的孩子来说，在初夏中午的休息时间，到公园里去消磨一下时间也是非常合乎情理的事情。公园的看门老头刚才就用颤颤巍巍的声音说，他常看到这孩子，因为长得有点像他的孙子，所以就留意上了。"他常来，背着个很大的书包。"老头说。老头还说，有一次，他忽然想和那孩子说几句话，谁知那孩子红了红脸就跑远了，"他怕生，但跑得快，像头小鹿一样。"

警察下意识地把手挥了两下，散去一些眼前的烟雾（他那样子显得有些烦躁）。

案子是很简单的，没有什么枝蔓，那些目击者的笔录，也只不过是为了备案的需要。一个少年不小心从树上掉了下来。就是这么简单。但警察还是感到烦躁，这是很明显的事情，很明显就能看出来了，他手里拿了烟，在屋子里走来走去，一副心神不定的样子。过一会儿，他又在那张靠背椅上坐了下来，他把一条腿跷到另一条腿上，这样的姿势是放松的，是人在放松、愉悦的情况下采取的姿势。刚才那个男的进来进行目击笔录时采用的就是这样的姿势。警察注意到了这一点。

回想起来，男人对于问题的回答显得非常明确，明确而简单，这个，警察也注意到了。他的叙述语言是干巴巴的，不再有什么细节化的东西（这样就使警察觉得，如果再追加一些细微而琐碎的提问，将是多余而愚蠢的）。"确实给吓了一跳呵，"男人一直强调着这句话，但他的身体语言已经不再有那种"吓了一跳"的感觉，它们已经完全放松下来了。

"开始时我就怀疑可能是摔死的，但这是第一次看到摔死的人，给吓住了。"（说到这里，男人还咧开嘴笑了笑。）

警察把这对恋人送到了派出所门口，他留下了他们的地址和电话，作为目击证人，很难说还有什么事情会麻烦到他们。但事情也就是这样了，不是太复杂的事情，这是他们都清楚的。两人都骑自行车，走到路边车棚那里去推车的时候，女人的手紧紧抓住了男人的手臂，她的身体给人一种非常渴望靠到他身上去的感觉（还有，她看他的那种眼神，她瘦弱的肩的线条），只是碍于身边的人，街上的人，她才没有这样做。但她的手紧紧地抓住他，仿佛要把指甲嵌进他的肉里面去。

（警察盯着女人的那双手，若有所思。）

两人的自行车很快就拐弯不见了，警察却还靠在墙上抽着烟。不知道为什么，他有一种危险的感觉，说不出来的一种危险。回想起来，他看到那个女人抓住男人的那双手，就觉得有一种危险。为了分析自己突如其来的这种感觉，警察靠在墙上，一边抽烟，一边思考一些问题，渐渐地，他理出了些头绪。

第一：这是一个感性的女人与理性的男人的组合，这样的组合至少有着不谐和的地方。

第二：女人太爱那个男人了（警察想，他能看出来这一点）。有什么过分的不容思考的东西存在着。女人太爱那个男人，有些事情过了头，总是危险的，她太爱他了。谁都能感觉到这一点。

而至于自己为什么老是会回想起女人纤细的抓着皮包带子的手，她瘦弱的肩膀的线条，那种困惑与迷茫的神情，警察则觉得有些无法解释。

几天以后的一个下午。

天气还是挺好的（仅仅从并不下雨这个角度来说），但很闷热，天空到处是一块蓝一块灰的色调，大家都在谈论说，这可能就是下雨前的征兆。已经到了黄梅天，总有人在抱怨着气压太低，走在路上脑子里发晕而脚底板是轻的。这些都是黄梅天的特征，虽然不太让人喜欢，但具备了这样的特征，至少能说明"时令总还是正常的"，这是一件让人感到定心的事情。

现在可以看到走在街上的警察。他穿了套便服，因为闷热，袖管卷得老高，和街上其他的人一样，他不时也抬起头望望天色。雨没有下下来，一时半会儿是不会下雨的，但到处又都在给人要下雨的感觉。警察走得很快，这种快更多的是取决于一种相对运动：因为气压与时间的关系（下午这个时间是涣散的。如同梦境的边缘），街上的景物与行人都有着一种滞重的质感。像雨滴一样，要往下坠落。但显然，走在街上的警察不是这样。他走得甚至有些匆匆忙忙，仿佛赶着要到什么地方去的样子。

街道上驶过的几辆大卡车有时会打破这种滞重。喇叭声尖利刺耳（乍一听来，很像码头边的汽笛声。撕心裂肺，与一切高强度质感的东西有关），让警察忽然想起昨晚看到的一部录像。在那里面，这种模拟了汽笛与喇叭声的刺耳声音一旦响起，接踵而来，便是突然的变故。比如说，奔跑。比如说，酝酿许久的情感，小心地节制地喷发（仍然是小心而节制的）。但警察搞不清楚，大白天的，这种超载而笨重的大型卡车是怎样进入城区的。"现在才是下午四点多钟呵。"警察抬起手腕，看了看分针与时针具体的分布形状，心里默默地想道。

警察走进了街边的一个小咖啡馆。这个时间，咖啡馆里人迹稀少。马上就能看到吧台那面的火车座里有个人影动了一下。有没有朝着警察挥挥手看不清了。但显然，这个人在等着他。警察也看到了。他眯了眯眼睛，向那边走去。

"不好意思，还麻烦你出来。"

警察刚刚坐下来，那人便开始说话。但声音是很轻的，特别是混杂在劣质空调发出的嗡嗡声中。现在

181

能看清坐在那里等警察的那个人。虽然脸部轮廓大半还沉在阴影里，但身体的曲线是分明的（瘦弱的肩膀线条，有点疲惫地斜靠在椅子上。穿了件深色的衣服。出乎警察意料的是，她在抽烟。左手夹了根细长的烟，虽然没有抽的动作，但烟味细细长长地弥漫出来）。

有人走过来问警察要喝点什么。警察说了个名称。那人点点头，走到一边去准备。是个很随便的街头小咖啡馆，甚至服务员也没有穿特别的工作制服。他们给警察拿来喝的东西后，便远远地走开了。真心不想注意什么事情。而火车座的卡位也是高高的，从外面望进去，很难看清楚什么。

"找我……有什么事吗？"喝了口冰镇的饮料后，警察脸上带出一点笑（很难察觉的），然后这样问道。

她垂下眼睛。深色衣服使她显得更加瘦弱了。（不知怎么的，警察眼前又闪现出那天中午的情景：她打着哆嗦，脸色苍白，一副被吓坏的样子。而两只手则死死地抓住男人的手臂。那天中午，阳光是白色的。）

"非常冒昧的。"女人开口说话了，"真是非常冒昧的，那天……那天离开你们那儿以后，做了几天的噩梦……"说到这里，女人停顿了一下。她拿烟的那只手有些细微的抖动，很长的一截烟灰掉下来。看得出来，她并不常抽烟，是个生手。"总是做梦，好几天了，总是这样，我想，我想总是与看到那孩子是有关系的。以前从来都没有过，离得这么近的……"

警察点点头。一般来说，警察往往属于见多识广的那类人。特别是在下午四点多钟，穿了便服、坐在街头小咖啡馆里的警察。现在，透过一面淡茶色的落地窗，可以看到外面的大街。有一群人正坐在人行道上，他们的手里举着些牌子。他们可能很早就坐在那边了，只不过现在人围得越来越多，渐渐地延伸到行车道上去，影响了一些交通。虽然声音听不清楚，但能感觉到很多车子在按喇叭，汽车司机把汗淋淋的头探到车窗外面去，嘴里骂着粗话。

"工厂破产了，他们没有饭吃。"有人在议论这件事。议论声悄悄地蔓延开来。人们低眉顺目地听着，皱起些眉头，想到一些事情。他们可能刚从公园那里过来，而公园位于大街的中心地带，在咖啡馆这个位置是看不到的，女贞树的香味也没有，大街上人来人往。但不管怎样，女人说话的时候，警察总是非常耐心地听着，他也点了根烟（那才是真抽，一口接一口的）。

"我知道的，"警察又吸了一口烟，然后拿起杯子，看着里面的液体，"开始时，我也不习惯，只不过后来，见得多了。"

"我很害怕，又不知道和谁去讲这件事情。"女人用手抱住了自己的肩膀。

（警察看着她的这个动作。）

"就这样死了，那孩子。还流了那么多血。"女人把杯子放到嘴边。在咖啡馆昏黄的灯光里，杯子发出一道有些黯淡的亮光。这时，警察才注意到，透明的玻璃杯里装的，是酒。

警察仍然点点头（麻木地，无意识地），"时间长了，就过去了，总是会过去的，时间一久，就会把什么事情都忘记的。"警察说。警察一边说着这样的话，一边把抽得差不多了的烟头掐灭掉，然后再点上一支。警察抬头看了看沉在暗影里的女人的脸，又补充着说，有什么办法呢，没有办法的，高高兴兴的一个中午时间，哪里会想到就发生了这样的事情。谁也想不到的。

女人没有说话。她好像正沉浸在什么事情里面，而顾不上把邀请警察的原因说得更明确与充分一些，但很快地，她又从这样的沉默中苏醒过来，尽量把声音变得明快活跃些，说道：

"不想这样打扰你的，没有办法，有时候，人难免会遇上些没有办法的事情……"

女人抬起头，仿佛没有什么目的地看了眼警察（等待着一个并未提出疑问的答案），然后，又接着往下说：

"一连几天了，老是想着那件事情，在眼前晃过来晃

184

过去的，总是忘不了，已经好多天了。就想找个人说说话。我想，你不会介意吧？"

警察看了女人一眼。他尽可能轻松地笑了笑，以表示自己非但并不介意这意外的邀请，相反，心里还是很乐意的。

小咖啡馆里这时有人弹起了吉他。只能听到吉他的声音，人可能坐在了吧台哪个阴影的角落里。因为视觉起不了作用，吉他声有种神秘的感觉，断断续续地，仿佛故意让它成不了调。

（有一两个人从外面走进咖啡馆。又有一两个人走出去。）

弹吉他的人忽然哼唱了一句，是首熟悉的情歌。忽然又停了。紧接着是一连串的和弦。（这种有些不安定却又滞重下沉的气氛明显地感染了女人。她大口地喝着酒，又轻轻地咳出声来。）

咖啡馆的色调又暗了些。或许这也是感觉上的事情。吉他声更像是一种提示：凡是下午四点多钟坐到咖啡馆里来的那些人，他们发出小声的、叽叽喳喳的声音。

女人喝了很多酒。至少与她瘦弱的身体相比是多了些。这让警察感到有些担忧。又因为两人其实并不熟悉，所以这担忧换个角度，更确切地说则是一种尴尬。有几次，警察想站起身告辞，手撑着座椅，脚踩在地上，已经使上劲了。但最终还是作罢。说话是个好主意。但除了那个中午、初夏、公园、少年的死，谈话就像一条沟渠，要伸伸脚，测一测宽度，才能跨过去。

这女人并不快乐呵。

警察心里暗暗想道。这样想着的时候，就像条件反射一样，有几个镜头又在脑子里闪过：

在公园里。女人穿着白色的裙子，站在血淋淋的尸体旁边。她下意识地摸了摸自己的裙子。

一双纤细的抓着皮包带子的手。

离开派出所时，女人的身体给人一种非常渴望靠到那个男人身上去的感觉。她看着他的那种眼神……

"你刚才说，你们常遇到这种事情？"

女人忽然又说话了，因为正沉浸在冥想之中，警察几乎被吓了一跳。他的眉毛动了一下，表示不太明白女人要说的意思。

"我是说……一个人就这样死了，好像也是很容易的，没有什么感觉，一下子的事情。就这样……"（女人不再说下去，停住了。）

"也不是经常会遇上这种事情，"警察说话了，"这样的类型还是不多的。但死人倒是常事，特别是像干我们这一行的……"

说到这里，警察解嘲似的笑了笑。

后来，警察回忆说，那天晚上，他们确实在咖啡馆里坐了很长时间，因为女人一直在喝酒，一直坐着不走（当然，或许也是因为别的什么原因）。然后，忽然的，咖啡馆里有人吵了起来，开始是嘁嘁嘤嘤的，被有意压抑下去的，紧接着，玻璃碎裂了（黑暗深处有人把杯子扔到了地上），发出一种非常明亮的像刀子一样的声音（女人的脸抽搐了一下）。这时，他们才一起站了起来。

女人站起来的时候警察注意到了她的脸，她肯定是苍白的，但更确切地说，是黯淡无光。羸弱、忧郁、女性化中的女性化……还有，就是一种固执。就像灰色的纵横交错的雨点，有时一颗较大的雨珠把一片草叶压弯了，但经过短暂的摆动，草叶又很快挺直起来。"那女人的脸就像那种已经挺直起来的草叶，"警察说，"有什么东西……那脸上还是有另外的什么东西的，但已经藏在后面了。看不见……雨……或者那种摆动。"后来，陷入回忆中的警察这样说道。看得出来，警察还是受到了不小的打击，经过一段时间的演变、扩散甚至碎裂（总是会有些东西要碎裂的），直到最终的重新组合、恢复原状，事情终于变得大家都很容易看出来了。

187

一点都不像它当初的形状。

　　两人从咖啡馆出来时，天已经有些晚了。人行道上的那群人仍然坐着，手里举着些牌子，只是因为天色的关系，牌子上写着的字看不清楚。围着他们的人大都也散了，交通已经不成问题。虽然不时仍有人停下自行车或者驻足观望，但街道倒是仿佛静了很多，有一些其他的什么成分加入了进来。

　　在这样的街道上站了一会儿，女人便邀请警察晚上去她工作的电影院看一部电影。但或许，这样的叙述正是警察在回忆中所做的假设。实际上，事情恰恰正是朝着一个相反的方向发展着——女人已经累了，而咖啡馆柜台上面的两只大灯不知被谁打开了。强烈的灯光。女人在强烈的灯光的阴影下面走出了咖啡馆。她还是骑着那辆自行车，向警察告别以后，女人忽然又想到了什么，她回过头，向警察伸出了手：

　　"真的不想这样打扰你的，没有办法……"

　　这个女人向警察伸出手来。

　　这天晚上，或许正是出于不知什么样的一种心理（好奇？同样的疲乏？黑夜中什么尚未定型的东西？）警察去了女人工作的那家电影院。

第二天。

城市里总是会有很多公园的，但这样的街心花园只有一个。站在分隔里外的铁质镂空栏杆那里，可以清晰地看到公园的里面。在这个角度看来，公园里面的"人"都有着静止的观感，像慢动作。思维也终止着，至少在做着沉淀、调整或者盘算。有人正躺在公园的草坪上，就像睡着的一株矮树。也有人三三两两地在走。到处都是青草的香味，花上的露水，一竹竿的局部。天气仍然是好的（还是仅仅从并不下雨这个角度来说），天气已经好了这样长的时间，不得不让人感到有些吃惊。都觉得就要下雨了，不是今天就是明天。但天气却确凿无疑地否定着人们的预感。在这样的令人吃惊的好天气里，警察又去了那个公园。

警察在那个椭圆形喷泉旁边的石阶上坐下来。

他注意地看着公园里的人（露出一种期待的神色）。

有一个穿灰色衣服的人正在从公园深处走过来。渐渐走近了。

警察看着他。

那人穿了一双黑胶的雨靴（左脚那只的下半部补了块半圆形的橡皮），手里拿着伞。领带倒是系得很工整，但颜色不好看。他像是在等什么人，不时地用手拉一拉脖子里的那条领带（公园里的人都像是在等着其他的什么人)。

警察看着他。但明显的,等待的焦躁与不安就像风一样,跟随在那人的后面。他在离警察几米远的地方站了会儿(还抬起眼睛,很快地看了眼警察),就又走掉了。看不见了。

警察在石阶上躺下来,伸了个懒腰(对于警察来说,这是一个多么美妙的动作呵)。

很远的临街的方向传来音乐声(听不清歌词,但旋律是熟悉的)。

有几个小孩子在草坪上做游戏(纷乱的脚步声和尖叫声)。

有一些阳光的阴影笼罩在警察瞬间闭起的眼睛上。他的眼皮与睫毛不让人注意地抖动了一下(心灵的声音)。忽然,警察猛地睁开眼睛。是那个穿黑胶雨靴的人又走回来了。还多了几个其他的人,他们看上去并没有什么显著的特征。而草坪上的孩子们也跑累了,现在,他们正坐在草地上。一边笑,一边喘气。星星点点的,仿佛有雨丝掉下来。警察抬头看了看天(这样若有若无的雨丝让他想起了什么)。

就在昨天晚上,电影散场后,警察跟踪了那个女人

（怀着一种多么复杂的心情呵）。他走在女人后面很远的地方，就像影子一样（那抓着纤细的皮包带子的手、瘦弱的肩膀线条、那挺直起来的草叶般的脸呵）。天上布满阴云，雨很像马上就要倾盆而下，所以女人回家的时候并没有骑自行车，她站在离影院不远的一个车站那里。女人仍然穿着那件深色衣服，在黑夜里显得有种异常的神秘的意味（几个夜归的青年骑车经过她面前时，吹了几声响亮的口哨）。

没过多少时间，女人上了一辆电车。那种已经被淘汰的、左摇右晃、叮当作响的电车。

今晚是个好日子。和平、安逸、并且廉价（这是每个人都可以享受到的和平生活呵。被一辆老式的电车送到家里。车子的摇晃是规则的。倦怠而安心。而票价是低廉的。一个穿着朴素、面无表情的女售票员走过来）。
"买票。"她说，或者什么也不说。

女人坐在一个靠窗的位子上。从哪一个角度都看不到她的脸，女人正沉在自己的手臂里。

今晚是个好日子。到处都是爱情的声音。（女人下车后，要经过一个黑暗的地下通道，女人的脚步声。嗒嗒嗒。嗒嗒嗒。警察用手摸索着略显潮湿的墙壁。警察的声音很轻，像猫一样。就在女人"嗒嗒嗒"的脚步声与警察几乎是无法察觉的猫一样的脚步声中间，夹杂着时断时续的恋人们的絮语。）

在这个黑暗的四壁潮湿的地下通道里，它们究竟是从哪里传来的？

街上多么好呵。快餐店还在经营。透过敞亮的落地玻璃窗可以看见里面的情形：热腾腾的气息。香味。颜色。都是那样饱满的样子呵。而即便走在街上，一只真正的小白猫也会跳跃着闪过你的面前，白色的，一闪而过的。让你发出一声受到惊吓的尖叫（多么快乐呵）。

有什么地方在大声地放着音乐（门或者窗没有关好，也许都没有关好，一会儿声音轻下去了，很快又大起来）。

是首情歌。饱满的厚实的声音（亲爱的人呐，亲爱的人呐）。有人在晚上听到这样的情歌，会侧转身，别过脸去（因为害羞）；也有人独自发着呆（向往或者黯然）；街上有个人在飞快地奔跑，他跑得多么好呵，腾空的，跳跃的，用手臂、拳头捶打着前胸的（有多少心里话想要对她说呀）。多么好呵，多么好呵！

但女人仿佛一点都没有听到晚上的这种声音。

她把头埋在自己的手臂里。哭了。

（在不远的地方，有人正看着她。怀着一种多么复杂的心情呵。）

在警察的回忆里，出事以前，他最后一次见到那个女人，是在一个闷热的午后。那是一个夏天就要结束的日子，在那一天里，好像确实发生了一些事情。（只有那些事情是清晰的。像金属，确切的形状与质感，但它内在的那些东西，当它被冷漠地放置一边时，又有谁会知道，它究竟是冰凉如铁，还是滚烫灼人？）但如果事后回忆，警察却发现自己已经无法清楚地分辨它们的先后次序。哪桩是发生在前面的，而哪桩又是由因而到达的果？在回忆里，它们被纠缠在了一起，成为一个个独立的却又相互掩映的部分。

首先是一个梦。

一个阴云的早晨。警察骑着自行车去上班。派出所里非常嘈杂，每个人都在大声地讲话。门开开来，又关上，然后又开开来。进进出出的人流。警察非常疲惫地向大家打着招呼，然后在自己的座位上坐下来。

过了一会儿，一个很胖的中年人走过来，坐在警察的对面。他的脸上露出一种惊恐的神色（或许是惊恐，也或许是疲劳）。他在讲一件事情，讲着讲着，忽然愤怒起来了，声音拔得很高。但四周的警察对面都坐着许多声音拔得很高的人，因此并没有人去注意他。

又过了一会儿，一个年轻丰满的女人牵了一条狗走进来。她管它叫皮皮。"皮皮，皮皮。"她一边叫着，一边向警察走来。女人坐下来，然后把皮皮抱在腿上。"是条好狗。"年轻丰满的女人说。她把皮皮的两只前爪抓在手里，用一种轻柔的充满蛊惑的语言向警察请求着一件事情。

一个人影在窗口那里晃动了一下。
是个女人（瘦弱的肩膀线条，低垂的脸）。
警察抬起头。

就在这时，有种声音响了起来（但派出所里的其他人并没有听到。门还是开开来，又关上。年轻丰满的女人身体前倾，小狗皮皮睁圆了眼睛，它动了动自己的前爪，因为正被抓着，所以就又不动了）。一切都照常进行着，但确实有一种声音响了起来，乍一听来，很像附近码头边的汽笛声，撕心裂肺，突如其来（有什么突然的变故了呀），但它又是慢慢地起来的，是早就埋伏在什么地方了的，那声音里面充满了一丁点的喜悦（只有一丁点，更多的是恐惧），有人在街上跑起来了，飞快地跑起来了……

警察推开了手里正记录着的笔和纸，站起来，向门口走去。

警察的动作起始还是缓慢的，有一点疑虑，紧接着速度便加快了，而伴随着逐渐加快的动作，声音（其他的那些声音，派出所里的嘈杂声，女人的说话声，小狗皮皮控制不住的低吠声，街上的人来车往）忽然消失了。警察在一片静寂之中（唯有那神秘的、与码头边的汽笛声有着相似的声音）向大街跑去，他跑得如此之快，脚底生风，身轻如燕。大街是如此静寂、如此静寂呵。警察在静寂的大街上飞跑起来，他忽然感到一阵激动（他是在飞呵），激动得快要哭了。

女人穿着一条白色的裙子。她走得不快，就在警察前面不远的地方，但警察却追不上她。

在静寂的大街上，警察飞跑着（树木、公园、街边的音响店都在飞快地向后退去），他能清楚地看到前面的那个女人。她在每一个街角出现、掠过、隐灭。但他总能看到她。在每一次她出现的时候，那种神秘声音就会

195

忽然响起（有什么突然地变故了呀）。警察忽然感到的激动和激动得快要哭了的感觉呵。

　　终于，在女人又一次出现在街角的时候，警察大声地叫了起来。警察冲着女人的背影，大声地撕心裂肺地喊叫了起来。但是，在梦里，警察发现自己发不出声音来，只有嘴形的急剧变化、组合，但声音却是没有的。在梦里，他说不出话来。虽然，他始终勇敢而大声地对着女人说着同样的一句话，但是，大街一片沉寂。偶尔也有路人走过，有时他们也张着嘴，像说话的样子，但声音是没有的，就如同一群擦肩而过的悲伤的哑巴。

　　就在做这个梦的之后或者之前（早上，警察睡觉起来去派出所上班；晚上，警察下班回来到床上睡觉），警察打了一个电话给那个女人。

　　这次倒是真的下雨了，所以女人是撑着伞过来的。

　　虽然这个夏天已经临近尾声，但天气却仍然闷热着，即便正下着雨也没有丝毫的改观，这倒是件让人感到有些头疼的事情。在这种时候，散落在公园里的人多少都有种恹恹的神色。瞧这天气，又是下雨又是闷热，这可让人如何是好呢。

　　女人从大门进来（两旁的树木慢慢地向她身后退去），她径直地绕过椭圆形喷泉池，来到警察身边。

就在他们站着的这个地方，可以听到从外面大街上传来的声音，在大街的对面，有一家音响商店，那里从早到晚都放着各式各样的曲子，音乐声充斥大街。（商店也有着透明的落地玻璃窗，透过它，能看见里面慵懒的打着瞌睡的售货员。生意不是太好，喂！告诉我，你爱音乐吗？）

女人对警察点点头。她手里的伞遮掉了些旁人的视线，但还是看得出来，她比以前更憔悴了，还多了些其他的特别的神情（眼睛格外的明亮，双颊红扑扑的，像是发着高烧的病人，倒是带些微笑，但不时地有点发呆，微笑与发呆交杂在一起，那种浑身哆嗦、害怕什么的样子已经完全看不到了）。

"他们老是放音乐，在中午的时候放。"女人对警察说。女人说话的时候笑了笑，笑得很甜。是个漂亮女人。

警察也笑了笑。隔了一小会儿，警察问女人道，最近是不是感觉好一些了，不会老是再想着那件事情了吧？（血淋淋的尸体。哆嗦的手里没有烟的女人。）

女人摇摇头，在喷泉池旁边的台阶上坐下来。

音乐忽然响了起来。肯定有谁猛地放大了音量。音乐声肆无忌惮地喷薄而出，就像给素色的画布涂抹上一层浓烈的色彩。

女人不为人注意地哆嗦了一下（一定是音乐声刺激

了她），紧接着，女人说道："有一次，我一个人到公园里来，走到那个树丛的外面，不，刚刚才走到喷泉这儿，到处都是人，公园里到处是人，是个节日，大家都那么开心着——可是，可是我总觉得要发生什么事情了，有什么事情……"女人不经意地挪得离警察更近了些，她自己倒是没有感觉到，她说话的声音与内容在欢快的音乐衬托下，有着一种奇特的效果。

"会有什么事情呢，不会再有什么事情了，"警察说，"一个孩子从树上掉下来总是非常非常难得的事情，看到这种悲惨的事情自然会受到些刺激，但时间长了，总是会过去的，就像我们，看得多了，心肠也就硬起来了。"警察一边说话，一边注意地看着女人的脸色。（一个警察呵）

女人没有说话，她的眼睛仿佛正望着远处的什么地方。就在公园的外面，音乐声被调节了一下，音量变得正常了。

"你对我说过，"警察说道，"你对我说，那天十二点钟你走进公园的时候，外面大街上也有这样的音乐。"

女人的眼睛还是看着远处。她好像累了，不愿意多说话。

"在这条大街上经常能听到音乐声，"警察看了看女人，又继续说道，"虽然我并不都知道它们是什么，但有时候，听到一些熟悉的旋律，就总也会想到些什么，我知道，有时候，有时候有些事情确实是很难忘记的，很难忘记，但不管怎样，总得要学着忘掉些什么，如果说，那实在是非忘掉不可的话。"

女人微微地皱了皱眉，一种被震动、被触及的神态在瞬间里闪过她的整个脸颊。（一些顽强地压抑下去的东西在细小的通道里喷涌而出，那种可怜的要把指甲都嵌进别人身体里去的神态又回来了。）

忽然，警察觉得自己的手正在伸出去，伸出去，朝着女人所在的方向。然后，它触摸到了它，并且紧紧抓住了它、捏在自己的手里（幻觉）。

就在警察沉于冥想的时候，女人忽然声音很轻地说了一句话，警察后来回忆说，他当时可能是听错了，当时女人说的可能并不是他记忆中的那句话，但同时，女人恍然的失魂落魄的样子又使他相信，女人或许就是这样说的，虽然声音很轻，但语气却是坚决的。正是这样，女人当时正是这样说的，女人说："没什么的，去死好了。"

那天与女人告别后，警察一个人去了街边的那个小咖啡馆。

警察喝着酒，"她爱那个男人，"警察一边喝酒，一边想，"她爱那个男人，这是没有办法的事情，如果她爱他，真的爱他，那就是没有办法的事情。这不是警察能够去管的事情。"

就在警察眯着眼睛在咖啡馆里喝酒的时候，外面的大街上，一个年轻丰满、手里牵了一条狗的女人走了过去，她的另一只手挽着一个男人。

不知道警察有没有看到这一幕。透过玻璃窗，倒是可以瞧见警察手里拿着啤酒杯，闷闷地喝了好几瓶啤酒。

一个月以后。

人来人往的派出所办公室。警察坐在自己的座位上。窗户都开着，可以听到许多来自大街上的声音；而从窗口探头张望，能够看到大街周围许许多多起重机在半空中高高升起，都以同样的方式摆动着，不时在空中交错移动。

警察抽着烟。

派出所门口拥着的人正在渐渐散去。就在刚才，那一大群人还挤在进口的两侧，谁都无法料想，怎么一下子就可以聚集起这样多的人来，虽然就这样看起来，这个城市确实应该算是闲散的，但料想不到的事情却也经

200

常发生。

好多人都在问发生了什么事情。

"有一个人给杀死了。是个男人。"有人回答说。

在城市里，消息总是从各种各样的渠道传出来，就像那些站在人群前面的人，现在，他们正别转身（脸上带着各种各样的神情），他们正在告诉身后的人们，这里究竟发生了什么。就在刚才，那个杀人的女人被带了出去，好多人都看到了这一幕，有人说，她的口供非常清楚，非常配合，带着一种自己也完全不想活了的勇敢；也有人摇头，陷入神志不清的状态之中（被吓坏了，发呆，忽然地心头一紧）。但不管怎样，在这个城市里，可是很少发生这样的丑事的呀。

一辆车从街上呼啸着驶过。

人群里有很多脑袋顺着声音的方向转了过去。高分贝的声音总是能让人感到些紧张（注意过在强音下的人脸吗？狂喜与忧伤的杂交体），当然，有时候是紧张，也有时候是兴奋，这总还要因事而定，就像街上的有些画面：几个人手里举着牌子，坐在人行道上；一个落寞单薄的女人；一只猫找不到回家的路，在大街上摇着脏兮兮的尾巴，它的叫声啊……有些奇怪的事情常常能招揽到一些路人，围着看，交通也影响了，发呆的脸，要知道，忧伤的事情总是无处不在，只不过需要一个强有力的出口。有那么多人在大街上走，有的停下来，加入到人群中去，好多人都在问：

"究竟发生了什么事情？"

但不管怎样，杀人总是件让人感到厌恶的事情，血污、暴力，一些恐惧的想象，天晓得还会有些什么样的让人感到恶心的细节，因此说，即便大街上站满了默默看热闹的人，过路的车辆拼命地按喇叭，人们总还是使劲地想把刚才这件事情忘记掉（多么矛盾的心情呵），他们在大街上四处散开，有几个则走进了附近的咖啡馆，大家三三两两在各自的位子上坐下来，叹了口气（终于解脱出来了呀），还要了酒（比平时要的多一些），略微沉默一会儿，店堂里便立刻充满了嗡嗡嘤嘤的声音，大家开始讲些其他的事情（有些笑声了，声音高起来），又过了一会儿，其中一两个眼尖的，忽然看到靠窗的那个座位上有个人趴在那里。

"他喝醉了。"有人告诉他们说，那是个附近派出所里的警察，他最近常来这里喝酒，但今天实在是喝多了。

大家朝那个趴着的人看了一眼，笑一笑，又开始继续谈论起他们自己的事情了。

万历年间的无梁殿

01

　　两千零一年的一天，一群人站在一座建于明朝的老建筑前面。其中，有三个人被震住了。

　　他们分别是：吕明、惠芳和汪琳琳。

　　这是座位于新建小区内部的建筑。具体地说，它应该属于文物，给保护起来的。不是全国级，也是省级。很了不得的。但不知怎么的，就给圈在了一座小区的里面，成了景观。那天介绍房型的售楼小姐是个矮个子，她用一种略带夸张的语气告诉吕明他们说："它叫无梁殿，是明朝万历年间的一处藏经楼。如果再讲得早些，它最早的雏形可能建于梁朝。后来，后来就遭了火了。周围附带的建筑给烧了，但无梁殿保存了下来。"

　　吕明没怎么听进去。

　　吕明是个三十出点头的男人，经商。吕明看上去很成熟，中等个头，很扎实，还有点心宽体胖的宽阔。具备些人生阅历的人看到吕明，很容易联想到一些名词。比如说：人生智慧。再比如说：中产阶级。不管怎样，吕明基本上属于成功人士，所以站在吕明旁边的惠芳，也就很有些成功人士太太的模样。

是惠芳先叫了起来。

"怎么有座殿呵！"惠芳说。其实惠芳说得很轻，顶多是小声地叫。小声叫的时候，还回头看了眼吕明。小心翼翼地。

惠芳和吕明，不，应该是吕明和惠芳，他们准备买房子。已经说过了，吕明是个商人，几年前入行的，慢慢地，就起了家。在入行和起家的中间阶段，吕明娶了惠芳。惠芳比吕明要小五六岁，长得蛮漂亮。不是那种刺眼的漂亮，而是悦目。不是特别出挑，然而齐整。总的来说，惠芳很像广告三人组合——"丈夫、妻子、儿子"里的那个妻子。这种广告组合是从九十年代中后期开始盛行的，很有三人一体的意思。有时候还会让人想起，当年影星万梓良迎娶恬妞时曾经轰动一时的那句话："三个人，一条命。"

吕明和惠芳过得不错。这种不错是平面上的，就像惠芳的长相。惠芳很白，但不是明亮，而是白。也是平面上的。但归根到底还是过得不错。公元两千年的前一天晚上，两个人去寒山寺听了钟声。惠芳在江南阴湿刺骨的冷风里冻得直抖，但等到熬过一夜以后，惠芳又陪着吕明去西园寺烧了头香。吕明相信这个。吕明在自己家里供了财神菩萨，每天上一支香。很虔诚。吕明认为，商人有商人的规则。而商人的有些规则其实是相当高级的。它们甚至类似于信仰。很纯粹，也很坚硬。在内心深处，吕明也非常佩服政客。吕明觉得自己是理解政客的，政客也有政客的规则。只不过，政客的规则与商人略有不同。这不同很微妙，甚至不能言说。

但吕明认为自己能够懂得。

这些东西，吕明从来不和惠芳说。惠芳不懂，但这没关系。两千年后，吕明的生意进展相当顺利，除了扩大再生产的投资，以及流动资金的储备，仍然大有节余。到了两千零一年，吕明决定买房了。

能在一个新建小区里看到明代建筑，这也是吕明没想到的事情。所以吕明怔了一下，感受很强烈。但吕明的表现方式和惠芳不同。吕明非但没有叫，而且不动声色，只是左边的眉毛稍稍挑了挑。吕明的左眉毛很像寿眉，有几根特别长，还垂了下来。作为生意人，吕明很看重这些。

吕明在心里盘算。

这个小区的地段不错，虽然不是闹市，但距市中心不远。整个街区也正处于全面开发的早期阶段。用吕明熟悉的广告用语，叫作："黄金旺铺，极具升值潜力。"

这种类型的房价，现在算起来，要比市中心便宜三分之一，至少也是四分之一，但它的潜质是无法估量的。吕明跟着售楼小姐一起走进来时，就已经注意到，小区里有十几棵很有年岁的老树，都是树身需要一人环抱的香樟。紧接着，一个小拐角，一座几乎称得上庞大的古建筑没头没脑地站在那里，把吕明吓了一跳。

吕明是个有品位的人。吕明看过一些书。全套的毛选。司马迁的《史记》。拿破仑。还有麦当劳的发家史。吕明也看鲁迅，特别是那篇《狂人日记》。吕明的本事是，如果说那个狂人看来看去，看到的全是"吃人"二字的话，那么，吕明则能从每本书里清晰地看出一个"钱"字。这个"钱"字，有的是横着写的，有的则竖写；有些正写，有些反写；还有些，这个"钱"字被藏在了里面，露在外面的，则是另外的一些东西。比如说，慈善与公益事业。

想到慈善与公益这几个字时，吕明被自己的幽默打动了，笑了笑。

当然，吕明看书，最终的目的只有一个，那就是更好地做生意，更多地赚钱。但是，这并不妨碍吕明成为一个具有高尚品位的现代商人。所以说，当矮个的售楼小姐嘴里"万历"二字一闪而过时，吕明猛地一个激灵。

万历。

是的，万历。吕明知道万历。首先，它是明朝的一个时期。前一阵子，吕明还无意中看到一个姓费的家伙写的《堕落时代》这本书，讲的就是从明嘉靖到万历时期一百年的事情。吕明倒是挺喜欢那个书名。虽然，吕明认为，作为一个商人，本质上应该是严谨的。吕明还一直想开一个古董店，也不管真古董、假古董，反正是以经营明式家具为主的。当然，也兼营些瓷器、玉器、书画。店名早想好了，开始起的是"时髦的怀旧"，后来改了，改成了"摩登怀旧"。吕明蛮满意，觉得挺有文化感。吕明不想给人留下暴发的感觉，虽然说，暴发这个词，与公元两千年这个时间是密切相关的。但吕明不喜欢。他倒是对那些有点来历的古董感兴趣，真感兴趣。那些暗淡、幽深、不动声色却又略显光泽的瓶瓶罐罐、桌椅条几，吕明喜欢把手放在上面——

很凉，有时候是冰冷的感觉。让人心里一动。

当然，在公元两千年或者两千零一年的年轻商人吕明心里，归根到底，明朝并不是什么文化感，或者"触手微凉""心头一动"。恰恰相反，很简单，明朝就是那些线条简洁晓畅、实实在在的桌子、椅子；就是"黄花梨长条几 （明） 标价：无价"；就是有些来历却没有暴发气味的钱。讲到底，到了吕明这里，明朝、万历，就是钱，就是钞票。

实际上，听到矮小而造作的售楼小姐说出"万历"两个字时，商人吕明就在心里牢牢地打定了主意：

"就是它了！"

02

吕明听到了惠芳小声的惊叫。

"怎么有座殿呵！"惠芳说。轻声地，还有些张皇。

惠芳总是这样。只要吕明在旁边，惠芳就会显得很没有脑子。这可能也是现在商界人士年轻太太们的基本模式。穷人的孩子早当家，富人的太太么——往往就没什么脑子。要么太天真，要么极世俗。或许，在一个并非普遍富裕的社会里，财富得到的难易程度，通常是与智商成反比的。不过，吕明对惠芳，应该说是了如指掌的。吕明知道，惠芳刚才说那句话，其实还是有她的出处。

和吕明结婚以前，惠芳在一家台资企业上班。那家公司的老板吕明认识，是个胖而谢顶的台湾人。那人看上去相当谦逊，点了头，还哈腰。他喜欢谈儒家，与人聊生意的事，会说："去沧浪亭喝茶！喝着聊！"那种悠闲正宗的派头，让人联想到，要是他在上海，必定约人去城隍庙；不幸去了北京，则必定拽了客商直奔什刹海。有一次他从泰国度假回来，在一个礼拜内对人大谈佛教。

他说你们知道吗，全世界的佛教国家，只有泰国，国王是佛教的转轮王。

那时惠芳是公司的会计。惠芳不懂什么转轮王不转轮王的，惠芳倒是常在吕明面前叽咕："公司的账全是假的！"惠芳那阵子老睡不着觉，担心税务局来查账，然后公安把她带走。因为账是她做的。吕明就安慰她。可是有些话对她讲，又实在讲不清楚，吕明就只能使用最简单明白的语言。吕明说，即便税务公安来带人，也应该把她和她的老板一起带走。因为公司是她老板的公司。所以说，既然她的老板不害怕，那就一定有他不害怕的道理。根本就轮不到她来害怕。

这话已经讲得够清楚了。但惠芳还是害怕，还是睡不着觉。后来就辞了职。但在那个胖而谢顶的台湾老板那里，惠芳已经养成了不少习惯。比方说吧，关于风水的问题。

除了喜欢谈儒论佛，并且做点偷税漏税的事情，这个台湾老板最大的特点，就是相信风水。那种相信呵，几乎很像人的初恋。即便不是初恋，至少也是一次泰坦尼克事件。一提到风水，这个台湾人立刻变得很乖，就像人在恋人面前的样子。还有些迷糊。让人想到迷信之类的词。但确实又不是迷信。你简直讲不清楚那是什么，他就是那样一种一脸虔诚、肃穆、又非常透明的表情，还有从厚厚的嘴唇里不时冒出来的——各种极具现代科技意味的词汇：什么白虎呵，龙脉呵。

惠芳本来就是个心智不强的人。这种类型的人，无论大事小事，第一，容易计较与纠缠；第二，又常会接受外部力量的暗示。一来二去，惠芳所谓的一些原则也渐渐确立了：

1. 不在庙前、殿后筑屋。
2. 看人要看面相。面相，就是一个人的风水。

做到第一点要容易些。第二点就难了。因为看面相与进行判断仍然涉及一个人的智慧。好在对于惠芳来说，是否拥有智慧倒还不是什么当务之急的事情。但是，这一天，事情突然就变得有些不同了。

惠芳跟着她亲爱的夫君吕明来选房子。前面他们已经看了好几处房了，其中有一处惠芳特别满意。但是吕明都没有表态。吕明和陪他们看房的售楼小姐或者先生随意聊着，问问小区智能化的进展情况，宽带网安装了吗？还有物业，请的是哪家物业公司，品质如何？另外，宠物呢，对于宠物的圈养有没有什么具体的规定？吕明抽着烟。嘴里在应酬，鼻孔吐着烟圈，眼睛则很茫然。后来，后来就不知怎么又转到了下一处。惠芳已经很累了，对于地段和房型都略有些麻木。她一手挽着吕明，和一帮同样看房的人一起，跟在售楼小姐的后面。

就这样看到了无梁殿。

惠芳给吓了一跳。就那样一个灰黑沉沉、上面还长满了乱草、阴森森的大家伙。所有的预售房，那些漂亮、白净、体面，还充满了现代感的高级住宅楼，全都围绕在它的四周。全都密密匝匝地簇拥着那个灰黑的大家伙。这情景，怎么看怎么奇怪，怎么看怎么突然。

一座真正的殿。竟然，它还是明朝的！

惠芳叫了起来。但因为正挽着吕明的手，再加上挺胸束腹紧身衣的限制，所以惠芳的叫是小声的。很像一只受了惊吓的鸟。但很明显，这只受了惊吓的鸟知道，温暖安全的巢就在它的身边。

03

那时候，吕明和惠芳都还不认识汪琳琳。

要等到半年过后，无梁殿旁边的房子装修完毕，又照着吕明的意思，开门开窗，通了一个多月的风；再让专门的"民用住房装修污染检测中心"派了一男一女，抱着一大堆的仪器、交头接耳测量了半个多小时后，几辆搬家公司的大卡车终于浩荡而肃穆地开进了小区。

车子绕过无梁殿时，坐在驾驶员旁边的惠芳扭头对吕明说："那个女人，牵了条狗的，看到了吗？那天我们第一次看房子的时候，她也在。"

这样汪琳琳才又一次地、比较正式地出现在了吕明、惠芳夫妻的生活里。现在，他们是邻居。分别住在无梁殿的东西两侧。汪琳琳比他们早住进来半个多月。汪琳琳养的那条狗是纯种的，光办证就花了好几千。汪琳琳一个人住，家里有个钟点工，一个礼拜来两三次——

这些信息，都是后来惠芳告诉吕明的。奇怪的是，从一开始，吕明却并没有注意到，那天，在一同看房的人群里，还有个手里牵着狗的年轻女人。不过，吕明后来倒是想过这个问题。有人新送给吕明一些上好的雪茄。吕明就一边抽雪茄，一边想这个问题。答案很快就出来了。吕明觉得，惠芳对那个牵狗的女人很感兴趣。而如果要让一个年轻女人对另一个年轻女人感兴趣，肯定存在一些普遍适用的理由。在吕明看来，理由至少有以下两条：

这个女人相当漂亮。
这个女人的手里牵了一条狗。

这第一个是先天条件。而第二个则是后天生活品质的暗示：这女人有钱。要么是有个好老公，要么就是背后有个什么男人。要么都不是，这女人自己能让自己有钱。吕明是个好商人。而好的商人，眼睛都是毒辣的。既然能透过形形色色的表象，透过厚厚的包袋，看到你钱夹的厚度，那么，他们也一定能透过你善良、温厚的表情，看到你灵魂的质地。

吕明偷偷地观察了汪琳琳。从紧靠无梁殿的玻璃长窗后面。

高个，鬈发，神情很冷，手里则牵了条汪汪直叫的狗。这就是吕明对汪琳琳具有总结意义的印象。但不得不承认，汪琳琳确实是个漂亮女人。还不得不承认，汪琳琳牵了条狗显得很合适。

有时候，吕明也会产生些联想。打个比方吧，吕明就不能想象，要是惠芳牵了条狗会是什么样的感觉——惠芳正在喂一条狗吃饭；惠芳慌忙地张罗着，让一条狗爬到客卫的抽水马桶上面去，嘴里还不住地叫着：快！快！乖乖，快过来！惠芳和狗的关系就应该是这样的关系。急急忙忙的，即便是宠物，也要插身到现实生活中间去。但汪琳琳就不是这样。汪琳琳的狗从来就是一副收拾完毕的样子。漂亮，干净。像一种装饰物。

吕明的脸贴着玻璃窗。

吕明手里夹了支烟，烟屁股上则套了只烟嘴。吕明对烟嘴极为讲究。吕明有两种烟嘴，一种是即用即弃型的；另一种，则是吕明常用的，做工精致、质地优良。吕明认为使用烟嘴是一种中产阶级的象征。中产阶级知道爱惜自己。知道烟是要抽的，但又知道应该抽到什么样的程度。烟嘴虽然小，但是意义重大。生意人吕明在和客户谈生意时，就非常注重一些蛛丝马迹的东西。就比方说烟。对方抽烟吗？抽什么烟？抽烟的时候用烟嘴吗？不用。偶尔用。刻意要用。这些全都大有讲究。

　　细节，就是一个人灵魂上的小纹路。灵魂有时候可以掩饰，但是小纹路常常泄露一切。就像女人眼角的细纹。所以说，依据着这些断断续续的小纹路，现在，吕明就对漂亮的、手里牵了条狗的女邻居汪琳琳做出了如下的简短判断：

　　这是个身份有些暧昧的女人。但还不这样简单。身份暧昧的女人吕明见得不少，但不知道为什么，吕明隐隐觉得这个女人还有些不同。至少，唔，怎么说呢，吕明认为她极有激情。虽然她走起路来懒散而走神，牵狗的绳子也是松散着的。

　　吕明讲不大清楚，因此就更有些好奇。有时候，吕明望着汪琳琳的背影，抽着烟。这女人很肉感，即便从背影来看。吕明觉得她屁股的形状长得非常好。是那种既有激情又不泛滥的形状。商人吕明认为，女邻居汪琳琳的屁股，就是她的灵魂上最突出的一条小纹路。它说明了很多问题。当然，这个感受吕明从来没和惠芳交流过。

04

在搬进新居后的两个月里面，惠芳生了三次病。

都说不出什么确切的原因，就是觉得不舒服，莫名其妙地发烧。还咳嗽。咳也是咳半声，喉咙里哽了一样东西。惠芳就有些抱怨。惠芳说，老话还是不能不信的，住在庙前、殿后就是犯忌讳的，何况还是什么明朝的。瞧瞧，现在就给无梁殿克了吧。惠芳还仔细看了看吕明的脸。惠芳说：

"有阴气，还挺重的。"

吕明就给她解释。吕明说，归根到底，问题可能还是出在装修上面。现在的装修污染，有些要维持非常长的时间。大半年，两三年，甚至一个人的大半辈子。发烧、咳嗽、喉咙里哽了东西，都是因为有毒气体的侵入。比如说甲醛呵，氨呵，苯呵，还有氡。吕明说这些都是有科学依据的，不应该胡思乱想。惠芳就说："那你去西园寺烧头香、还供财神菩萨，也有科学依据吗?"吕明说:"那不一样。你不懂。"

只要吕明说出了这三个字:"你不懂"，那么，惠芳与吕明短小的争论就一定告一段落了。但接下来，惠芳又说了另外一个问题。

惠芳说她近来一直做噩梦，没有断地，几乎是每天晚上都做。然后，第二天早上，她出门买菜。菜场倒是不远，离开小区也就五六分钟的路程。菜场里的菜品种很齐全，质地也新鲜。不管是平日里吕明喜欢吃的大块的肉（吕明是真喜欢吃肉），还是那些必需的日子，必需的素食，那个菜场全是合适而宽绰的。真正的问题在于，一个晚上做了噩梦的人，每天早上却都要经过那个"灰黑沉沉、上面还长满了乱草、阴森森的大家伙"。惠芳说，有时候她会感到有些怨。甚至是种隐隐约约的折磨。因为她实在不喜欢那个什么明朝的殿。她觉得，这个叫无梁殿的东西和她一点关系都没有。没有什么东西比这个莫名其妙的殿更莫名其妙了。

所以说，最后，惠芳告诉吕明，当时，完全都是因为她爱吕明，才会同意搬到这个地方来的。

有几次，吕明在晚上绕着无梁殿走了走。

吕明对无梁殿的身份很感兴趣。他专门查阅了一些资料，很可惜，地方志上并没有详尽的关于这座建筑的记载。或许，它不是那种特别有名的文物。因为真实的身份无法考证，所以文保单位也会忽视它们。没给评上等级。但不管怎么说，它确实是明朝的，就像那个矮个的售楼小姐说的：它叫无梁殿，是明朝万历年间的一处藏经楼。商人吕明认为：这个身份刻在建筑上，有时候倒要比写在文管会的公文上来得有意义。道理很简单，这意味着潜在价值。换句话说，就好比在牛市上买到了一只原始股。

到了晚上，无梁殿确实有些阴森。吕明发现，无梁殿檐角的花纹很怪，有种狰狞的感觉。在月光下面，它好像是红绿相夹的。有点像兽纹，但又不是兽。还有，殿是深灰色的，有很重的阴气，但走近了看，砖的花纹却细致得让人惊讶。

吕明去参观过苏州附近的陆慕砖厂，吕明觉得，那些砖厂里的砖雕不过也就这点水平，甚至还没有这点水平。所以这很多细节都让人感到：这座殿并不很像明朝时候的东西。至少，还是经过后代改造的。比如说，在民国年间。你再仔细去看它，它身上还有股邪气。蛮不讲理的样子。想到邪气的时候，吕明突然又产生了一些联想：一个词语——激情。一个形象——女邻居汪琳琳肉感的屁股。而在吕明的心里，明朝是清朗的，至少明朝的建筑是清朗的——

吕明在看那本《堕落时代》的书时，还看到一个姓毕的家伙写的序。序里面有句话，叫作："晚明文人有多真？月亮代表我的心。"虽然这句话在文章的后面得到了全方位的否定，但吕明倒是蛮喜欢。吕明希望事情是简单的，比如吕明煞费心思觅到一件明朝的家具，吕明就希望它简简单单是件真货。不是赝品，更不是做假做出来的。它当然老于世故，而且历尽沧桑，但归根到底，还是简单。但现在，摆在吕明面前的这个老建筑却不是。它的身份是暧昧的，气息却相当玄乎。它把有些事情倒过来了，所以相当危险。

有时候，吕明倒是也会把手放上去，放在那些现在灰黑、原先则可能是淡青色、灰青色的砖石上面。

倒也是凉，冰冷的。但确实没有放在那些小古董上面的快感。那些小古董，你一走出这个小区，街道两边就挤满了很多咖啡馆、酒吧、茶座。在那些咖啡馆、酒吧和茶座里面，经常摆满了这样的小古董。有时候，吕明带着酒席上微醺或者烂醉的客商去那里。有时候，吕明和惠芳去。还有些时候，极其偶然的，吕明也会带上个把小姐。

不是小蜜。吕明没有小蜜。吕明对于小蜜的看法，就好比是不戴烟嘴抽烟。就是这样，吕明和他带去的人坐在那些地方聊会儿天。环境很好，身边的条几上、身后的墙上则摆了些小古董。它们的样子看上去很像明朝。明朝的线条，明朝的色泽与质感。虽然谁都知道它们不是明朝的，但它们放在那里显得很适宜，很甜蜜，突然让人觉得：

明朝已经是个大家都很熟悉的朝代了。

但是，这个万历年间的无梁殿，就从没让吕明产生过这种感觉。它就是不像那些摆在屋里的小古董。吕明从它的正面走到背面，再走回来。它的飞檐那里长了很多杂草。有些是荆棘，有些疯长着，还有些则结了果。木格窗半开着，里面是空的。吕明把头探过去看。

一阵风。

有时候吕明也会在心里生出恐惧。吕明倒是不像惠芳那样，认为这个殿莫名其妙。吕明只是觉得它庞大，还有些奇异。特别是从两千零一年灯红酒绿的商业街上应酬归来的时候。吕明坐在出租车里，车里放着歌。是个叫雪村的人唱的。近来这人被称作网络杂耍艺人，红了，还上了中央电视台的春节联欢晚会。吕明在车里听到的歌，就是这个叫雪村的人作词配曲并且拉开嗓门唱的，名字是《开，开，开出租》：

开，开，开出租，今儿个随便你要到每个去处儿，

221

我们开，我们开，我们开。挣得不多我的心不坏，招一招手我们停下来，为您服务我是雷锋，少吃一顿也根本不奇怪。我们开，我们开，我们开。

歌唱得不坏。吕明的心情也不坏。吕明眯缝着眼，用左脚和右脚轮流打着节拍。吕明喜欢这种歌。平民化的，对现实虽然也是不大满意的，但还坏不到哪里去。至少幽默的气力是有的。更重要的是，在这种歌声里面，吕明感到了自己的优越。但是，问题在于，进了小区，也就是一个小拐角，车灯雪亮地射上去——

那个幽暗的空间里，无梁殿，没头没脑地、灰沉沉地镇在那里。特别黑，特别有重量，特别地让人心头一沉。吕明觉得，那时候的无梁殿很像一个鬼。怨怼，狰狞，邪恶。一下子就把他的好兴致、一点点艳遇，以及接到几张大单子的喜悦全部冲淡了。

吕明觉得无所适从，还有些难以把握。这无所适从以及难以把握的出处，吕明没法特别准确地做出总结。或许是因为它太独立，不像那些瓶瓶罐罐、桌椅条几，能够很方便地把它们收为己有，放在屋里，成为私人财产与现实生活的一部分？它真的是太庞大了，或许，应该至少把它的一部分，改造成与现实生活和商业行为息息相关的公众场所？

吕明眼前突然一亮。

05

商人是一种见缝插针的族类。吕明对无梁殿偶尔生成的恐惧，很快就成了勃勃商机。

吕明再次去了文保单位。又远兜远转地派人打听。得出的答案是确切的。因为这个无梁殿真实的身份确实无法考证，又鬼使神差地划到了小区里面，所以说就有了很多空子可钻。比如讲，只要和小区的开发商以及物业部门打通关系，事情就成了。就能同时打通新世纪与明朝的那条时间隧道。

接下来的几天里，吕明到无梁殿下面转了几圈，又去商业街的酒吧坐着。有一次，吕明坐在那里想心事的时候，烟嘴也忘了用就开始抽烟。一个礼拜过去以后，吕明把最终的结论告诉了惠芳：

吕明说他准备把无梁殿的底层办成一个画廊、古董兼酒吧沙龙的地方。画廊和古董是陪衬。重要的是人。在一座明朝（不管真明朝假明朝）建筑里出现的人。吕明说，现在的人都是有猎奇感的。虽然很多人根本就不知道，明朝与万历究竟是什么样的一种联系。"这没关系。"吕明说。吕明还说，里面将放满了明朝时候的假古董，假家具，在那里，会定期举办各种小剧场演出，室内乐，摇滚，行为艺术——

"至于这地方的名字……"讲到名字的时候，吕明忍不住笑了。很得意。吕明说他准备放弃"摩登怀旧"，这名字太文气。当然，小资会喜欢。但愤青们就会觉得有点酸。吕明希望未来的场所能够同时吸引小资与愤青。因为这两种人，前者有消费的水平，后者则有消费的欲念，都是时尚的先锋。吕明说，他必须选择一个两者都能接受的名字。他想来想去，突然觉得还是那个写书的姓费的家伙有本事。这不是个现成的名字吗？"堕落时代"。干脆，就叫"堕落时代"吧。有感受的人会觉得贴切，具有力量。没感受的人呢，至少也能无病呻吟、借题发挥一下。肯定有戏。

惠芳被吕明讲得有点迷糊。有很多东西惠芳弄不清楚，但是，在一个最简单、同时也最重要的问题上，惠芳心怀忐忑：

"会有人来吗？能挣到钱吗？"惠芳问。

吕明就给她举了个例子。吕明说，他有一个朋友，也是做生意的。出道早，运气也不错。刚刚跨入新世纪，就新买了别墅，家里还请了个管家。有一天，这个朋友在睡午觉，家里的电话响了。是管家接的。管家对电话里的人说：

"请您等会儿再打来吧，老爷正休息呢！"

吕明说这句话在朋友圈里广为流传。没有人不羡慕，没有人不向往的。为什么？因为"老爷"这两个神奇的字。它代表了金钱、权力，以及神秘的怀旧。它代表了二十一世纪崭新的生活方式：与以前有关、但同时又是决然无关的。

吕明最后说：这个即将诞生的名叫"堕落时代"的地方，也一定会产生同样的效果。

"堕落时代"的装修进行得很快。

吕明急着要抢时间。因为再过一个多月就是圣诞了。一个西方的节日，在中国明朝的建筑里庆贺。吕明这样想着，就连自己都感到了激动。

也出了几件小事。

先是出在装修的时候。吕明还是叫了原先那个装修队，就是把甲醛、氨、苯以及氡带进吕明家新居的那个。吕明首先出示了惠芳的病历记录，然后又对着工头叽里咕噜半天。最后谈成的价钱和完工时间让吕明感到非常满意。但十几天过后，工头告诉了吕明一件事情。

是那些老树。那些围绕在无梁殿周围、树身需要一人环抱的老树。开工以后，工程队忙着在无梁殿四周加添护栏和石阶。老的拆了，破得不成样子，但在拆和建的过程中，动了地气。工头说，有几棵树看样子快要不行了。吕明跟着工头去看，吕明说："救一下。"工头给吕明点了支烟，"没法救了。"工头说。工头说这种事情他还是有经验的，这种老树一动地气就算是完了。他以前也碰到过几回。比这些树还要老的。后来就死了。

工头把手做成一个喇叭的形状，放在吕明的耳朵根上。这事情有点麻烦。工头说，至少要比甲醛、氨、苯以及氡这种事情要麻烦多了。工头还说，按照他的经验，无梁殿有没有盖上明朝的钢印倒无关紧要，因为好多人根本就不明白。但这树——

工头又朝着吕明做了个手势。还挤了挤眼睛。

这天的午夜时分，一辆盖了雨篷的卡车开进了小区。过了不久，又仍然盖着雨篷开了出去。雨篷里面放着两棵连根拔起的老树。这晚的天气，可以用上一个明朝时分的词语：月黑风高。而两棵树的命运则是相当现代而摩登的，叫作：人间蒸发。

还有一件事，则是关于女邻居汪琳琳的。

从台资企业辞职以后，惠芳进了另一家公司。是吕明的朋友开的，蛮老实的朋友，公司做得很规矩。惠芳则仍然做她的财务。假账倒是不做了，但因为老板很节约，财务与行政接待合二为一，所以惠芳便新添了很多应酬。吕明倒是不在意。吕明还跟惠芳开玩笑，说担心惠芳的智商不够用。因为好的应酬是非常高级的，一点都不亚于做生意。

这天惠芳从吴宫喜来登回来。吴宫喜来登是苏州最豪华的五星级酒店。惠芳以前跟着吕明去过一次。惠芳还是蛮喜欢那里的，主要是因为新奇。当然，还有物质的快乐。但惠芳说，每次车子沿着仿造古城门砖墙的通道开上去时，她都会感到有些恐惧。砖墙黑沉沉的，打着底灯，更显出影子的幽深。

"为什么一定要设计成那样呀。"惠芳说。后面还有半句惠芳没说，那没说出来的半句话是："真有点像小区里那大家伙。"

但很快，惠芳就切入正题了。惠芳说，她在酒店的酒吧里看到汪琳琳了。就是那个女邻居，牵了条狗的。她生怕吕明回想不起来，就把那条狗的细节牵扯了进去。当然，酒店是不能带狗进去的，更何况是喜来登。所以惠芳讲了几句狗，又开始回过头来讲汪琳琳。惠芳说汪琳琳今天穿了件白色的毛皮衣服，"吓死人啦！"惠芳并不是动物保护主义者，所以惠芳讲的"吓死人"，指的肯定是毛皮以外的东西。

一个穿毛皮的女人。抽着烟。她的烟都是旁边的男人点的。他们朝她媚笑。而她的笑，有时候是骇人的——这便是总体上惠芳对于喜来登之夜汪琳琳的描绘。

惠芳还有些愤愤不平。惠芳说，那些势利眼的侍应生，明显就是在对汪琳琳献殷勤。一个个围着她团团转，还不是想多拿几张小费。"真是见钱眼开。"惠芳说。

吕明忽然就笑了。"你陪你的客户，她给她的小费，你管那么多干什么！"何况，吕明想了想，"何况这也没什么呵，抽抽烟，穿穿毛皮，你就这么大惊小怪，也太没有见识了。"

惠芳就把她的另一个发现说了出来。

惠芳说，今天她坐的位置，远远地正和汪琳琳面对。凑着灯光，她仔细看了看汪琳琳。"汪琳琳的面相不好。"惠芳说。惠芳看了吕明一眼，继续说道："我看她呀，还真像外面传的，是给什么人包养的。"

吕明没再说什么。

吕明知道，女人对女人，特别是对与自己不同类型的女人，总是挑剔而苛刻的。这没什么。相当正常。吕明对惠芳的感受不感兴趣。至于女邻居汪琳琳的身世——嗯，吕明倒是颇有些好奇。但商人吕明是个能够克制的人。克制的人总是知道事情要做，但又只能做到什么份上。比如说，作为一个克制的人，既应该知道：那些被施工工人乱扔乱放的老石墩是明朝的，保存、呵护必不可少；也应该明白：既然那些老树已经动了地气，那就不如采取主动，斩草除根。同样地，作为一个克制

228

的人，既应该懂得女人厚己薄彼的劣根性本就无可救药、无须辩驳；但也并不影响对于女邻居汪琳琳肉感屁股的浮想联翩。

为了沙龙"堕落时代"的正式开张，吕明还做了相当多的准备工作。

出于一个具有品位的商人的综合考虑，对于"堕落时代"，吕明有着自己独到的看法。吕明认为这里面有着好几个层次。首先是根本性目的，这很简单，就是赚钱、盈利。接下来便是手段。怎样来吸引顾客？吕明觉得，这个沙龙当然是表现艺术的，但它的表现方式却是：日常生活。这个日常生活还不是一般的日常生活。还必须是现在的老百姓最感兴趣的。是二十一世纪普天下芸芸众生的敏感点。

这个敏感点，按照吕明的看法，第一，是钱；第二，还是钱。现在的老百姓想什么，想发财，想有钱，想去五星级酒店，比如说去吴宫喜来登什么的喝一杯咖啡。这是一个全民性的问题。属于社会学领域的。吕明曾经看到过一张漫画。四周全是高楼，在高得漫无边际的楼层底下，一条大街的角落里，坐着一个乞丐。这个乞丐手里拿着一件东西。是一本时尚杂志。上面是美女香车，是边边角角都充满了名牌的都市生活。

当然，除了钱，或许还有情感。虽然吕明想到这个"还有"的时候，并不怎么确信。但不管怎样，吕明觉得这毕竟也是一个因素。吕明只是略微对它做了些修改。现在，它们的排列顺序是：第一，钱。第二，性感。因为性感就是已经朴素化、直截了当化的情感。所以吕明认为这还比较可靠。

遵循了这两个原则，吕明准备把"堕落时代"未来的一系列活动，包括小剧场演出、摇滚以及行为艺术，全都办成一种平民化的东西。平民化，并且充满了"金钱"与"美女"的气息。当然，这里的金钱、美女，一定是带有"堕落时代"烙印的金钱和美女。就说里面的软件：服务员吧，是女服务员，而且是穿着改良的明朝服装的女服务员。露也要露，性感固然也性感，但这性感是以前的，有距离的。若即若离，却并不是触手可及，出了钱就能买的——

当然，也不是说完全不能买，但要买就得出大价钱。这才是"堕落时代"的身价，这也才是明朝万历的身价。

还有背景音乐。古筝古琴、洞箫长笛、琵琶二胡，这些纯古典的器乐通通不要。"堕落时代"的气息不是这种气息。它应该是更现代的，更平民化的。比如吕明在出租车里听到的那个雪村就不错。《东北人都是活雷锋》。东北人都是活雷锋吗？当然不是。人家用的是调侃的姿态，往下降的姿态。大家听着就会觉得舒服。既解气，又出不了什么问题。

还有李宗盛的《阿宗三件事》，几乎就是一个现代商人的忆苦思甜记。歌词讲一个人，他原来是瓦斯行老板的儿子，在还没法证实他有独立赚钱的本事以前，他的父亲要他在家里帮忙送瓦斯。所以说，他就必须利用生意清淡的午后，在新社区的电线杆上贴电话牌子。到了晚上也没有空闲，他还必须扛着瓦斯穿过臭水四溢的夜市。

瓦斯，也就是我们说的煤气罐。在管道煤气还没普及、家用煤炉却已溃败的年代里，煤气罐是每家每户的必备品。吕明每次听这首歌的时候，眼前都会闪过一个肩扛煤气罐、脸色黝黑的年轻人的身影。前途是渺茫的，煤气罐是沉重的。吕明每次听了都很沉默。他喜欢这首歌。里面有种极为简单的力量：一个人在得到金钱与其他东西以前，所经历的漫长的屈辱与忍耐。他喜欢。吕明相信，还有很多人也会喜欢。包括有点品位的小资，与即便没有什么品位的愤青。他们都能在这种平民化、口语化并且已经落到底层的曲调和歌词里找到共鸣。

"堕落时代"里自然还会有些其他的东西。比如吕明就准备在里面陈列一些费氏名著《堕落时代》。吕明认为：这将是这个沙龙的理性之光。当然，真正的目的往往不会只有一个：

或许说，因为猎奇而卖出了一个好价钱？

06

对于那个叫"奔"的乐队，惠芳的第一印象不是很好。这个乐队是因为圣诞演出才与吕明联系上的。是吕明找的他们。原先吕明的打算是，在圣诞夜的八点半到十点钟，在"堕落时代"安排一场小剧场演出。然后，十点半一直到午夜，再安排摇滚乐队。小剧场演出在于新奇。摇滚呢，则是放肆。这两者都会有卖点。

吕明甚至还专程去了次上海。在一个黑洞洞的地下室里，看了小剧场演出的片段。具体剧情吕明不大明白，倒是觉得里面的空气有些问题。吕明带出了一张附有剧照的介绍：一个男人，胳膊上装着钩子。好像是铁的，也可能是钢，或者铜。当然更可能是铁的，因为廉价。这个扭曲的铁家伙搭在旁边一个女人的肩上。看上去特别的怪异。

下面还有几行字：

回头浪子返家了，带着女人回来了。如果说不是两手空空，那是因为一只留在了战场，另一只拉着布里蒙达的手；他是富是穷，这种事无须询问，因为每个人都知道拥有什么，但不知道这东西价值如何。

吕明仍然觉得不知所云。当然，不知所云也未尝不是件好事。问题出在别的地方。价钱谈不下来。小剧场方面要价太高。吕明不接受。吕明说能不能再讲讲价。对方也不接受。对方说，在上海就是这个价，市面上都是认的。吕明就举例子。说上海和苏州有地区差别，薪水是不一样的。更直观些，房价。上海的房价多少钱一平方米，苏州的房价又是多少钱一平方米。比如说，带有明朝万历年间建筑的新式小区，明朝建筑，上海有吗？看得见吗？

但小剧场方面态度非常强硬。他们说圣诞是黄金档期，一年就这么一次，有多少多少人排队等着他们呢。

吕明就只能把希望寄托在摇滚乐队身上了。

吕明不懂摇滚，但是交友广泛。所以在请乐队前，吕明找来几个朋友商量。吕明说，有没有可能请到与明朝这个概念相吻合的乐队。吕明的哥儿们都摇头。说没有。倒是有个叫唐朝乐队的。是北京的乐队。四个头发披到肩上、又高又大的北方汉子组成的。关于这个乐队，还有些传奇的说法。比如乐队早期一个叫老五的吉他手，据说每天练琴十二个小时以上，有几次还昏死过去。老五的演奏风格凶猛，快速。有人说他像头豹子，也有人说像个疯子。但乐队就在这种速度感中被带动起来了。他们的成名曲就叫《梦回唐朝》。唐朝，那可是盛世呵。和太阳有关的。开阔，宽广，灿烂。但吕明的哥儿们说，人家乐队早就已经是大腕了，轻易可请不动。

至于明朝——

吕明的哥儿们又说，明朝有什么，昆曲？妓女？还有，要么就是你们院里那个破破烂烂的无梁殿？他们说明朝是个让人软下来的朝代。悠扬，颓废，还带点纸醉金迷。而摇滚是必须要有血性的。

最后确定下来的乐队叫"奔"。奔跑的奔。是个地下乐队。成立时间也不长，一两年的样了。乐队有四个人：主唱，吉他，以及贝斯手和鼓手。基本上都是业余的，白天则兼着职。是吕明凭着拐七拐八的关系找过去的。一来，时间实在紧了，能凑合就凑合吧。二来，最重要的，对于出场费，他们倒是没提什么要求，甚至给人完全不讲究钱的感觉。最后谈下来的价钱挺便宜。乐队的主唱阿龙还说："其实没人听的时候，我们也唱。"

吕明很高兴。吕明说："你们是真热爱音乐，多好。"

乐队是二十四号中午到的。在上海租了辆客货两用的车，装了一车的器材。咣当咣当来了。下午他们要试音响，并且熟悉场地。还有，他们听吕明谈到了明朝万历年间的建筑。他们很感兴趣。阿龙说，他们希望在白天的太阳光底下先看一看它。然后才是夜晚。诡异的、充满了魔幻气息的摇滚之夜。月亮是倒挂的。剑一样插下来。江河奔走在天上。他们说，做过摇滚的人都知道，白天和晚上的感受是完全不同的。

吕明请他们吃了午饭。惠芳也参加了。后来饭局结束后，惠芳偷偷地对吕明说，她不太喜欢这几个人。惠芳说，她觉得他们很怪。要么头发披在肩上，要么在脑袋后面扎个小辫子。简直就和街上的小流氓差不多。特别是那个叫阿龙的人，有股凶相。脸还一直沉着。好像别人欠了他钱似的。

惠芳近来公司财务的位置坐得蛮牢。作为主办会计，惠芳觉得每个人都应该像月初领工资一样：一手拿钱，一脸微笑。又因为常去吴宫喜来登喝茶，惠芳对于演唱组的期望值也颇高。从外表到风度，从谈吐到气质，一律都应该是五星级的。"简直就像野人。"看着阿龙他们几个的背影，惠芳轻声说。惠芳甚至还怀疑吕明遇上了骗子。至少也是个不上台面的草台班子。

吕明有点不高兴了。说："搞摇滚的都这样，哪个不是疯子！要不，长成你们老板那样的小白脸，也就光能唱唱卡拉 OK 了。"

　　吕明顿了顿。又加了句："你不懂。"惠芳就不说话了。

　　下午吕明没去看阿龙他们的排练。吕明有点累，回去稍稍睡了会儿。对于"堕落时代"的首次亮相，吕明寄予了很大的希望。票房也不错，一小部分的票吕明送了朋友。这些免费入场的人里，还有一小部分吕明关照服务员，饮料、茶水和啤酒费都是全免的。陆续地还真有人来买票。在小区门口，吕明让人竖了块两人多高的广告牌。纯黑底色，银色泛光颜料，勾勒出阿龙和他伙伴们的身影。大部分是头像，还有小半个身子。总体的效果有点像囚犯。但吕明满意。吕明说："好，就这样。"

　　还有个小细节。就在广告牌的右下角，有一行小字："想搞就把我搞死吧。"是从其他摇滚乐队的宣传画上抄来的。开始时吕明有些犹豫。这话粗了点，当然，粗话总是带劲。有煽动性。但吕明担心精神文明办或者公安局刑警科什么的找上门来。吕明还想了个办法，在这句"想搞就把我搞死吧"的后面，加上一个破折号，然后注上：明朝。表示这句话是从明朝时候的什么人那里借用来的。但也不对。明朝人的语言不是这种语言。最后就来了个小妥协。字体小了好多。位置也改了。从宣传画的正中间移到了右下角。偷偷摸摸的样子——

"想搞就把我搞死吧。"吕明在广告牌前面踱过来踱过去，看着。抽着烟。

吕明点点头，说："好，就这样。"

吕明回家小睡的时候，手里拿着一把刀。是把藏刀，阿龙送的。阿龙说他前一阵刚去过西藏。阿龙没说为什么要送刀给吕明。阿龙不大爱说话。但吕明是见过世面的人，知道有些藏刀是很珍贵的。况且送这种礼物，至少也说明了"情义"二字。阿龙送的这把刀，刀柄上的花纹很好看，但有些狰狞。吕明拿在手里的时候，忽然就想起了无梁殿。无梁殿檐角的花纹。它们还真是非常相像。都有那样一股子邪乎劲。吕明拿着它走过中午白花花的太阳底下时，眼前老是出现一种幻觉。吕明把刀从刀鞘里拔出来，看看。又插进去。

刀刃雪白雪白的，在太阳下面闪着银色的光。

刚才吃饭的时候，阿龙对吕明说，他们已经看过无梁殿了。阿龙说和他想象中差不多，但还是把他吓了一跳。

阿龙是个话不多的人。阿龙讲了这句话后，就把一把藏刀送给了吕明。

07

吕明本来以为自己躺到床上就能睡着的。这些天，吕明一直是超负荷运转。接连不断地跑上海，招聘服务员，电路，灯光，小摆设小挂件。事无巨细的。甚至圣诞晚会上要用的那种细长而高的香槟杯——有人建议就用啤酒杯，很大的杯子，木制的，或者陶的。正好配上摇滚乐的粗粝。但吕明不同意。吕明认为还是要准备些香槟杯。一来是开张，二来么，吕明说，到时候说不准会有几个明朝的幽灵出来，手里拿着香槟杯，嘴里说着"圣诞快乐""圣诞快乐。"明朝的人么，总是细气些。总不能让他们拿啤酒杯吧。

有两个服务小姐听得嘴巴都张开来了。觉得老板挺神奇。

但这些天吕明实在是累了。站在镜子前面照照，脸色有点发青，还有些焦黄。反正一点都不像当代人的脸色。嘴唇经常是裂开来的。头发也乱。眼睛里还有游移着的血丝。就连和惠芳之间有规律的夫妻生活，近来也少了。偶尔有，吕明也觉得勉强。幸好惠芳在这方面的要求不强。刚结婚的时候就不强。吕明一直怀疑惠芳有洁癖，有一次，吕明问惠芳："你会不会有些性冷淡呵。"惠芳的脸刷地就红了。惠芳说："什么呀，瞧你说得多脏呵！"

开始的时候吕明还做过些努力。吕明搞来些黄带，让惠芳和他一起看。惠芳不肯看。惠芳还是那句话："这多脏呵。"吕明就说，中国的好多夫妻都偷偷地看这个。这是个公开的秘密。几乎相当于一种文明素质教育。吕明还说，黄带一般有几种。港台的低俗些，为黄而黄，没什么情节。而欧洲国家的，有些黄带几乎就是艺术片。这样说多了，惠芳也半推半就，跟着看了几本。但不管港台还是欧美，惠芳还是整个的不喜欢，惠芳说她看着看着就想吐。有时候吕明看得兴起，一把拉惠芳到身边来。惠芳也附和。但吕明让她学录像里的那些姿势，还让惠芳在床上也学着说点粗话，惠芳就死也不干。甚至还对吕明的品性产生了怀疑：

"你们男人怎么会这样！"惠芳说。皱紧了眉头。

渐渐地，吕明也就认了。女人或许有很多种，像水的，像火的，像汽油的。尤物。荡妇。烈女。做了婊子又要竖牌坊的——不管有多少种，吕明的老婆惠芳也就是惠芳了。吕明很难把她变成另外一个人：名字不变，性质改变。惠芳就是惠芳了。一个礼拜和吕明上一两次床。注意个人卫生。忙碌而缜密地打点吕明的生活以及部分的私人账户——

吕明认了，但心里还是觉得有些遗憾。

吕明躺在床上，却一直没有睡着。从远处能听到电吉他的啸叫声，是"奔"乐队，阿龙他们。吕明爬起来，点了一根烟。抽了，再点一根。吕明一连抽了两根烟，然后躺下去，翻身。却还是不行。还是睡不着。

在很长一段时间里，吕明睡着了以后就会做梦。各种各样的梦。梦里出现过很多不同的形象。有一种形象让吕明感到惊异。吕明经常梦见刀。雪亮雪亮的刀刃。在太阳光下面，或者在月亮光下面。

吕明偷偷请教过释梦的人。那人看了吕明一眼。说，那是性的意思。刀，其实就是性。那人问吕明："你结婚了吗？"吕明说："结了。"那人顿了顿，又说："那你在性的方面一直没有得到真正的满足。"吕明怔了怔，没有再说什么。临走的时候，吕明给了那人很多钱。

那天晚上，吕明在电脑上搜索一种家具木材的资料。是种仿古做旧的家具。在选用木材的材质上，既要颜色、木纹相近，又要价格适宜。吕明查了一阵，忽然把鼠标一点，在搜索栏里键入了一个字："刀"。搜索结果里立刻出现了一百四十多万条信息。吕明茫然地翻看着。想了想，又键入了四个字："小李飞刀"。这次呈现的信息是一万多条，并且多数是娱乐新闻。又看了会儿，吕明相当随意地敲动着键盘，这次是两个字："藏刀"。

有一条网页信息吸引了吕明。是个故事。题目就叫作"藏刀"。但网上显示的资料是不全的，只有一个开头。后面的东西已经搜索不到了。电脑屏幕上出现了这样一行字：该页无法显示。表示已经被网站删除，或者您的显示器出现了其他问题。但吕明觉得，就是前面的这个开头，也已经很有意思了。这个开头是这样的：

有一天，在大昭寺广场，我看见个奇怪的年轻人。他显然是汉人，却穿着黑色藏袍。这种藏袍的一只袖子通常被甩在身后，与下摆一起拖在屁股下面，使人看起来像头年老的牦牛。我看见这个年轻人的时候，他正站在大昭寺广场上一大堆商贩的中间。拉萨九月的阳光明媚地照在他的额头，使他的肤色看起来淡然而明朗。我从他的面前走过，注意到他的长发在脑后结成了一条长长的辫子，一直拖到后背——

然后就没有了。任凭吕明怎样点击，都毫无用处。这个名叫"藏刀"的故事，在开始的时候便宣告结束了。甚至连刀的形象都没有出现过。但吕明恰恰对这个感起兴趣来。那把藏刀，它究竟会在什么时候出现呢？是商贩手里的贩卖品？还是与那件神秘的黑色藏袍、拖在屁股下面的袖子有关？会有暴力行为吗？因为女人？谁死了？血顺着藏刀雪白的刀刃流下来——

吕明坐在电脑前面胡思乱想。却就是不肯轻易放过这个不知结局的开头。这种情况，几乎都有些不像吕明了。那个现实而又精明的商人吕明。但这种感觉很奇妙。确实很奇妙。吕明很享受这种感觉。仿佛有根看不见的线在拉他。还有神秘，包含了恐惧的神秘。

对于吕明来说，这种时候不多，真的不多。有时候和那帮哥们喝酒，过了三巡，大家开始掏心窝了。你掏一分，我掏一分。但吕明掏心窝的时候也很清醒，知道自己在掏心窝。自己享受，人家感动，最后自己也被自己感动。只有很偶然地，那条神奇的看不见的界线，"啪"的一声，越过去了。吕明听见自己心里在说："糟了！"但已经管不住自己了。人在过山车的顶端，或者底部。皮肤放在冰凉的刀尖上。一只野山豹张开了血口。

"糟了！"吕明听见自己说。但已经晚了。

醉酒是一种。还有一阵子，小区里流传着一件事情。说九幢三楼的一个小男孩，晚上放学回家。因为老师留了训话，所以回家迟了。天黑，下着点小雨，还有些雾气。九幢在无梁殿的背阴面，小男孩从大门进小区以后，就沿着车道走，然后再绕过无梁殿侧面的一片竹林。走在竹林旁边的时候，小男孩抬头望了望无梁殿。他忽然发现，无梁殿二楼的一个小木格窗里有淡黄色的光。是点状光。一闪一闪的。还一会儿强，一会儿弱。小男孩揉揉眼睛。生怕是雨和雾气把眼睛弄湿了。现在的孩子开智早，家庭早期教育又进展及时，所以小男孩虽然刚进小学，对于明朝是个什么概念，却早已心中有数。小男孩倒是不怕明朝的鬼。这种讲法，学校里的小朋友是要笑话的。"世上没有鬼"。不管是唐朝的鬼，明朝的鬼，还是千禧之年的鬼。这是个真理，但小男孩还是感到有些害怕。他揉过眼睛后，又踮起脚看了看。然后就背着书包撒开腿跑了。

后来小区里的人说，小男孩看到的可能是萤火。但大人们，就从来没在无梁殿那里看到过萤火。也没人可以解释。

这件事在小区里传了一阵了。后来吕明晚上站在无梁殿的木格窗前面，殿里又有冷风刮出来时，就也会有种莫名其妙的既恐惧又神秘的感觉。这和供财神菩萨不一样。其实吕明从来就不相信有财神菩萨。但吕明愿意信奉规则。然而晚上，无梁殿的冷风刮过吕明脸上时，吕明忽然觉得：他所有现成的规则一下子都派不上用场了。他孤立。无援。因而恐惧。他感到："糟了。"

或许，这样的情况还有另外一种。女邻居汪琳琳，女邻居汪琳琳肉感的圆滚滚的屁股。吕明第一次站在紧靠无梁殿的玻璃长窗后面，抽着套了烟嘴的香烟。女邻居汪琳琳牵着她汪汪直叫的狗走过来。走过吕明的窗前。

吕明的心莫名其妙一紧。吕明听见自己骂了句粗话。然后说：

"糟了！"

关于女邻居汪琳琳，吕明听到过一些不同的说法。当然，吕明知道，在这样一个配备了宽带网络、红外线探头、家庭报警系统以及二十四小时保安巡视的智能化小区里，对于一个个体的"人"的认知，可能倒要远远落后于上海的石库门、北京的四合院，以及江南古镇的卵石小巷。在这种小区里，"人"是隔绝的，彼此没有关联。就像竹林里的一根竹枝，无梁殿上的一块青砖。

确实闹过不少笑话。曾经有个大门口的大个子保安，对着一位出远门回来的业主热情地说："回来啦！"业主也很高兴，回答道："回来啦！"大个子保安骄傲地转过头，对旁边一个人说："他是个海员。常出海。"没想到，旁边那人正是那位业主的朋友，他诧异地说："海员？谁说他是海员？人家是教授，刚从台湾当访问学者回来。"

还是这位大个子保安。有一次，吕明和他谈一件物业上的事情。也不知怎么的，就讲到了狗。吕明问小区里有几家养狗的。大个子保安扳了扳手指，一二三，说也就三四家吧。大个子保安还告诉吕明说，六幢里那个女人的狗最好。吕明一怔。六幢，养狗的，应该就是汪琳琳。吕明给保安一根烟，远兜远转地聊。但保安的话题硬是不回过来，硬是不讲到圆屁股的女业主汪琳琳。

职业化得很。也敬业得很。后来吕明想想也对，现在的物业管理，竞争多厉害。即便保安是个色鬼，多么多么喜欢讲女人，也不能在吕明面前讲。这其实并不是职业道德，或者保护公民的隐私，保安要保护的东西很简单：他自己的饭碗。

所以，吕明觉得：现代意义上的保安人员，就要比居委会好上很多。

倒是吕明有个哥儿们认识汪琳琳。

就是介绍吕明找到"奔"乐队的那个哥儿们。有一次，他和吕明在酒吧喝酒。正好喝到你掏一分心窝、我掏一分心窝的当口。一掏就把女人掏了出来。那哥儿们问吕明外面有没有女人。吕明拍着胸脯说没有。"都一把年纪了。"吕明说。那个哥儿们不信。红着脸说："你不把我当朋友。"吕明喝得也稍稍有点多，但说话还是很有逻辑。吕明的意思是说，我再把你当哥儿们，也不能把没有的事情说成有。

那个哥儿们倒是真多了。拿起一个杯子就摔。杯子碎了，他的心也碎了。扑在桌子上哭。一边哭一边诉说。他的婚姻出了问题，女人有了外心了。但偏偏他又真喜欢这个女人。哭得眼泪鼻涕的，惨不忍睹。吕明劝了几句，觉得不好劝，就抽烟。

哭着的人说了会儿，酒有点醒了。也或许更迷糊了。

话题一转。说:"你知道我为什么舍不得?"吕明有些茫然。摇摇头。那人又说:"因为床上好,实在是好。"吕明觉得脸上有些发烫,怕他接着乱说,就想把话题岔开。但那人硬是不让他岔。自管自地往下说。讲得有些下流了。吕明是个要面子的人,就有些不乐意,站起来把账付了,拽着那人往外走。外面风大,一吹酒就醒了大半。那人回过些神来,拉着吕明的手赔不是。酒劲过去,心酸却又上来了。

那天吕明建议去无梁殿附近走走。酒后的人是有点木的,又惊人的灵敏。被无梁殿的阴风几下一吹,那人不知道哪根神经又给拨动了。就这样讲到了汪琳琳。

其实讲得也很简单。汪琳琳是那人一个朋友的女人。两人同居了很长时间。后来就分开了。是汪琳琳要分开。但闹得很凶,还打起来了。

"我那朋友差点把那女人给杀了。"那人说。那人还提示了一个细节,说汪琳琳的左边锁骨那里有条刀痕。是给他那个朋友划伤的。但刀痕不深,没往死里下手,只是当时气疯了。"人到了这份上,都忍不住。"那人又说。

那天晚上回家,吕明接连看了两盘黄带。吕明一边看,一边忍不住想起哥儿们的那句话:"因为床上好,实在是好。"再回头看惠芳。惠芳很早就睡了。睡相很安详,鼻息也很均匀。惠芳的睡衣领子耷拉着,吕明看了会儿，再把它往下拉，拉到锁骨那里。惠芳锁骨那里的皮肤很光洁，白净似玉，像平静的大太阳下面的池水。

再后来吕明就也躺下去睡。睡不着。就爬起来抽烟。一根，两根，还是不行。但这天晚上吕明没有去打扰惠芳。后来商人吕明终于睡着了，并且做了个梦。

在梦里，吕明见到了漂亮的圆屁股的女邻居汪琳琳。

08

吕明醒过来的时候，天已经完全暗了。

但吕明向窗口张望了一下，忽然发现，今天晚上的天色有点不对。天是发红的，倒也不是整片发红，就在东北边。也不知道是怎么回事。一般来说，只在夏天会有这种情况。阵雨的前面，还打雷。天也憋足了劲的。但现在，冬天的十二月的晚上，天是红的，红通通一片，边缘还有些暗金色的光。

看上去特别奇怪。

"奔"乐队的正式演出定在晚上九点，但在九点以前，他们还将进行些即兴表演。主唱阿龙说，这属于热身运动。

吕明倒是不反对。但吕明在签订演出合同时附了一条备注内容。表明九点以前的演出，都不在收取出场费的范围以内。吕明低头在括号里填写内容的时候，阿龙无意中看了一眼。笑了。吕明抬下头，说了句："九点以前是没有报酬的。"阿龙说："我不在乎这个。"吕明又说：

"但我得讲清楚。而且要讲在前面。"

阿龙就也没说什么。

吕明下楼去无梁殿的时候，换了件唐装。是惠芳在喜来登织品部买的。藏青织锦缎，本色亚光团花。吕明穿着相当不错，显富态，还提升品位。但这件唐装价格不菲，连吕明都有些吃惊。吕明没想到惠芳也会有如此身手。惠芳一直是节俭的，一百块钱当作一百个一块钱花，从菜场买把蒜，也恨不得捎带上两块姜回来。吕明做生意，贷第一笔款的时候，惠芳急得脸都白了。惠芳对吕明说："咱们宁愿穷点，别冒这个险——"

吕明很不乐意，狠狠抽了口烟——

那时候吕明还没用烟嘴，不管是即用即弃、还是常用的那种。那时候吕明的烟屁股上光秃秃的，透着股烟丝的焦黄。说话也比现在狠。心里一阵焦躁，那次吕明没说："你不懂。"而是说了句：

"你懂个屁！"

穿了唐装的商人吕明，穿过东北部发红的天空、走进无梁殿时，阿龙已经在唱了。

灯光打得不错。吕明塞了红包，请电视台灯光组的人调过两次。总体来说，现在的灯光是暧昧的。暧昧不算，还显得人美。几个服务小姐在里面走来走去，就很有些尤物的意思。让男人心里起主意。吕明也专门按照钟点付钱，请了大学艺术学院的人传授步态。有个问题引起了争议：明朝的人是怎么走路的？特别是，明朝的漂亮女人是怎么走路的？

没人能回答。艺术学院的人也同样。最后，大家决定把结论搞得简单些：男人喜欢看女人怎么走路，女人就应该是怎么走路的。不管是唐朝女人，明朝女人，或者扮演明朝女人的小姑娘们。

陆续有人进来。

吕明让人在门口准备了些面具。有些是大家熟悉的。比如说，热播的《大明宫词》里那张昆仑奴面具。《东北人都是活雷锋》里的雷锋像。一个明朝武士。穿高跟鞋的美女。还有一个肩上扛着煤气罐哭丧着脸的年轻人。也有大家并不熟悉的：一个胳膊上穿着铁钩子的男人。旁边是他的女人。女人的胸口贴了张白纸，上面写着一行字：

我发誓再也不看你的内心。

大家进来后就分散着坐了。听阿龙唱歌。很少有人真的戴了面具进来。因为每个面具旁边都有张小纸条，上面标着小数字："出租，5 元 / 小时"，"6 元 / 小时"或者"8 元 / 小时"。那个铁钩子男人和女人倒是不要钱。但大家都觉得不太吉利。有人向吕明提了个建议。说用100 元面值的钱做个面具，10 元 / 小时出租，沙龙结束后，就永久赠送。吕明笑了。在心里骂了句：放屁。

阿龙唱得很好。

阿龙唱歌的时候，头发就飞了起来。从肩膀上飞起来。还在脑袋四周晃动。阿龙的样子，从正面看有些似笑非笑，从侧面看又有点呆滞与邪恶。像一个在故事里大家都很熟悉的傻瓜。但没有疑问的是，大家都喜欢听阿龙唱歌。唱到一半的时候，阿龙闭上眼睛，抱着话筒，身体开始扭曲。

跟着阿龙一起扭曲的还有很多人。有的摇头，有的耸肩。吕明有些怀疑阿龙吃了摇头丸。但不能确定。但即便阿龙真吃了摇头丸，吕明也能肯定他不是在"堕落时代"里买的。开张以前，吕明就与人探讨过这个问题。就是在吕明面前哭过、掏过心窝的那个哥们。

那哥们说他最近吃上摇头丸了。在酒吧里。偶尔吃，还不上瘾。但那一刻的感觉确实不错，让他忘掉了很多烦恼。那哥们还给吕明讲述了很多细节。他说，吃摇头丸"行话"叫作"嗨"。人称"嗨哥""嗨妹"。他说，有一次在酒吧里看到两个年轻女孩使劲摇自己的头，近半个小时，她们竟然没睁开过眼睛。后来有个身材壮实的男人过来，拉其中一个女孩跳舞。那女孩没动。男人忽然就用手拍打她们的头，五指张开，出手很重的。两个女孩竟然一点没有反应，仍然狂摇不止。

那哥们说，这就是典型的吃摇头丸后的反应。但也并非所有摇头的人都是吃了药的。吃药的人一般都眯着眼睛，面无表情。而且头摇得极为疯狂。因为吃药以后，一般来说，吃药的人都会很难受。如果不做激烈运动使身体出汗的话，药力就会使人昏迷，甚至呕吐。讲到这里，那哥们还从口袋里拿出个小塑料袋，满脸神秘地拿给吕明看。

里面有些药丸。粉红、粉绿、深褐或者白色。就这样看上去，也并没有什么特别的。

吕明说："这就是？"

那哥们点点头："这就是。"

那哥们还说，这种摇头丸学名叫作二亚甲基二氧苯丙胺。里面含有冰毒成分。能让人产生幻觉，其实是种兴奋剂。"但少吃点没事的。"接着他又补充了一句。

他建议吕明对这种事情眼开眼闭。因为现在好多地方都有这种秘密买卖。歌厅、舞厅、俱乐部、迪厅。有人手里托个盘，里面放了烟，角落里还有摇头丸。或者就是偷偷放在塑料袋里。眼开眼闭，有时候生意就来了。那哥们说，他第一次吃的时候，虽然不太舒服，但很爽。好事坏事全给忘了。

"这就很好。"他说。"就是要达到这种感觉。"他还凑在吕明耳边讲了句悄悄话："他妈的，比女人还好。"

但吕明不干。

吕明说这种事情他是不干的。而且坚决不干。吕明说他坚决不干的原因有两条：

第一，聪明人不干傻事。摇头丸早就给禁了。眼开眼闭的结果就是迟早要引火烧身。就像你明知道抽烟有害身体，却就是不肯套上个烟嘴。那么，咳嗽就是难免的了。多痰和气短也会经常出现。还有胸闷。嘴唇也会发乌。要是和老婆或者情人亲嘴，她的视觉和味觉立刻就会产生作用：看，一眼就看到你牙齿上的烟垢。闻，马上就会闻到你嘴巴里的异味。

第二，吕明认为，人还是要有底线的。这是吕明引以为豪的地方。"堕落时代"的底线就是不卖毒品。其他的，吕明可以睁只眼，闭只眼，比如说，小姐和客人调调情呵，陪陪酒呵。有人醉酒摔摔杯子呵。吕明甚至都可以不要他赔。但毒品就绝对不行。这是吕明的力量无法到达的区域：邪恶，狰狞，无法控制。就像那个有开头没有结局的网页故事。

那把神秘的藏刀。

那天讲到后来，吕明还问了那哥们一个问题：

"明朝的时候，有毒品吗？"

那哥们的神情有些茫然。他说可能没有吧。那时候鸦片还没进来，摇头丸，也就是二亚甲基二氧苯丙胺，这种高科技的产物就更不可能有了。他想了想，又说："当然，总是会有些什么的。是吧。比如说——"他又把头凑到了吕明的耳朵旁边，叽里咕噜说着。然后自己也忍不住笑了。

09

上座率倒是不错。

不断有人进来打听。问问价钱，看看阿龙什么的。有些是小区里的居民，每天晚上要在无梁殿附近散步的。还有些就不是。还有些是从附近商业街上吸引过来的。手里拿着花花绿绿的气球，上面写着"圣诞快乐"，或者"恭喜发财"。圣诞夜的晚上，街上到处站着分发这种气球的人，有的戴着圣诞老人的帽子，还粘了个蜡制的红鼻子。他们的工作，就是把气球送给恰好经过的路人。送完了，拿报酬。然后再送下一批。

有很多拿了气球的人，就站在小区门口的广告牌下面。两人多高的广告牌。他们看着上面泛出银光的阿龙和他的伙伴，有些还看到了下面的一行小字："想搞就把我搞死吧。"

就来了兴趣。

吕明站在门口。有些问问价钱什么的就首先问到了吕明。有个年岁不小的老头，戴了顶瓜皮帽。探头探脑的。开始时，吕明还以为他是物价局、卫生防疫站什么的，或者干脆就是个暗访"摇头丸"的密探。吕明主动迎了上去，还递了支烟。聊了几句后，吕明发现自己搞错了。老头就住在这个小区附近，住了好几十年了。老头说他小的时候就常到无梁殿附近玩。

"你是这里的老板?"老头可能刚喝了点酒。身上咝咝向外冒着酒气。吕明没说话。笑笑。老头就继续说。"有件事，也就讲讲的。但你是老板，心里要知道。"吕明一愣，稍稍有点紧张。

老头大致地讲了讲。

说这个地方，也就是无梁殿周围一带，原先是个乱坟岗。当然，这个时间嘛，是在有了无梁殿以后，但距离造这个小区，则要有很长很长时间了。那时候，斩杀了犯人，就给葬到这个地方来。"很荒的，特别荒。"老头说。老头还说，他小的时候，进来玩。那时已经不葬犯人了，但还是觉得荒。大人都不让他们进来。就偷偷地。第一次进来的时候，是两个人，还有一个比他更小的孩子。矮矮的，比他矮小半个头。是个有月亮的晚上，特别白的月亮。天气也好，没有风。两个孩子手拉着手进来的。嘴里还含着大人给的水果糖。才走了没几步，那个小孩忽然"哇"的一声哭了出来。然后撒开他的手，跑了。

"后来，那个逃出去的孩子说，他看到两个人，就在那个黑乎乎的殿的旁边，也是手拉着手的。也不知道是两个男的，两个女的，或者还是一男一女。反正是黑乎乎的两个人影。但那孩子说他怕死了，以为碰上了鬼。"

老头说，后来那小孩的大人也进去看过一次。怕真有什么，把孩子的魂给吓破了。大白天进去看的。出来的时候嘴里说着："没什么，没什么。"但头一直在摇。老头说他也很长时间没敢再进去。虽然那天他并没看到什么。但那个地方太荒凉了，难免会产生幻觉。"现在好了。"老头把吕明给他的烟抽完了，又问吕明要了一支。

"现在好了，造了小区。有人气了。"老头说。

今天的无梁殿是明亮的。

檐角和轮廓线那里都挂上了彩灯。真是彩灯，五颜六色的。吕明让人去附近灯饰总汇买。吕明关照说："颜色要杂。越杂越好。"结果买回来的就果然很杂。杂到你搞不清楚到底有几种颜色。杂到那些奇怪的颜色奇怪地毫不合理地分布着。没有任何规律。反正就是张灯结彩，喜气洋洋。很有了些烟火气。就像春节年夜饭，最后端上来个大杂烩。里面什么都有，什么都看不清，但就是喜气。就是热热乎乎的。当然，还是有不同。无梁殿各个楼层的飞檐那里，原先爬着草和藤蔓，楼顶还长着小的杂树。冬天没叶子，但树枝的形状是清楚的。现在，杂乱的彩灯一照，殿的轮廓与树的轮廓混在一起，殿模糊了。树也模糊了。反倒有种人间的喜剧色彩。再不是那个灰黑沉沉、上面长满乱草、阴森森的大家伙了——

惠芳很喜欢。惠芳跑进跑出看了几次。嘴里不住地说着："热闹，真热闹。"惠芳小心翼翼在吕明的左脸上亲了一下。还红了脸。惠芳说，那个殿要是平时都这样就好了。就不会那样让人害怕了。惠芳想了想，又说：

"这恐怕要费很多电吧？"

后来吕明就坐到了一个小壁炉的旁边。是个关系户经营的小壁炉。装修房子的工头，那个把甲醛、氨、苯以及氡带进来，又把老树斩草除根的那个。壁炉就是他的小舅子代理经营的。那辆盖了雨篷的卡车开出去后的第三天，工头就对吕明谈起了壁炉的事。是个欧式壁炉。很洋气的。吕明皱皱眉头。"明朝不会有这东西吧。"吕明说。工头不回答。抽烟。眼睛眯成角度地看着吕明。

工头的烟屁股上没套烟嘴，所以说，他看吕明的样子就显得特别潇洒。

壁炉送过来的时候，吕明心疼了好几天。扔了，心疼。不扔，还是心疼。最后还是装上了。装在进门的那面墙上。又作了些处理。总算不扎眼了。但吕明出门进门时总扭过些脸。不想看到它。作为商人，吕明一看到它，就想到了两个字：失败。

吕明觉得声音很吵。阿龙一直在唱。先是阿龙一个人唱，后来好多人都跟着一起唱。还摆动手和脚。两只手臂抱头，两只手则在脑袋后面交叉着，握得很紧。好像要从背后痛苦地拔出自己的脊柱。

吕明看着，觉得有点好笑。特别是阿龙的尖叫。阿龙唱着唱着，就会在台上跳几下，翻个滚，跪下来，然后就尖叫。人和人真是不同。吕明想。有人做生意，有人唱摇滚，有人则硬要往明代建筑里塞一个西洋的壁炉。

吕明记得，中午吃饭的时候，阿龙对他说过这样一句话。阿龙说："有些时候，人真想跑呵。"吕明说："是呵，所以你们就叫'奔'啊。"后来就又讲到了西藏。不过，吕明想，高原缺氧，其实是不能奔跑的。高原上奔跑很可能会有生命危险。但吕明在无梁殿四周就从没有奔跑的感觉。也会有些形体动作。比如说，那个推销壁炉的工头，歪着眼睛，抽着烟，看吕明的时候，吕明就很想上去给他一巴掌。狠狠地。

吕明累了。很想休息一下。音乐是这样猛烈，让吕明产生衰老的幻觉。吕明用手撑了一下头，突然发现旁边的位子上有对十七八岁的小恋人。正抱着亲嘴。小女孩的头整个看不见，男孩子也只露出半个脑袋，倾斜得很厉害。还能听到叽叽喳喳的声音。鸟叫似的。

吕明手里拿了只细长形状的香槟杯。里面放了些烈性酒。吕明累了。阿龙的声音越大，越嘈杂，他就越是觉得累。觉得手和脚都瘫软了下来。老了。吕明想。但不——吕明拿起手里的杯子，喝了一大口。然后又直起身，向着阿龙的方向打了个响亮的榧子。

"好！"吕明说。

后来恍惚就听到了狗的叫声。

吕明手里细长的香槟杯泼出了两滴酒。

吕明的手抖了一下。就一下。吕明以为好了，但回头朝门口看的时候，吕明的手忍不住又抖了一下。

是女邻居汪琳琳。她戴了那张奇怪的面具。女人，旁边是个胳膊上穿着铁钩子的男人。女人的胸口贴了张白纸，上面写着一行字：

我发誓再也不看你的内心。

女邻居汪琳琳。女邻居汪琳琳烧成灰，吕明也认得她。女邻居汪琳琳正面走进来，吕明的眼里也是她漂亮的圆屁股的背影。

吕明向她走过去。手里拿着细长的不断泼出酒来的香槟杯子。

"你好。"吕明说。

汪琳琳仍然穿着毛皮。好像还是白色的。汪琳琳看了吕明一眼，然后从随身的小包里取出烟。吕明把手里的杯子放下来，拿出打火机。"啪"的一声，没点着。又"啪"的一声。

"火。"吕明说。

10

吕明想象过很多次与女邻居汪琳琳的见面。地点也有很多。无梁殿附近。小区门口。街上。吕明甚至还想象过，他站在玻璃窗的后面，正偷看着汪琳琳，可突然地，她一抬头，看到了他。还有一次，吕明在喜来登谈事。谈完了，客人先走，吕明就在那里多坐了会儿。吕明抽着烟，看着进出的人。心里有种莫名其妙的期待。后来吕明的手机响了。是惠芳。在电话里，惠芳小声问了一句话。其实答案就写在家里的时钟上。惠芳问吕明：

"现在几点了？"

惠芳一直担心吕明在外面有小蜜。起码有两三次，吕明发现，自己随身带的那只黑皮公文包被人翻过了。很细密的手迹。边角，里外，翻得很细心。翻过，再理好。就像平时给吕明整理衣物那样。还有西装口袋。皮夹的里层。上面都插满了女人的手。纤细，紧密。疏而不漏。

惠芳还给吕明办公室打电话。吕明公司有个女秘书，一次吃饭时惠芳见过。女秘书长得不错。上海人，说话很嗲，还有股媚气。也会看人眼色。但眼色看着看着又忘了，当着惠芳的面，不经意朝吕明甩了个眼风。回家后，惠芳半天没说话。一双手却把家里的东西碰得乒乓直响。

"现在上海也不怎么样嘛。"惠芳说。声音还是小的，但有了些底气。吕明正翻着当天的报纸，抬起头，"嗯？"了一声。"也没什么地区差别了，上海人也来苏州找工作。"吕明就有点懂了。皱皱眉头，顺手把电视打开了。那几天电视正放《来来往往》，康明远正来往到时尚又会讲黄段子的时雨蓬那里。惠芳拿过遥控板，调高声音，嘴里不停说着："女孩子还讲黄段子。女孩子还讲黄段子。"吕明知道，她接下来肯定要对上海女秘书的面相进行评价，就先说了句："她颧骨高，克夫。"惠芳就笑了。

但吕明觉得很无聊。

有时惠芳做过分了，又正逢上吕明心情不好，吕明也会发火。脸铁青的。板着。特别阴沉。吕明一发火，惠芳就软了。很惊慌。不断地端茶递水，眼神怯怯的，像是受了惊吓的动物。半夜里，吕明醒过来，发现惠芳在被窝里窸窸窣窣地动，一只手伸过来。也是惊慌的，软塌塌的。试探地抓住吕明的那只。这类事情的最后，总是由惠芳告诉吕明说：真的，真的全是因为她爱吕明，才会这样做的。

然后吕明再表示：

他已经原谅了她。并且，这同样也是真的。

吕明和上海女秘书的关系确实有点暧昧。但也仅是暧昧。没上过床。有些重要场合，吕明会带上女秘书。作为一种生意场上的秘密武器。

老板与漂亮女秘书的关系——在生意场上，这是公开的秘密。吕明的几个老板朋友都有漂亮的女秘书。当然，选择的标准各有不同。有的喜欢唐朝的漂亮，有的是明朝，也有喜欢白俄式的，或者"手掌里的宝贝"。吕明的取向则要实用些。吕明的女秘书是个精明女人，长得有点像《围城》里的苏文纨。或许因为数次围城未下，结果，这公元两千零一年的苏文纨成了个独身主义者。

女秘书对吕明不错，有些事也能替吕明拿点主意。吕明多少有些依赖她。吕明最终决定建造"堕落时代"的那一个礼拜里，去商业街的酒吧坐了五个晚上，其中，又有三个晚上，是和女秘书在一起。吕明把她当哥们，因为她懂事，见过世面，并且也有头脑。但她又毕竟是女人，温存，媚气，细软。这两者的叠加，便成了只精致而安全的烟嘴。

　　吕明和这只烟嘴也有过些微妙的瞬间。有一次，经过三天的艰难谈判，吕明签下了一张大单子。烟嘴一直陪着。已经很晚了，吕明又喝了酒。喜悦加上疲倦。突然就感到了虚无。因为虚无，就希望要抓住点什么。吕明拉住了烟嘴的手，说了句动情的话："多亏了你。"两人缠绵了会儿。烟嘴的眼睛很亮，湿湿的。烟嘴也说了句动情的话。烟嘴说："你真不容易。"

　　烟嘴还说了些其他的话。

　　烟嘴说，她其实一直挺佩服吕明的，真的佩服。烟嘴说，她觉得吕明像条汉子。当然，烟嘴没用"汉子"这个词。她用的是上海话。"侬像格男人。"烟嘴是这样说的。她还表示：替这样的人做事，她愿意。烟嘴说这话的时候，脸蛋红红的，看上去不大健康。她把头凑到吕明的脖子那里，一动一动的。吕明把手伸出去，想把烟嘴的头发抚开。没有成功。烟嘴挣扎着。挣扎的时候，烟嘴的衣领不小心敞开了些。皮肤很白，细腻，红润，有光泽。可能是灯光的关系，或者是阴影，吕明发现，烟嘴左肩靠近锁骨的地方有条伤痕，可能是划伤，但也有点像刀痕。吕明愣了愣。想看得再清楚些。但这时烟嘴已经不挣扎了，她把头发理理好，衣服整整齐，还朝着吕明勉强地笑了笑。

烟嘴笑着的脸上全是眼泪。糊了，并且还在吧嗒吧嗒往下掉。

后来烟嘴做了些解释。

关于左肩靠近锁骨的地方，烟嘴说：那是小的时候，有一次玩得不小心，给一根树枝的尖梢划到的。

至于吧嗒吧嗒的眼泪，烟嘴则表示：没什么的，只不过想到了一些以前的事。

到了第二天，烟嘴拿了一叠资料走进吕明的办公室。吕明在抽烟，抬头看了看烟嘴。两人停顿了一两秒钟，都没说话。空气里充满了香烟的气味。缭绕，暧昧，还多少有些危险。烟嘴穿了身极为正式的职业装。别说锁骨，就连脖子也难见端倪。后来，烟嘴把资料放下，说了句："中午侬有个饭局，工商局格，座位订好了。"就出去了。

发乎情，止乎礼。这便是二十一世纪烟和烟嘴的情义。但商人吕明还是有些感动：

真是的，时间长了，你瞧——即便是和一只烟嘴，也会产生感情。不过，即便产生了感情，想看清楚一只烟嘴左肩靠近锁骨的地方，到底是划痕还是刀伤，却仍然不是件容易的事情。

商人吕明倒是梦见过女邻居汪琳琳的锁骨。

一点都不像梦。就在无梁殿的前面。就像无梁殿的白天可以见到的那样。几个孩子在玩旱冰游戏，其中就有那个看见过萤火的小男孩。因为是白天，也没有萤火了。小男孩玩得很开心。他穿着黄色彩条的短毛衣，笑着，下巴不停地朝上仰。

现在看上去，无梁殿一点都不荒凉，也没有杂七杂八的彩灯照着。看到这样的无梁殿，是没有一个孩子会哭的。树还是那种叫作香樟的树，但上面有鸟。也不知道是什么样的鸟。但听得见鸟叫的声音。孩子们围着无梁殿跑。但就是跑。不是奔跑。跑着跑着，他们过去抱住了那些香樟。结果发现，如果让孩子去抱，那些香樟不是一人环抱的问题，而是一人半，或者两个人。需要整整两个人，才能把它们一棵棵地抱住。玩到后来，他们又有了新的主意。三个两个的，走到无梁殿那里。无梁殿的飞檐那儿还是有很多杂草。荆棘。疯长着。有些还结了果。底层的木格窗仍然半开着，把头探进去看，会有一阵冷风刮出来——

孩子们便全都尖声叫了起来，笑着。然后，就像抱香樟树一样，互相紧紧地抱在了一起。

阳光真好。

温暖均衡地照在无梁殿上。有种细细的光芒。那些杂草呵，荆棘呵，走近了看，却是一个个小小的鸟窝。给盖住了。能听到里面有些响动。细小羞涩的。还有些慌张。但是，不管怎么说，看到这样的无梁殿，真是没有一个孩子会哭的。

就在这样的无梁殿前面，商人吕明见到了女邻居汪琳琳。

汪琳琳说，她刚从无梁殿的背面走过来。她一直想上无梁殿的二楼去，一直都有这个愿望。因为要看清这个地方，不上二楼是做不到的。但她说她不知道怎样才能上去。看起来好像很难。她还说，她刚才试着想推门进去的时候，有颗沙粒突然钻进了她的眼睛。一点不知道这沙粒是从什么地方来的。粗糙，坚硬。还很疼，疼极了，眼泪都流下来了。她说，这样的疼法简直是没法让人忍受的。

然后女邻居汪琳琳就真的哭起来了。哭得一塌糊涂。惹人怜爱。女人一哭，吕明就立刻想到了她们的锁骨——

就在这时，商人吕明突然听到了太太惠芳的声音。先是很闷，接着就清晰了。

惠芳说："你说梦话了，还尖叫。你都梦到什么了？"

惠芳的脸色变得很不好看。吕明迷迷糊糊睁开眼睛的时候，发现她像看一个怪物似的看着自己。

"你哭了？"惠芳说。惠芳这一说，吕明才发现，自己眼角那里有点湿。还冷冰冰的。感觉很奇怪。惠芳的眼睛瞪得很大，盯着吕明。就像刚从黑皮公文包里搜出了东西——

"你刚才到底梦见什么了？"

惠芳把脸凑到吕明跟前去。还发出猫一样的咝咝的声音。

"是粒沙子。"吕明说话了，"一粒沙子掉眼睛里了。很疼。"

吕明说。

为了哭不哭的事情，惠芳一直追究了很长时间。

"真是沙子吗？"过了好几天，惠芳还这样问着。晚上睡觉，门窗又关着，眼睛也是闭的，怎么会有沙子掉进去呢。这就是惠芳的疑问。惠芳倒是真想逼问出个究竟来。比如说，吕明梦到了"烟嘴"，或者干脆就是那个叫汪琳琳的女人。但如果吕明真讲了那个梦，还有锁骨之类的东西，惠芳可能反倒会糊涂了。所以吕明就咬定青山不放松。就是沙子，就是沙子跑到眼睛里去了。而且越说越像，还使劲地揉着。

商人吕明倒真是很久没哭了。

前一阵陪惠芳看片子，里面有个人猿泰山，和一个漂亮小姑娘告别的时候，亲她的脸。那小姑娘正流着眼泪。泰山说了句话，意思就是，那是什么东西，怎么会咸的。对于眼泪，吕明现在的感觉就和这个泰山差不多。首先，它不一定代表悲伤了。当然，它也不是不悲伤。怎么说呢，它现在成了种很复杂的东西。就像三十多岁、住在无梁殿前面的商人吕明的心，它变得有些浑浊。但有些事情是不浑浊的，它们在商人吕明的心里铭刻、隐藏。当然，或许说，也很快就要埋葬了：

1. 在认识惠芳以前，吕明有过一个女朋友。那时吕明坚定地相信：两个人，一条命。

2. 后来就散了。风刀霜剑。后来就认识了惠芳。但吕明的相信已经改了。现在吕明坚定地相信：一个人，一条命。

3. 再后来，吕明在玻璃窗后面偷偷地看女邻居汪琳琳。

吕明吓了一跳——汪琳琳真像他的那个"两个人，一条命"。但吕明的视线有了变化。从前的吕明注视对方

267

鼻子以上的那部分，而现在，商人吕明感兴趣的，是女邻居汪琳琳漂亮肉感而又充满激情的屁股。

11

谁都没想到，圣诞夜的晚上会打雷。

谁都更没想到，打完雷后竟然还会下雪。

先是天色发红，后来就越来越红。连无梁殿檐角和轮廓线那里的彩灯都显得黯淡了。红色变得很壮观。女邻居汪琳琳的狗使劲叫唤起来。开始还是小声的。接着就变成了狂吠。像疯了一样。它还窜到阿龙身边，拼命咬他的裤角。恨不得把阿龙的肉都给咬下来。

眼睛都有点红了。

已经临近午夜，"堕落时代"里的酒差不多都快供应完了。但酒兴正浓。好多人拍着桌子要酒。有的要啤酒。有的要香槟。还有的用嘶哑的嗓音叫唤着要烈酒。那些刚借来的香槟杯已经打碎好多只了。其中有一只，碎片飞起来时特别明亮。雪花一样落下来。也有点像太阳。好多人因此尖叫了起来。有人在哭。开始还小声的，压抑着，后来就放肆了。不断有骂声，还有甩耳光的声音。耳光响亮。好些面具，东倒西歪地横在地上，包括那张有点奇怪的白纸，上面写着：我发誓再也不看你的内心。

也横在那里。好多人从横着的内心上踩过来，踩过去。也没有人管它了。

没有人再觉得这地方与明朝有什么关系。浸满了酒气的明朝桌椅，更多的像酒气，而不是明朝。当然，是不是明朝、是不是桌椅也没有关系了。不断有人从"堕落时代"里消失。很嘈杂地不成形状地出去。也有人进来。进来时是成形状的，清醒的，后来就也变得不成形状起来。当然，如果过了一段时间，还是成形状，还是清醒，那就再出去。

就是这样。

汪琳琳一直在抽烟。一根接一根的。抽得很凶。除了抽烟，汪琳琳的手机不停地响。有的接了，有的她拿起来看一下号码，又按掉。她也不大搭理吕明。很冷艳的样子。倒是阿龙后来坐了过来。坐在汪琳琳的旁边，开始聊天。另外几个吉他、贝斯手和鼓手正凑在角落里喝啤酒，喝了几口，就把厚玻璃的啤酒杯碰一下，发出很响的声音。明显也是喝多了。

后来就有人叫了起来："打雷了！"

倒是真没听到雷声。但闪电凭空地划了过去。很雪白的、刀剑一样地亮了一下。好多人都奔到窗口去看。张大了嘴巴。嘴巴里吐着酒气。第二道闪电又划过去的时候，那些探出在窗口的脸全都照亮了。邻近两个一回头，突然看见张雪白的脸，几乎没有轮廓的。吓住了。

一个不知道从什么地方冒出来的小孩子，哭了起来。一会儿叫"妈——"一会儿又喊着"鬼！"他在桌椅之间跑动着，碰倒了好几根小蜡烛。光暗了很多。又有个酒鬼大叫起来：

"断电了——"

反正都很混乱。大人还好说。孩子哭起来就真的是忧伤，还让人心酸。这个孩子哭着哭着就跑了出去。吕明虽然喝得不少，但脑子还是清醒的。随手拉了个服务生，让他去追那个小孩。

"危险。"吕明说。

但服务生很快就回来了。

"找不到。"他搓着手，一副为难的样子，"一下子就不见了。跑得真快。"

吕明就跑到窗口看了看。确实看不到。闪电已经停了，但天的颜色非常奇怪。那些飘着的云彩，红里面夹着黑。还带着速度与声音。在天上飞着，啸叫着。吕明喝了口酒，再揉揉眼睛。不是梦。但那个孩子，却像梦一样地消失了。吕明想，如果他是向外跑的，说不定就会绕过无梁殿侧面的那片竹林，这样的晚上，又是闪电又是打雷的，恐怕他是见不到萤火了。但要是他一时害怕，很可能根本就没有走出无梁殿，他很可能会沿着破烂的楼梯，走上无梁殿的二楼——

明朝万历年间的无梁殿。

破烂的楼梯。吱嘎的声音。有点潮湿的，从明朝万历年间传来的声音。

像梦境一样，公元两千零一年的圣诞夜，一个名叫吕明的普通商人，喝了点酒，带了点难得的梦想，想着关于萤火的传说，沿着明朝万历年间的楼梯，上了无梁殿的二楼。

窗外已经开始下雪了。本来就是异常的天气，打了雷突然又下雪的。但吕明没有看到。

楼梯很静。静到能让人产生幻觉。所以在二楼的楼梯口，吕明突然听到狗叫声时，就几乎以为是种幻觉。

但不是。确实是狗。女邻居汪琳琳的狗。还有一男一女的对话声。

"六百，不能少了。"女人说。

"婊子！"男人叫了起来。

吕明听出来了。那是阿龙的声音。

贤惠端庄的太太惠芳在无梁殿的西侧找到了吕明。

惠芳很惊慌，说她急死了。原先嫌"堕落时代"吵，先回去睡了。后来就听到了打雷。吓醒了。但服务生们谁都不知道吕明去了哪里。

"你到底去哪里了?"惠芳问。她把脸凑到吕明跟前去。还发出猫一样的"咝咝"的声音。

"你的眼睛,你的眼睛怎么啦?"因为凑得近,惠芳突然发现了什么,又惊叫起来。

"没什么。"商人吕明说话了。

"一粒沙子掉眼睛里了,真是一粒沙子。"吕明说。

浮生

01 狐

芸娘取了一枝并蒂茉莉，插在鬓上。刚才洗头的时候，婢女小红在水里放了些桃红花瓣，那是今年春天时蓄下来的，院里那棵老桃树，一夜风雨下来，便是满地的落红，芸娘让小红备了两只陶罐，装满了，一只埋在隔壁沧浪亭爱莲居的屋檐底下，另一只则用来熏茶焙香。当然，夏天时芸娘是不用桃花瓣熏茶的，待得荷花初开时分，说也奇怪，那荷花晚上含苞，拂晓一露便乍然盛开，而芸娘总是用小纱囊裹上些茶叶，把它放置在花心。但不管怎样，用桃红花瓣浸水沐浴，毕竟也不是常有的事情，因此芸娘觉得，今天的头发仿佛就特别松软起来，而头发感觉松软的女人通常是会觉得心情愉快的。所以说，在这个黄昏的时候，芸娘实际上是心情愉快着的。

愉快着的芸娘突然想起了什么，回头对正在花格窗前的三白说道："今天埂巷那边的老妇人又来过了。"

三白"嗯"了声，并没有搭话。他正盯着窗架上一盆茑萝藤蔓的盆景看，两只小虫爬在上面，一只是暗青色的蟑螂，另一只则是淡淡的粉蝶。三白忍不住轻轻吐气去吹它们，蝶的翅膀动了，却并不飞走，蟑螂则足踏已呈微红的茑萝叶，细臂稍曲，作环抱状。三白抬头蛮有意味地看了芸娘一眼，心想，可真是个聪明女人，再有谁会想到，用针去刺死蝉蝶之类的昆虫，在它们颈项那里系上细丝线，然后再悬于花草之间冒充活物呢！这样想着，三白便略略地有些走神，心思做出些游移的名状来了。

"你听到了吗？"芸娘见三白不答话，不由得又追问了一句。

"听到了，听到了，埂巷的老妇来过了，她来做什么？"

三白把临河的窗打开来。天是阴的，没有晚霞。对面沧浪亭的石桥那里坐了几个人，远远地能看见婢女小红也在那里，她挤在几个手拿马头篮的妇女中间，从装束上看，那可能是虎丘或者山塘那里的花农。

"她来说房子的事情，听话音她倒是挺愿意我们搬过去住的。"

芸娘走到三白的背后。窗开着，今天已经一整日没有开窗了。而现在，从开着的窗户那里可以非常清楚地看到对面的沧浪。暮色给它罩上了一层晕黄，虽然没有晚霞，却仍然是晕黄的，只是在黄的里面，少了平日的微红而已。而这则更使眼下的黄昏时分显得缓慢起来。

就像石桥下面的水。这时能够看到石桥上一个挽着马头篮的妇女已经站起来了，有人买花，隔着帘子伸出来一只手。但因为隔离远，又是黄昏，那手的形状便看不分明了。

"她说她能腾出一间卧室给我们住，朝南的，竹篱笆门，附近都是菜圃，还有个小池塘……"

"她当然会把自己的房子说得很好，这些人还不都是这样的。"三白有些不耐烦地打断了芸娘的话，见她不服气地嘟起嘴，又接着说，"当然，我可以先去看看，如果还有一点像沧浪亭的话，我们就搬过去住个一月两月的。"

"像沧浪亭？"

"是的。像沧浪亭。"

听三白这样讲，芸娘就突然沉默了，不再说话。

天真的暗下来了。一到黄昏，暝色便如游丝覆盖。而总是在不经意中，夜便真的来了。两人临窗而坐，窗开着，略略吹进些晚风，还有一些非常细小的窸窸窣窣的声响，很像是从河对岸的沧浪亭那边传过来的。

"那老妇还说了，"芸娘整了整鬓边的茉莉花，又看了一眼身边的三白。"那老妇说，只是她家那间朝南的屋子里，以前是看到过狐狸的，她说不知道我们会不会在意。"

"哦。"三白正有些无聊地分辨着外面的声音，听芸娘这样一讲，倒愣住了，"狐狸？她说她那屋子里有狐狸？"

"是的。她就是这样讲的。"芸娘用两只手托住下巴，像是尽力在回忆着什么似的。"她说有一次她在灶头那里烧饭，刚起了灶火，就看见一只狐狸从屋子里穿过去了，脑袋小小的，尾巴很长。"

"她怎么就知道那是狐狸呢？"三白觉得这事情倒有些趣味，便又问道。

"她当然知道。上些年岁的人都是认识这些东西的。"芸娘把鬓边的茉莉花摘下来，放到鼻子上闻着，然后又戴上去。

"哦，狐狸。"三白觉得这话题不免显得有些阴郁，便又换作了欢快一些的口吻，他伸手摸了摸芸娘才用桃红花瓣浸过的头发，说道："狐狸，我倒是并不忌讳这些的，以后要是真的搬过去，只要不让它在卧室里跑进跑出的就行了，再说，只要你不害怕——"

"我倒是不会害怕的，"芸娘抢着三白的话头，说，"倒是今天，那老妇人坐在厅堂里与我说话，我让小红泡了新鲜的菊花茶来，小红拿了两杯，我便自己喝着，让那老妇人也喝。她坐在那里讲房子的事情，讲着讲着就说沧浪亭好，我说是呵，我也知道沧浪亭好，我说我们也是没有办法才想着要换地方住的。她便不响了，接着就讲到了狐狸，她说她那老屋里是有狐狸的。我记得她说这话的时候天还很亮，她是中午来的，天气又好，她就在那里讲狐狸长狐狸短的。我有些倦了，懒懒地听着，谁知道猛一抬头，一眼望见那老妇的脸竟是绿的，真把我吓了一跳，仔细再看，原来是沧浪亭岸边的那棵老树，叶子密密层层地遮下来，又给正午的日光照着，闹了个人面皆绿，幸亏得外面游人来来去去的，挺热闹，要不，那一眼我还真以为是遇上了鬼呢。"

讲到这里，芸娘忍不住地想笑，她歪着头又想了想，便真的一个人咯咯咯地笑了起来。

02 仓米巷

三白让小红取伞出来，一边回头对芸娘嘀咕说，这鬼天气，暑日里还下这样的雨。

芸娘嘴里应着，又问三白拿了伞要到哪里去。

"仓米巷。"三白说，"去看看有没有合适的房子，据说那儿有几处地方等着要更换房主的。"

"怎么又想着要到仓米巷去，"芸娘停了手里正用麻油白糖拌着的卤腐，满脸不高兴地抬头望了望三白，"不是说好了，先去埂巷看那处老妇人的房子吗？"

"是的，当然，埂巷那里当然也是要去看的。"三白见芸娘似乎有些生气的意味，便伸手拍拍她的肩，像是哄小孩那样的哄着。芸娘一别头："别人讲仓米巷有房子你就马上到仓米巷去，别人再说大井巷有房子你又马上到大井巷去，那我说的呢，你什么时候又听过我说的呢？"

"唉，也就只隔个一两日，我便过去，这还不行吗？"三白啧了啧嘴，又哄了芸娘两句，便一手撑了伞，一手提着长衫的前摆，往石板桥上去了。

"我知道了，你还是怕狐狸。"

三白刚往前走出几步，恍然听到身后传来芸娘的声音，连忙又回头，屋门开着，门口却并没有人，只有绿而油亮的几根柳条迎风飘着，雨下得不大，却密集、密麻麻地随着风势斜落下来，有几串滴在三白的脸上，倒也有着麻酥的凉意。三白不由得住了脚步。刚才确实是听到人声的，好像也确实正是芸娘的声音，那声音因着雨势风声，显得有些飘摇与单薄，但声音里确实还是滑过了这样两个字：狐狸。是的，狐狸，这点三白知道自己不会听错，至于组成句子的其他语汇，三白便不敢确定了，但不管怎样，三白确信，刚才确实有人冲着他的背影说了那样一句话，所以，在石板桥上，三白又站了会儿。

桥上有三两个人走过去。有一个三白认识，两人点点头，打了招呼，那人手里拿着锅子，还热腾腾地往外冒着热气。三白知道那是去桥西点心店买点心的，小红也常到那里去买早点，那家卖的馄饨汤里有种调料，鲜美无比，有一次三白就与芸娘开玩笑说，那里面是搁了罂粟的壳与叶子的。芸娘不信，芸娘说那是原汁的鸡汤，起先她老看见店主起早在桥边杀鸡来着。三白就大笑起来，三白说："你可真是个傻瓜！那鸡是刚开始的时候杀的，等到做出了名气便不杀了，就放罂粟的壳与叶子，那比杀鸡可要来得有功效多了。"然而芸娘还是不信，三白就只能摇头，觉得芸娘多少有些滞意，而滞意的女人难免就有着怀旧的嫌疑了。

想到这里，三白就觉得，刚才他身后的那个声音可能正是芸娘发出来的，三白知道，芸娘非常不情愿他到仓米巷去找房子，那是一条闹市旁边的横巷，那边的房子宽敞倒是宽敞，然而方方正正，无池无水，根本就是没有一点犹如沧浪亭畔的趣味的。但是，芸娘又为什么会那样讲呢，狐狸？三白皱皱眉头，心想，三天两头地老提狐狸干什么！芸娘什么时候也变得那样神神鬼鬼的呢，他们以前可是从来都不这样讲话的呵，再说，她当然知道自己是不会怕什么狐狸的，而离不离开沧浪亭，搬不搬到仓米巷去，又与狐狸有什么关系呢。

这样想着，三白觉得那种清明的心境一下子没有了，并且还感受出略微的烦恼。他撑起伞，顺着石桥走下去。这一路上大多是青石板的路，还有一条是卵石铺的，都在夹缝里集了细密的雨水，继而又生出湿腻的青苔来。而就在这些湿腻青苔的路面上走过一些时间以后，三白拐进了仓米巷旁边的一条巷子，敲响了其中一户人家的屋门。

三白的朋友王医生，正在院子的屋檐下面喂鸟，王医生是个略显肥胖的中年人，头顶有些谢了，却愈发显出平和慈厚的富态，仿佛那人正是玄妙观里的陶泥做的，只是和得稀了点，掺进些水，从而导致的结果是重心下降，步幅微颤，但在视觉上却更有一种国泰民安、风和日丽的效果。见三白进来，王医生连忙让了座，一面满脸生辉地指着檐下挂着的一只鸟笼说："黄头！才买的，凶得很呢。"

两人绕着鸟笼兜起了圈，正聊着话，有家人又拿了只装有"黄头"鸟的笼子过来，两只鸟笼背对背地拼在一起。刚一挨上，两只黄头扑腾着翅膀就冲上来了，隔着一层笼棚，两鸟相争，各不相让，啄头的啄头，咬脚的咬脚，不一会儿，地上便密层层落下羽毛来。三白看得有些心惊肉跳，回头却见王医生乐滋滋地捋着胡子，正在笼子前面踱着方步呢。

三白忍不住问道："你以前是养绣眼的，乖乖鸟一只，怎么现在倒伺候起这种好斗的东西来了？"

"好斗？"王医生胖乎乎的脸蛋歪了点过来，看了看三白，"唉，人都到了中年，也就只能看着畜生斗斗了。"

三白便不说话。这时，雨渐渐停了，天阴晦着。王医生让人搬了藤椅出来，两人在院子里相对坐下。王医生笑眯眯地看着三白，忽然有了大的发现，说："咦，三白呐，你好像瘦了嘛，脸上气色也不大好，很有些阴气呐。"

给他这样一说，三白下意识地抬手摸了摸自己的脸，仿佛要找出一些站得住脚的理由——

"还不是要找房子搬，烦呵。"三白无奈地摇着头，继续说道："也真是，人到了中年，总觉得有些累了，这头那头都要忙，现在这房子又是当头的一桩，烦呐。"

王医生见三白烦恼，连忙紧劝两句，又说："芸娘呢，芸娘可是个聪明女人，她倒是能帮你的。"

三白端起桌上的茶杯，把浮在上面的茶叶吹开，喝了一口："芸娘么，芸娘自然是好的，是的，芸娘自然是好的……"

这样接连重复着讲了两三遍，三白竟然找不着接下去的话讲，既不能举例说明芸娘究竟好在哪里，又并不想着要把这话换一种方式来讲，这几乎让三白自己也感到了惊讶——自己怎么会对芸娘产生这样的感觉呢，这可是从来都没有过的事情呵！三白忽然觉得真的是很烦恼了，简直是烦恼死了，要知道，今天三白正是因了突然生出的不知名状的烦恼，才绕过了仓米巷，拐到朋友家来的呵，但是如果要说三白是对着芸娘有什么不满的话，那确实又是与事实不相吻合的，三白明白，芸娘正是因为舍不得离开沧浪亭，才那样发发脾气，使点小性子的，但是，既然注定了要搬，那么也就只能下了决心在姑苏城里仔细去找。其实三白的心里又是怀着怎样的热望，希望着能够尽快找到与那沧浪亭畔的住址有些相似的房子，然后与芸娘一同搬进去呵！

但是今天早上三白说要到仓米巷来，芸娘又为什么要那样呢，要知道，三白不论是去仓米巷还是大井巷，可都是为了去找房子，三白与芸娘的房子呵，难道芸娘倒是不懂这些的吗？还说什么狐狸！想到狐狸，三白突然就有些生起气来。这些天来，一只狐狸莫名其妙地挤到了三白与芸娘的中间，就像一片阴云。三白倒是更愿意芸娘像以前那样，生了气便捏紧小拳头，狠命地捶他几下，或者躲在房间里呜呜地哭，然后三白再假装负荆请罪地进去劝。芸娘若是使点小妖术或是脾气急起来，也会哇哇哇地讲上一通，譬如说，柳腰一摆，点了三白的鼻子："再去找个小老婆吧！"当然，那轻轻一点，是如同风过柳絮般的，有着晓风吹过时的暖意与麻酥。再譬如说，嬉皮笑脸地指了院子里正浇花的小红："怎么样，怎么样，不错吧。"但是这些三白都是心中有数的，三白把它们看作夫妻间的调笑、磨合，甚至于必不可少的情爱的润滑。但是狐狸就不同了。一讲到狐狸，那就说明在三白与芸娘之间已经发生了一些讲不清楚的事情。狐狸就是讲不清楚的事物的代表。至少在三白看来是这样的。那么，再换一个角度来讲，也就是说，三白与芸娘的关系，在不知什么时候已经发生了一些微妙的变化……

王医生见三白皱了眉头，一副心事重重的样子，就打着哈哈，说道："三白呐，人生在世嘛，总是免不了会有些烦恼事。还不就是房子嘛，依我看，沧浪亭好固然是好的，但那一带地势低，苏州这地方又多雨，雨季的时候，哎哟，苦不堪言，苦不堪言呐！我看呵，早早地搬出来也好，也好呵。"

王医生边说边让家人端上饭菜，招待着三白吃午饭，三白谢了几句，又说要赶着去仓米巷看房子，刚才只不过是顺道过来看看老朋友的。正站起来要走，又给胖胖的王医生死拉着坐下："不吃饭怎么行！到了吃饭时间就是要吃饭。到了吃饭时间，天大的事情也要放下，不吃饭怎么行。"王医生嘴里叽里咕噜地说了一大串："要养生，要养生呐，苏州人是最讲究养生的。所以苏州人才活得滋润呵。三白啊，不管发生什么事情，吃饭终究是头等大事。苏州人的老话可是有道理的！再说，还不就是换个房子嘛，小事一桩，小事一桩呵！三白，吃了饭再走，就这样讲定了，吃了饭再走。"

给他这样一讲，三白倒有些不好意思了，仿佛再不留在胖胖的王医生家里吃饭，自己便成了个恶俗的、毫不懂得养生之道的粗人，并且还有着与滋润平柔的苏州格格不入的嫌疑。这样一想，三白便在饭桌前坐了下来，这时，饭菜已经陆续拿上，三白一看，都是些吴中地带的家常菜，鲜嫩得很，看上去，清新可喜，绿是绿白是白，娇黄绮红，竟有着吴中人家无可言传的宛转韵致，单单下酒的小碟子，就有花生米、发芽豆、拌芹菜、萝卜丝、豆腐干、酱螺蛳等好多种。王医生一时兴起，说家眷倒是能唱很好的吴歌。说着就把年轻漂亮的王太太叫了出来，王太太倒很大方，与三白招呼过，就站在当院，莺莺燕燕地唱了起来，只听她唱道：

闷来时，到园中寻花儿戴。
猛抬头，见茉莉花在两边排，
将手儿采一朵花儿来戴。
花儿采到手，

286

花心还未开。

早知道你无心也，

花！我也毕竟不来采。

03 出太阳落雨

三白这顿饭吃下来，已经是下午光景了。王医生贪杯，喝多了些，让家里人扶到里屋去睡了，王太太用手绢擦着王医生额头上的汗，一再地给三白打招呼说："他老是这样喝得稀里糊涂的，你可不要在意呵！"

三白倒不由地有点尴尬，嘴上客套着"哪里哪里，给你们添麻烦之类"，心里则暗想，那醉酒可是最伤身体的事情，王医生嘴里养生养生的，怎么喝起酒来，倒像没命的样子，又依稀回忆着，刚才王医生喝酒的时候，那眼神醉态，在平和憨厚的富态之外，仿佛又加进了些别样的东西。正胡思乱想着，天上零零星星又落下几滴雨。王太太忙着张罗人把院里藤椅之类的家什搬进房里去，院子里一下子又乱哄哄起来。三白赶忙也站起身来告辞，王太太客气，一定要代表王医生把三白送到巷口，三白推辞不过，两人就一起走了出来。

两人都各自撑了伞，王太太仍然一再地向三白道着歉，那道歉既真挚又客套，竟让三白有些搞糊涂了，今天，是不是王医生与王太太真的在什么地方得罪了自己？这想法一闪而过，夹杂着微醺时飘忽而感伤的心绪，三白忽然就觉得，脚下的小巷子仿佛也在渐渐地浮动起来，空气中飘荡着浓郁的茉莉花香，三白使劲地用鼻子嗅了几下，那花香时浓时淡，忽远忽近，却是整个近不得身的诱惑。

就这样，三白晃晃悠悠地就到了巷口，站定身，三白真挚而客套地向王太太道着谢，他还非常幽默地说了句笑话，这笑话让王太太快乐地笑了起来，而三白却在眼梢里瞥见，原来王太太胸前的衣襟那里别了串肥白的茉莉，正随了王太太的笑声不住地抖动呢！后来的事情三白就有些记不清楚，三白感到有些头晕，三白想，那可能是酒力的缘故，三白虽然没有喝醉，但毕竟也喝了几杯，天气又热，酒力积郁体内，是很难发散的。感到头晕的三白觉得自己的嘴巴动了动，他张开了嘴巴，动了动，说了句什么话，但正是这一点三白记不清楚了，但好像又是真的，如果是真的话，那么三白就是对了王太太微微一笑——

"王太太，你可真漂亮。"

或许，三白真的是这样说了，当然，或许三白什么也没有说，他只是对着王太太讲了几句真挚而客套的话，便转身告辞了。但不论三白是否讲过什么，就在他转身准备告辞的时候，王太太突然"呀"地一声叫了起来。她指着天上，瞪大了那双漂亮的眼睛，用她唱歌似的好听的嗓音叫道：

"你看，你看，出太阳了！"

确实是出太阳了，而且不仅仅是出太阳，而是一边出太阳一边下雨。雨一点都没有变小，灰蒙蒙的很有密度，像一张网。也像无数的银针。太阳却是耀眼的，有着灰色的衬托，它忽然显出明晃晃的亮度。单纯有太阳的时候，绝对不会想到太阳会是这样的太阳，单纯下雨的时候，也绝对不会感觉雨竟然会是这样的雨。一时间三白也有些呆滞，看着眼前的光影晃来晃去，街巷顿时就有着不真实的意味了。仿佛整个的就是朵大而白的茉莉，人与物都笼在其中了。

"出太阳落雨呀。"三白听身边的王太太小声地说道，"我还是在小时候看到过一次呢，那时候我母亲对我说，这种出太阳落雨天，可不要出门去呵，会看到奇怪的东西，碰到奇怪的事情的。"

"碰到奇怪的事情？"

"我小的时候，对门邻居家有个小男孩，据说就是在一个出太阳落雨天出去玩，他跑到一个树林里去了，去了就再也没有回来。大家都说他可能是碰到狐狸了。"

碰到狐狸？三白觉得心里突然凉了一下。

"那时大人们都说，在这种天气里要是遇到狐狸，就再也不想回家了。他们还说，狐狸其实就住在彩虹的下面。"

说到这里，王太太非常俏皮地对三白做了个鬼脸，回过身，撑着伞就跑了。

三白一时没有回过神来，他只是一个劲地想着刚才王太太说的那些话，觉得很有意思，又说不清到底有意思在哪里，觉得话里似乎有话，却也讲不明白那话里面的话究竟是什么，但有一点三白却是清楚的，即使说在出太阳落雨的时候出去，会看到奇怪的东西，碰到奇怪的事情，那也只是小时候的事情了。而现在的三白，只要刚才的那种微醺一过，便是一个非常清醒的人，现在的三白只是想着在这街巷里寻找一处房子，像王医生说的：地势高些，雨季时不要引起太多的麻烦，像芸娘嘀咕的：四面有些水，具备着野趣，最好还要与沧浪亭有着一些相似。至于三白的私心里，则还希望着，那地方在夏天的时候能够闻到些茉莉花香，时浓时淡，忽远忽近的——

当然，不管这种种的愿望都是些什么，三白对于自己今天要做的事情还是清楚的，三白具有着明确的方向与目标，所以说，这时候的三白是不会害怕什么出太阳落雨的传说的。

04 阿明师傅

三白出了王医生家的巷口，向右手拐弯，就上了一顶石桥。桥墩上刻着小石狮，两个小孩上上下下地奔来奔去，嘴里呼呼地叫着。桥下一只乌篷船正泊在桥洞那里，船娘昂了头，招呼三白买她手里的莲藕。

正是苏州安静的下午时分。所有的声音都隐藏在安静的后面。声音也是安静，也是似乎一忽儿便要隐去的。譬如说那两个桥上桥下跑着的孩子，就在三白下桥后回头张望的时候，便发现他们已经不见了。三白继续往前走着，走过一个花鸟集市，几家估衣店，那招牌上都一律写着"××衣庄"。因为正是下午，一家估衣店里正进行着"喊衣裳"的节目，几个伙计在店门前的小台子后面站着，一件件抖落着叫卖的旧衣裳，还有些隔年的年画，也灰蒙蒙地挂在那里，三白眼梢里瞥见一张《一团和气》，觉得那颜色图案倒也很有些喜庆的意味。

然而，走着走着，三白渐渐地觉得有点不对了。他慢下了脚步。三白记得仓米巷正是应该这样走的，虽然刚才王太太送他到巷口时，他本来应该向左手转弯，那么旁边那条巷子就是仓米巷了，但是三白看到那边有户人家正在出殡，好多头戴白花、腰里扎着孝带的人哭哭啼啼地围成一团,于是三白就绕道而行了。但三白知道,在那条巷口往右转以后,过了一顶石桥,再走过一条卖杂货的巷子,然后从一座八角塔的后门穿出去,就到了仓米巷的另一段了。但是现在,三白觉得这路走得好像有些不对了,首先,那座八角宝塔一直没有出现,它好像从地面上消失的那样,忽然就不见了,而且在方圆几里地里,甚至连一座高一些的建筑也没有。三白停了下来,想了想,又看看天,三白确信自己的方向是对的,但是越往前走,三白就越是觉得自己实实在在是走错了,并且,他忽然产生了一种奇怪的感觉,他感到自己仿佛正在离仓米巷越来越远,今天他是再也走不到仓米巷了。

　　三白犹豫了一下,他想着是不是要回头,回到那个王医生的巷口,然后向左手转弯,或者沿着记忆里的路重走一遍。要知道,苏州的小巷千回百转,说不定在哪个岔道上就走错了,三白知道,这些东西都是说不准的,再说,如果真的是走错了,那么首先,这也并不说明三白原先对于这道路的记忆是错误的,其次,这种错误对于苏州小巷的逛游者来说,实在是司空见惯的事情,而且说不定走着走着,又在哪个岔道上回了来。三白知道苏州人并不怕走错路。因为苏州的路多,就像苏州人讲究养生、讲究吃饭、活得滋润一样。这总是苏州的好处。

这样想着，三白就又往前走了，三白心想，反正是找房子，仓米巷、仓谷巷、仓稻巷都是一回事，只要这样想了，就没有什么想不通的了，于是三白就又定下神来，四处留心着可能合意的房子了。

那处带小院的老房子，就是三白在又往前走了五六百米的时候发现的。大门是虚掩着的，留一条缝。三白在门缝里张望了一下，里面是个小院，几棵槐树，一张石桌，房子是白墙黛瓦，虽然年月久了，发灰的发灰，泛黄的泛黄，但看起来倒也还整洁。三白又看了会儿，见屋门紧闭，非但无人进出，仿佛还不太像有人住的样子，正抬手想推门进去看个究竟，谁知旁边有户人家的门却开了，出来一个老太，手里拎只篮子，满脸狐疑地盯着三白看。

"你找谁？"

老太脸上布满了核桃壳一样的皱纹，眼睛则缩在皱纹的深处。三白看着她的脸，觉得这样的脸似乎更适宜于在夜晚出现。

"这房子的主人——在吗？"三白对她躬了躬身，问道。

"阿明，你问阿明吗？"

老太眯起了眼睛，像是仰望太阳一样地看着三白。

"什么阿明？"为了让自己的行为显得不那么唐突，

三白的脸上堆起了笑。

"主人呐！你不是问房子的主人吗。"老妇的眼睛眯得更厉害了，她紧紧地抓着手里的篮子，仿佛三白随时都会扑过来争抢它似的。

"哦，是这样的，"三白尽量采用一种温和的语言，并且让自己凑近老太的耳朵些，"是这样的，我并不认识房子的主人，我只是想问一问，这房子是不是有可能出租一间给我们？"

"房子？你是说房子，你说你不认识阿明？"

"是的，我是说房子，我也并不认识阿明。"

"那我就不知道了，"老太摇了摇头，那是阿明的房子，你要问阿明去。老太嘴里叽里咕噜地说着话，我还以为你认识阿明，还以为阿明要回来了，你不认识阿明，那我就不知道了。

老太像是忽然失去了与三白对话的兴趣，提着篮子就要往外面走。

"他人呢？他到哪里去了？"三白连忙对着老太的背影大叫了起来。

"当和尚去了。"

老太回头说道："阿明前几年就当和尚去了，就在前面那座桥西的寺里面，你去找他好了，就问阿明师傅在不在就行了。"

05 小寺

　　三白没想到寺前的那条路竟然是条土路。崎岖不平，还很有些尘土，若不是刚刚下过阵细雨，可想而知会是怎样的风尘扑面，令人尴尬不禁。三白一边走一边向四处张望着，觉得路好像在荒凉起来，好像越走就越不像是在苏州了。三白心想，这或许都是因为这土路的缘故吧。苏州是没有什么土路的。土路总是给人一往无前的想象，而苏州多的是曲折的卵石路，石板路，塔和寺则点缀在这些路的两边——所以说，走着走着，三白恍然觉得自己并不是走在苏州了，而前方的那处小寺更像是悬在空中的楼阁，让三白不由地加快了些脚步。

　　一个小沙弥跑过来开门，对着三白合了合掌便又跑开了。三白在大门那里站了站，不见有人，便沿了寺里的内墙向里面走去。

　　寺里静极，还颇有几棵参天的古树，叶片也大，厚厚地盖着，让三白无端地感到，仿佛寺里的空气也要更浓些，有着大于寺外的体积与密度。三白站在一棵大树下面，伸了伸懒腰，又踢了下腿，一片早枯的叶子落下来，掉在他的头上。

　　三白又往里面走。前面便是间大平房，外面连着个小天井，种了些不开花的灌木，屋里高敞却显得很幽暗。

几个和尚正在吃饭，见三白进来，都不由地抬了抬头，却又都没有说话，又自顾着埋头吃了起来。

三白有些诧异。心想，自己明明记得，刚才从王医生家出来的时候，正是下午时分，那么，走了一段路，过桥，迷路，然后向满面皱纹的老太问讯以后，不过也就是下午略晚一点的时间，这个时候，午饭时间早已过了，至于晚饭，好像还是显得太早了些。但是，看着眼前这些埋头吃饭的和尚，三白又觉得可能是自己记错了，再不，就是寺里用饭的时间与外面有着不同。但好像这样的解释又是不很通顺的，讲不出个道理与究竟来，三白正胡思乱想着，一位三十出头的和尚搬了条长凳过来，招呼三白坐下，还打了个手势，说道："碗筷在那儿，你自己拿。"

"不客气，我已经吃过饭了。"三白觉得有趣，没想到刚进寺里就平白无故地受到了吃饭的邀请。这些和尚知道他三白是谁吗？从哪里来？到这里又是为了什么？他们什么都不知道，怎么就请他三白吃饭了呢，三白越想越有趣，就在和尚给他拿来的长凳上坐了下来。面前是一张长条木桌，上面放着好几只饭盒与大锅，一盆白米饭，汤好像是青菜汤，上面零零星星地飘了些菜叶，其他的就是咸菜、炒茄子一类的素食了。也不知道怎么的，三白忽然地就想起了中午在王医生家吃的那一餐，也多是些清淡的时蔬，王医生讲究养生，所以关照好菜里面要少放盐，并且绝无味精，但是，那菜就是与寺里面的看起来有着不同，或许，那是光线的缘故，光线使色泽产生了变化，就像光使雨的质感也发生变化一样？

不时有和尚吃完饭，站起身去刷碗，谁也没有多看三白一眼，就从他身边闪过去了。没有人关心三白究竟为什么到寺里来，这就使得他在一个短时间里，有了一种误入桃源的感觉。

"你们每天都吃这个吗？"三白觉得应该找些话与和尚们攀谈攀谈，既然他们用那样的漠然大度表示了信赖，那么自己至少也应该显出些和善亲随的姿态来。谁知话一出口，三白立刻觉得，自己好像是讲错了。这是一个不应该问的问题。至少是不应该由一个在俗之人，在这样的场合询问的，它很容易让人产生出一种错觉，仿佛三白正是在影射着自己对于僧侣清贫生活的鄙夷。天地良心，三白可是一点都没有这样的意思呵。这样想着，三白忽然有些羞愧起来，眼里又看到吃饭的四个和尚中，有两个像没听见似的，头也不抬，另一个正好吃完，拿着碗出去，只有刚才给三白拿凳子的那个和尚，他抬头看了三白一眼，脸上闪过一种极为微妙的表情，这表情三白觉得可以用好几种方式来表述：不吃这个，又吃什么呢？这是一种；真正表现鄙夷的沉默，这是第二种；或许还有第三种，那就是让三白心里明白，这问话实在太多余、太愚蠢了。

"这茄子和青菜都是我们自己种的。"

那和尚忽然说话了。三白抬眼仔细看着面前这位说话的和尚，只见他身穿深色袈裟，眼眶很深，竟颇有达摩相。三白一时冲动，忽然脱口而出："请问，你莫非就是阿明师傅？"

和尚摇摇头，表示三白搞错了。

"那么，这寺里有哪一位师傅叫阿明呢？"三白又问。

和尚还是摇头："没有叫阿明的，和尚出了家，就没有名字了，只有法号，没有名字，出了家，就把前世里的事情都忘记了，不知道了。"

"你就是说，我在这里是找不到一个叫阿明的人的？即便以前叫阿明的，入了寺，非但不叫阿明了，就连以前叫过阿明也不承认了？"

"正是如此。"和尚双手合掌，站起身来，说道。

"可是，可是这不讲情理呵。"三白瞪大了眼睛，有些思想不通的意思。

和尚看了他一眼，微微一笑，似乎觉得三白悟性不够，也不想再说什么，只是又补充一句："不过天色不早，施主若不嫌弃，可以在寺内吃了饭再走。"

"这又是为什么呢？"三白忍不住问道："素昧平生的

人如果在庙里面乞讨食物，难道说也是必得的吗？"

"是的，因为佛的也就是众生的，你问他讨取什么，他都肯给你。"

和尚说完就走了。把三白一个人扔在饭堂里。三白感到有些沮丧，看来今天是很难找到那位曾经叫过阿明的人了，他很可能就在这座寺庙里面，甚至就在刚才吃饭的四五个人中间，但是三白找不到他。就像分别处在阴阳两界的人一样。这种情况如果用苏州人的大白话来讲，那就是：今天碰到鬼了。三白想，真像是碰到鬼了，但是怎么会这样呢，三白想不通。三白感到非常压抑，好像这寺庙有什么地方欺骗了他一样。

三白走出了饭堂，在寺庙里闲逛起来。饭堂的旁边就是大雄宝殿，殿西有条河，风很清爽，从河边吹过来。几个和尚正走来走去，都穿着长长的袈裟，腿上扎着绑腿，三白心想，穿着这样的衣裳怎么不觉得热呢？但同时在心里又不得不承认，看着这些走来走去的和尚，确实并不觉得他们热，非但不觉得他们热，就连自己也仿佛降了些暑气，有一种冰块般的死寂的凉意。而那衣裳，就像舞台上奇特的戏剧服装一样，演员已经安于如此的怪诞了，它与他们融为一体，而观众，在陶醉之余，则难免附庸风雅，想到一些书本上的词语，比如说寂福，比如说平安。但又有谁知道，三白的心里该是多么的感慨呵！在他眼里，这来来去去的穿着长袈裟的僧众，竟都像着一个个尘世里的阿明。都是阿明呵，三白看着他们，觉得他们好像都在低头谈论着什么，什么呢？无非是家中山茶花蓓蕾的大小，棋艺的进展，以及饭菜的咸淡吧。

三白边想边走，不觉已经出了寺门。三白深深地吸了口气，就像他刚进寺门时伸伸懒腰踢踢腿一样。三白觉得自己真有些莫名其妙，进门与出门的瞬间，他都感到了发自内心的轻松。这是不正常的，三白心想。但不管怎样，往寺里走了一遭，他确实感到了某种压抑与茫然，要知道，三白并不喜欢这样，三白觉得有些事情真的是没有道理的，而且相互矛盾。这寺里究竟有什么呢，照三白看来，无非就是两种东西，其一：乞食必得，其二：忘却在家时的名字。这又算什么呢？三白想，人世间的事情总要讲究一个道理，一种说法，一点情义，这寺里面怎么能这样教人呢，要么是冒着被人打左脸的危险，微笑着伸出右脸，要么就是干脆六亲不认，死活不管，这不是乱了套吗！

06 白驹

三白感到百无聊赖了。百无聊赖的三白又回到了寺前的那条土路。而直到向前走出很长一段以后，三白仍然没有回头。这时的三白忽然生出了一种冥想，觉得如果现在回头眺望，那么，那个地里种着茄子青菜、立着参天古树、围墙斑驳的小寺是立刻就会从眼前消失不见的。

在苏州流传着许多诸如此类的传说，传说的开头，总是一个怀了某种目的或者并没有怀着什么目的的人，他离开了家。然后便有了种种的奇遇，这奇遇被提供一些解释，这些解释形式各异，道理总是相差无几：总是因与果。前世是因，今生便是果，或者倒过来。而这样的奇遇，又往往暂时中断于早上第一滴露水出现之时，然后几次三番，周而复始，等到人们不再以为那是一个奇遇的时候，真正的结局便出现了：大梦初醒，人们被告知说，那是一个梦，前因尽释，定数已知。有的人梦便醒了，有的则再接下去做。在这样的奇遇里面，出现最多的主角是狐，而大家又笼而统之，给这样的故事起了个名字，叫作聊斋。三白知道，苏州充满了这样的聊斋故事，苏州本身就是一个聊斋。聊斋里有传奇，可那都是豆棚瓜架无伤大雅的传奇，有艳情，又是些"自有定数，何待再说"的宿命。所以苏州人不太相信有什么真正的宗教，宗教是走投无路或者心如磐石的人的信仰，宗教是认准一条死胡同走到底。但是苏州有那么多的路，走不通其中的一条，非常容易地又可以择路而行，苏州是个好地方，暑天狗不吐舌头冬天冻不死人，一切都可以游刃有余，沧浪亭不好住了，可以换到仓米巷，人不跟人斗了，可以看着畜生与畜生斗，苏州是出出太阳下下雨，是姑妄言之，是愿意听你就听着吧，所有的一切，在这里都能找到退一步的解释与进一步的可能。三白知道，苏州就是给他这样的人住的，所有的人只要到了苏州，都会演变成为一个三白，所以说，刚才三白在小寺里面感到的压抑，就不仅仅因为他找不到阿明，更是因为，三白忽然觉得，那小寺是不像苏州的，这"不像苏州"就如同一种异物，微微地触动了三白，冥想中三白觉得那小寺是会消失的，就如同一切突如其来、妄想打破既定规则的东西终将灭亡一样。

三白就这样一边想着，一边由土路而平路，由平路而街，三白不知道现在应该到哪里去。这一天的毫无收获，让三白觉得难以向芸娘交代。这是三白古典的一面。古典的苏州的三白在街上游荡着，暮色来了，三白沉着头。

三白知道，这已经是到了应该回家的时候了。苏州人在晚上都准时回家，三白明白自己也是不能例外的。而现在，现在正是芸娘忙着做菜的时候，如果晚上有月亮，并且月亮尚好的话，他们就会搬了桌子到沧浪亭边去，以前他们是经常这样的。芸娘不大会喝酒，但如果勉强她喝的话，也可以来上个两三杯，在一些对月共饮的晚上，他们偶尔也会讲一些其他的事情，比如说，芸娘会问，苏州的外面是什么样子的？三白一时想不出非常概括性的语言，就先说了句，苏州的外面与苏州不一样。芸娘又问，是怎么个不一样。三白想了想，就举例子，三白说："你拌卤腐要用麻油白糖和着，萝卜切得像头发丝一样细，还要放上葱末，而在苏州的外面，萝卜就是萝卜，卤腐就是卤腐。"芸娘就说："我知道了，你在讲苏州人会过日子。"三白又说："还有，外面的夫妻吵架，吵得很凶，还有打起来的，但是他们从来不讲狐狸。"芸娘一听，微微地就把脸拉下来了："狐狸？谁说狐狸了，你看到狐狸了？你看到狐狸了吗？"

芸娘有些老了。三白忽然冒出了这么个想法，怪不得芸娘现在要用桃红花瓣浸洗头发，并且在两鬓插满茉莉花了。三白记得，有一次他们坐在客厅里听评弹，是《宝玉夜探》还有《曾荣诉真情》，芸娘说："我喜欢《宝玉夜探》里的两句话。"三白便问是什么。芸娘说："'我劝你是姐妹的语言不能听，因为他们似假又似真'，这话讲得实在是好。"三白笑了，说："我倒听不出有什么特别的好来。"芸娘又说："这话是只有女人才听得懂的，而且只有苏州的女人才能听懂。"三白再次付之一笑，并且没有再去深想。如今，一个人走在街上、有些感到疲惫的三白却忽然悟出点什么来了，三白想起第一次见到芸娘的时候，曾经注意到她有两只牙齿是微微外露着的，——芸娘长了两只虎牙。回家以后，三白的家里人对这门婚事都表示出反对的意思，理由是苏州人从来不长虎牙，有这样的相貌，恐怕不是什么吉利的事情。他们还专程去玄妙观为三白求了签，摇来的签条上写了八个字：岁月静好，现世安稳。然而，这求签得来的话在三白家里又引起了争论，签条上究竟是说如果三白娶了芸娘就会"岁月静好，现世安稳"，还是告诫大家需要"岁月静好，现世安稳"，所以三白就不能娶芸娘呢？仍然没有答案。没有答案就表示了沉默，所以家里人对芸娘是很有些微妙的态度的，芸娘就像某种隐患。一切都好的时候，就一切都好下去，只要有了一点什么不好，大家总会觉得就是那隐患在起着作用。"她不像苏州人，苏州人是不长虎牙的。"三白常能听到这种窃窃私语的声音，它们充斥在沧浪亭的周围，就像是一句谶语。

所以三白知道，芸娘说的那些，譬如说评弹里的那句话，其实就是对于谶语的些微的抗议——你信吗？当然要信，因为只要发生过的，就是真的，是真的就要相信；你怀疑吗？当然要怀疑，因为那发生的后面有大背景，而大背景则根本不是所有的人都能看到的。就像今天，今天三白出了家门，去了王医生家，听王太太唱歌，王太太再送他出门，指着天上说，下雨了，一边出太阳一边下雨了，然后三白迷路，进小寺再出来，这一连串围绕着找房子而发生的事情，它们像一条链子，环环相扣，但真正连结它们的，却并不是表面的那些东西，它们另有原因。如果说，芸娘不是某一天忽然在镜中发现自己有些老了，红颜将逝，她就不会时常感到心中烦闷，继而用那种狐疑怪异的语气与三白说话，让三白觉得，有只狐狸挤在他们当中，为了躲避看不见的狐狸，三白出了门。三白对送他到巷口的王太太说，王太太，你真漂亮，那是因为王太太不会每天烦着让他去找房子，而只有在这样的时候，苏州的上空才会出现那种又是出太阳又是下雨的景象，那样的不实际，那样的浪漫与虚幻，全是给三白这种人用来做补偿的，这景象，就像芸娘的虎牙，就像土路尽头的小寺，是连在大路两旁的一些点缀，而三白已经被苏州熏陶得具有如此的嗅觉，他微微地感到了异样，这异样终于又让他恢复了过来——

　　在路上奔波了一天的三白现在想回家了，三白觉得有点想念起芸娘来，当然，不是芸娘的虎牙，而是她的其他的一些好处，非常实在的，非常苏州化的那些。她安静而熟练地做饭，把卤腐用白糖和麻油拌起来，在晚上为三白沏一杯碧螺春茶。现在的三白一门心思要回去对芸娘说，大家好好过吧。他心里还想着要告诉芸娘这一天里自己的一些零星感悟，比如说，关于苏州的。不是说"岁月静好，现世安稳"吗，苏州就是个"岁月静好，现世安稳"，其实他们在很早的时候就抽到了一个大签。苏州人心里雪亮透彻，明白前生是不知道的，来世也还太远，唯有今生今世最实在最牢靠，而为了这实在牢靠，就需要打击一切不实在不牢靠的东西。有句老话，叫作"人生苦短"。三白想，其实好日子更是不长。

三白现在沉了头，在夜色里赶往沧浪亭畔的家。三白想，他们只是一对平凡的夫妻，他和芸娘。这样想着，三白忽然有些感动起来。正为自己感动着的三白当然不会知道，就在这个夏天过后的不久，芸娘便患了病，这病看来是小，因此三白更没有想到芸娘竟会因此丧了生。在芸娘的葬礼上，三白听到两个前来吊丧的女人在一边聊着些家常事，一个说，昨天在灶头上烧饭，刚起了灶火，就看见一只狐狸从屋子里穿过去了，脑袋小小的，尾巴很长。另一个说，哎哟，白天看到狐狸可不能打哟，要不是会倒霉的！两个人你一言我一语地聊了很久，但是因为光线的缘故，三白没有看清其中有没有那个来自埂巷的妇人。

重瞳

李煜听到院门轻启了。好像是风。但守门老兵的咳嗽声却是分明的，老兵今天穿着玄色衣服，有几次，见李煜来到门口张望，身子便向后略缩进去些，想说句什么，但终于还是没说。天凉了。李煜脚下踩过几片梧桐树叶，叶片失了水，发出些脆声。

是的，天凉了。老兵望了望李煜，脸上有些尴尬。

都知道小周后还没有回来。小周后跟着命妃入宫，已经三日了。这三日里，汴梁下了雨。李煜在五更时分突然梦醒，听到雨声激越，便诧异自己究竟是被雨声惊醒，还是秋寒渐浓的缘故。没想到汴梁也会下这样的雨。夜鸟是早已没有声音了，秋蝉也停止了鸣唱。汴梁的夜更似有着浓黑的山影，它们铺天盖地，汹涌而来，让人无法安眠。

但现在院门真的是被人启动了。一定还有人望门下马，继而马蹄声"嘚嘚"远去。李煜感到了慌乱。是小周后回来了，李煜已经听到那顶小轿的声音了。它顺着小院的小径向前移动着，树叶沙沙有声。而月亮也已经升起来了，清洁的一弯。有些白，也有些发青。这白而发青的月色撒在院子里，把树照得很清明，把草也照得很清明，甚至于院角砖瓦上的三两只小虫，若是凑近了去看，那斑纹、花色竟然也是清晰明了的。在瞬间里，这让李煜感到了恍然。他忽然想起了自己写的一份表章。那是宋兵攻金陵城昼夜不息的时候，他请求宋兵暂缓进攻的表章。李煜记得在表章的接近结尾处有这样一句话：下臣还听说，鸟兽是卑贱的动物，它依顺于人，人尚且还可怜它；君臣是天下大义的体现，臣竭尽忠心，君主能不加怜悯吗？想到这里，李煜不由长叹一声。微物。是的，他对那个做梦也想着要统一中国的赵匡胤说，鸟兽，微物也。赵匡胤一定微微一笑。然后就像掐一只小虫子一样地把李煜掐在了手里，把南唐掐在了手里。他对李煜说，你只有前半句说对了：鸟兽，微物也。作为君主，知道这前半句便足够了。懂得太多，便做不成好君主。赵匡胤说这话的时候一定很得意。他笑了。在他眼里，李煜简直就像孩子一样可笑，鸟兽，微物也。他竟然对着能够主宰他命运、视他如鸟兽的赵匡胤说什么，鸟兽，微物也！这怎能不令赵匡胤哈哈大笑，得意非凡呢。

这个南唐的小皇帝，虽然晚上也常常做梦，却尽是什么雨呵，花呵，鸟呵，女人呵。他怎么唯独没有看到江山社稷呢？宋太祖赵匡胤在明德楼上看着白衣纱帽的李煜在楼下请罪，并封他为违命侯时，脑子里曾经突然闪过这样一个念头。

李煜与小周后初到汴梁时，正是初春。晚上睡觉，小周后怕黑，李煜便终夜点起银烛。烛影闪烁时，西窗外仿佛总有人影憧憧，开始时李煜说是竹影，小周后摇头，小周后说那是守夜的老兵，太祖赵匡胤派在那里的，已经来了有好些天了。李煜听了便有些默然。两人相拥而卧，香罗带未解，好像总觉得又要冒雨顶风赶往哪里去了，就像那天，北上降宋的船已经行至中流，李煜与小周后站在船头。石城已在往后退去。小周后记得那天雨下得很大，举家三四百人是淋着刺骨寒冷的冬雨上船启航的。一片哭声。而石城便在哭声里渐渐远了，船向前走着，渐行渐远。就在船快要行至江心的时候，突然发生了一件非常奇怪的事情。

在码头边的人群里，小周后恍然看到了姐姐——大周后娥皇。她分明就站在那里，一身素衣。娥皇侧着脸，就像她临死时的姿态，她至死都不愿意再看一眼背叛了她、与她的丈夫偷情欢爱的亲妹妹。小周后吓了一跳。就在小周后与李煜来到汴梁以后，在那些终夜点起银烛的夜晚，小周后仍然还是不断会被一些噩梦所惊扰。她总是梦见两种东西，姐姐娥皇，或者就是滔天的水，没

311

有边际的水。然后她便抱着身边的李煜哭。李煜也哭。李煜从来不问小周后痛哭的原因，他只是抱着她，失声痛哭。有时候他们就这样亮着银烛睡上半夜，然后再拥搂着哭上半夜。春寒料峭，窗外的小院里有星星点点的声响，有一次，烛光被一阵风吹灭了，两人一同起来，又把银烛点上。那温和的橘色火焰再次燃起时，小周后看着近前的李煜，忽然轻声叫了起来。

"你是双瞳子呵。"小周后说。

李煜便点头，说："你才看到吗，都说我年少时便有奇表，广额、丰颊、骈齿是大家都知道的，都容易看到的，却很少有人注意到我有一目重瞳。只有大哥弘冀注意到了，他对宫中近侍说过，奇表难免有奇事。他怕我抢在前面做皇帝。他怕得要命。他对有可能影响他做皇帝的人恨之入骨，他恨我，也恨他的叔父。可惜，在毒死叔父几个月后他便暴崩了。"

小周后在烛光下看着李煜一只眼睛的双瞳。它显得那样奇异，就像一种动物的精灵，这精灵睡着了，栖息在那里。小周后就问："这双瞳视物，与常人会有不同吗？"

李煜摇摇头，李煜说："我生来便是如此，所以不知道常人眼里看到的事物会是怎样。我看到的从来都是双瞳里面的东西。从来如此。"

小周后颔首不语，若有所思。

"其实还曾经有过一个人。也是双瞳子的。"李煜披了件长衣，说道。

小周后便问那人是谁。

"是项羽。"

"别姬的那个项羽吗？"

李煜又点头。接下来的，便是两人曾经持续很久的感慨与议论。他们从项王与虞姬渐渐地谈开去。李煜问："如果你是虞姬，你会为我而死吗？在汉军已经重围垓下的时候，夜已来。我和你坐在帐中，听到四面都是楚歌。那样一种凄婉的声音，再也分不清究竟有多少人在唱着这楚歌。他们唱胡不归，他们唱幽幽心事，就像死者的魂灵。项王夜起了，项王对虞姬说，虞兮虞兮奈若何！说着说着，眼泪顺着重瞳的双目慢慢落下。那样的一位英雄呵！周围的人也都哭了，没有人忍心抬头去看项王，那位流泪的项王。他的眼泪顺着重瞳的双目流下，他对虞姬说道，虞呵虞呵，我又应该怎样来安排你呢？如果在这个时候，如果你是虞姬，你会为我而死吗？"

小周后没有回答李煜的问话。她知道他已经入了心魔。只有她才真正地知道他究竟想要说些什么。在这个男子的一生中，有过一次为家国社稷献出生命的大好时机。围城将破之时，李煜曾在宫内积薪厝火，发誓如果城破社稷失守，就携妻儿和李氏血亲赴火就义。但是他没有，金陵已陷时的李煜，是肉袒跪降的李煜，他并没有去死，只是在登船北上回望金陵时，他哭了，站在他身边的小周后看到眼泪顺着他重瞳的双目慢慢落下。他背转身去。故国正沉浸在一片烟雨之中。

他在想什么？他为什么没有去死？就像项王那样？金陵将陷的时候，李煜也曾让近臣带了降款去拜见宋将。近臣掩面而归，哭诉国主，说自古以来没有不亡的家国，即便降也是无法苟全的呵！与其受辱，国君呵，还不如背水一战，死亦无憾呵！李煜拉了他的手，无限的悲伤。李煜摇着头，李煜说："不行，你去吧，带着降款去吧。"近臣再次哭诉，李煜仍然不从，拉着近臣的手，悲泣几乎失声。那时候，城外宋军的旌旗早已弥遍四野，有一些来自异域的声音。而江南的国主李煜正在将陷的宫里拉了近臣的手，李煜说："你可曾听到旧宫教坊的声音了吗。"

近臣有些诧异，近臣说："没有，城外有兵剑的凛厉与马群的嘶鸣。"

李煜说："难道你没有听到教坊正奏响的离别歌吗？"

近臣抬头仰望国主，李煜满面是泪。而面色却又极为安详。眼泪在他显得如此平和地接受了苦痛的脸上缓缓淌下，有一种几乎令人无法承受的心酸。又有谁能够真正懂得这位就要亡国的君主。不是都觉得他是那样奴颜婢膝吗！可以降，也想过死，在内心深处却又如此强烈地排斥着针锋相对的争斗。他厌恶这些。人病足弱，死者相枕，在于敌，他厌恶，在于自己的兵士，除却怜悯与宽爱，他亦不喜那种血流成河、尸首遍野的惨烈的场面。他不能听到死，他所能接受的充其量只是温婉甚或失落的悲痛，一切，就像他的重瞳子一样，他一来到尘世便是如此，再也无从更改。

所以说，在汴梁的深夜，李煜问："如果你是虞姬，你会为我而死吗？"每当李煜这样问小周后时，小周后总会有种肝肠寸断的感受。她知道，他对并未殉国而亡的往事一直耿耿于怀。他知道自己是没有那样果敢的勇气的。因为没有壮烈，所以更要想象壮烈。每当这时，小周后总是颔首不语，而李煜也不深问，窗外有沙沙的树声，李煜便说，那是西楼那边的梧桐。小周后侧耳又听，风停了阵，树声仿佛也停了。小周后记得那是两棵很大的梧桐，叶大如盖，在有雨的春夜，雨点打在宽大的梧桐叶上，会发出一种清越的类似于歌唱的声音。

小周后来到汴梁便得了夜间多梦的病症。请太医看过，太医说是体虚，还不很适应汴梁的气候。又问小周后多梦到些什么。小周后说梦到水，滔天的水，看不到边际，总是漫天而来，要把她给淹没掉，而她却总是站在水中央的一片孤岛上，或者就是一叶小舟，她站在船头，风浪很大，把河里江里的水雾刮起来又抛落，就像一场雨雾。太医点点头，又问还有什么。小周后顿了顿，犹疑片刻，便说没有了。太医给她开了药，临走时又说了句，夫人命里多水。小周后一愣，正想细问，太医却已走远了。

其实小周后很清楚，汴梁的梦里出现最多的究竟是什么样的事物。是姐姐，大周后娥皇。小周后总是梦见她。她穿着各色的衣服、以各式的姿态出现在小周后的梦里，但她从不开口讲话，只有唯一的一次，就在梦将醒时，大周后忽然说话了，她说："妹妹，我的烧槽琵琶呢？"这话一讲完，小周后的梦就醒了，她惊得一身冷汗，翻身抱住枕边的李煜。小周后哭着说："我梦见姐姐了，她问我烧槽琵琶如今在哪里。"李煜便默然，继而又暗泣。那琵琶本是李煜父皇李璟的宝物，因为赞叹娥皇的演奏，便赏赐给她，而大周后临死时又将琵琶留给了李煜。然而失国之际，仓皇辞庙，那琵琶早已连同其他许多的宝物遗在了城内，并且随同城池的陷落一并焚作灰烬，哪里还有丽词清音的影子！

两人抱作一团。仿佛又看到那个多雨而绿的江南了。记得也有一次，正是大周后病重的时候，那夜，后宫的花开得正好，有点雾，而月亮又早早升起来了。李煜与小周后约着在画堂的南畔相见，那画堂的旁边也有两棵梧桐，叶大如盖，遮出许多树荫来。小周后偎在李煜的身边，说："我怕。"

李煜就笑了，说："你怕什么，我是皇帝，所以你就什么也不需要害怕。"

小周后又说："今天我见到姐姐了，她睡在床上，她用手揭起帐幔的时候忽然看到了我，她显出非常惊异的样子，问我是什么时候来的。"

"你怎么说呢？"

"我说我已经来了有好几日了。"

小周后听到李煜轻轻地有了一声叹息。直到很久以后，小周后才真正明白了李煜的这声叹息，与隐匿在这叹息之后的东西。这是一个有梦的男人。他一生下来，便有着隐痛。如果说，痛苦还有待于时光韶华的推移才会慢慢显现，隐痛却是早已根植体内，就像他那只重瞳的眼睛。这个男人天生就知道命，懂得命，而皇帝是不能够知道命、懂得命的。有那么多次，春天来了，他让人在宫殿四处的梁栋、宫壁、阶拱上密插各式的鲜花，他笑着对她说，这叫"锦洞天"。他七月七的生日，必命宫女用红白罗纱百余卷做成月宫天河的形状，有一次，生日夜宴过后，他醉了酒，他抱着她。他说："你有没有

317

看到光？"小周后有些诧异，问道："陛下说的是不是月光？"李煜就摇头，李煜说是："天上的光，连月亮也被它照耀，星辰也向它膜拜。"正说着，忽然就下起雨来了，雨点噼啪而下，把几百丈的罗纱溅湿了，雨夹着风，风又把湿淋的罗纱吹起又落下，纱幔往下滴着水，有着一种人间的狼狈与尴尬。

小周后知道，李煜同样深爱着姐姐娥皇。在她渐长人事、甚至于更在娥皇病故之后，小周后常常还会这样想道：一个男人，同时深爱着两个女人，这真实吗？当然，他是个皇帝，是皇帝便能够同时拥有许多女人的肉体。但一定还存在着肉体之外的东西。有时候，夜半醒来，有月色袭入窗棂，小周后看着身边赤身而卧的李煜，不免会有些恍然。他显得那样真实与安详，真实得几乎让人感到了一丝柔弱。若是月色更明一些，他或许便会被月光刺痛了双眼，倦然醒来，然后轻轻地在她耳边讲上一些情话，他的手苍白而柔韧，在她凝脂般的体肤上轻轻滑动，却总令她颤动不已。这是一位君主的爱，一位有梦的、柔弱的、同时又爱着许多女人的君主的爱。他和她，在江南的故国、随时都可能陷落敌手的故国中酣眠与欢爱，有时候她仿佛能够看到时间在天空那里走过去。它慢慢而行，不似闪电那般急驰，也无若骤雨那样的迅疾，都以为那样的时间是不会带走什么东西的，都以为韶华如水，不圆满也便是不圆满了，却没想到那点光原来也是要带走的。那点光，不论是看到了的，还是未曾看到的。她记得有一次他哭了，他说他又听到了城外的兵马声，他把头枕在她的怀里，他说这世间变化太快，他什么实在的东西都抓不到。而她，则有些怯怯地安慰他，她说："你是皇帝呵！"

在晚上他们也曾谈起过大周后娥皇。娥皇至死都不肯转过身来，她面壁而卧，不愿再看一眼这世间至亲却又令她心碎的亲人。有时候，他们会觉得娥皇就像一个冤死的鬼魂。她在晚上就轻轻地来了，坐在他们的床头，幽幽地看着。她对他们说："外面下雨了，雨打在梧桐叶上，你们听。"他们便侧耳静听。确实有梧桐的声音，幽怨，哀婉，雨声淅沥，打在梧桐叶上，打在他们三个人的心上。娥皇一坐便会是挺长的时间，他们三人便这样坐着，总是会听到一些哭声。从城外面传来的，从宫墙内传来的，或者就是从他们三个人的心里发出来的。总是无法分清楚这些。但不管怎样，这样的时刻总是会让小周后觉得心里很干净，她夺了她亲姐姐娥皇的爱，在娥皇垂危将死的时候，但就在他们三人平静地在雨夜坐在一起的时候，却仍然觉得有些东西还是那样干净，虽然心痛，却是干净而真实的。倒是另外有什么东西，有时候他们就听到了，听到它来了，悄悄地站在他们身后，悄悄地站在所有人的身后，那才是他们真正惧怕的东西呵！

他们无数次地想到过死。在小周后被太宗赵光义强留宫中数日回来的时候。她总是大哭，然后大骂。她说："你为什么不去死！"她抓着李煜的衣服，就像一只凶猛的母兽。

李煜不说话，只是低沉着头哭。

小周后又说："你还讲什么项王！"

李煜仍然不说话，是的，他应该跳到井里去，跳到河里去，他应该用剑砍自己，用刀劈自己，他凭什么还活着，一个连自己的女人都保护不了的男人，一个连自己的妃子都保护不了的曾经的皇帝，一个被欺侮了还一声不吭的降了的君主！但他又觉得小周后的声音仿佛很遥远，他觉得一切的声音仿佛都很遥远，这遥远让痛苦变得迟钝了，变得是用来咀嚼的，是麻木了的痛苦，是放在刀尖上血淋淋见出经络的痛苦，但死亡的暴烈却还远远未来。这痛苦是既定了的凌迟，是与重瞳一起降临的李煜们必须接受的方式。

"你让我去死吧！"小周后见李煜沉默垂泪，又大叫了起来。"你让我去死，就像虞姬那样！"

李煜掩面。李煜的眼泪从他的双目里慢慢落下，有着一种说不清缘由、让人不忍目睹的悲哀。

"我不是项王呵！"李煜死命地拉住小周后的手，哭着说。

两人抱头痛哭。总是暗夜，总是伸手不见的暗夜。小周后哭着哭着就说自己脏，要脱去衣服一遍遍地洗。李煜脸朝着墙，听见哗哗的水声，这水声突然让他想起七月七生日时噼啪而下的疾雨，那是江南故国的疾雨。小周后的罗衫淋湿了，显得那样美，他们在同样湿淋的红白罗纱下相拥。那时，他是她的王，她是他的妃——这样想着，他恍然又坠入了梦中。他走过去，拥起正哭着正拼命洗净自己的小周后。他抱着她，他能感觉到她的颤抖，她抖得就像一片风中的叶子。他抱着她，他对她说他爱着她，他说他怎么能不爱着她呢。他讲着讲着就自己哭起来了。他说她是不知道自己是怎样爱着她的，她永远都将不会知道这个。他轻声低语，他说她是他相依为命的女人，他说她一点都不脏，她就像他自己，他们都一点不脏，他们生来就是不脏的，他们生来就要相爱。

他把她放到床上，月亮很美，她赤裸着身子，他把自己也脱净了，月光照在他们的身上，就在这时，他们如此清晰地看到了对方，他们忽然明白，可能他们也就只能这样活着，在他们的这样的"活着"里面有着某种

321

秘密。就像项王与虞姬的"死亡"里面同样包含着某种秘密一样。他们是天上派来的，肉体只承担某种义务。他们赤身相拥，当他把自己的身体放到她的里面去时，她又哭了。她一边哭一边在他的身体底下融化，她说她真的可以去为他死的，她说他总有一天将知道她会为他死的，她不是虞姬，她握在手里的剑是时间，她说她慢慢地会把自己一刀刀地割下来，献给他，献给这个不是项王的男人，然后为他去死。

这样的夜里他们常常彻夜不眠。他们就像一切夜间的梦游者一样，从酣眠的床上起来，他们手牵着手。汴梁的夜里什么都睡了，就如同江南的夜。但唯独他们是醒着的，他们是这世间醒着的一个秘密。这秘密有着自己的花、自己的叶，与非常坚硬的核——世人很难洞穿的核。在很多年以后，有作画的艺人描绘春宫，画了赤身的小周后。在宫里，四肢被捆绑着。那是多么柔美的身体呵，有着光泽的色与银白的晕，艺人描绘它的时候，该是怎样心神摇曳，无法自持，又该是带着怎样的一种隐秘的心思呵。他们猜测着，无数的世人都猜测着，小周后在宫中的数日究竟是怎样度过的，但总是没有人知道。任何时间都存在着某个断层，人们常常无法洞察秋毫，但一切同样存在着千丝万缕的因果。就如同他们手牵着手，在深夜走到西楼上去，他们是那样安静，就像洒向夜色中的月光一样。他们就是月光。月光接纳一切污秽，但月光又是白色的，因为它本身就是洁白。

如果在这样的夜晚，如果站在西楼之上，便能够非常清楚地看到下面的小院。梧桐长得正密，洒下斑斑树影。四周充满了虫声，无边无际的虫声。李煜倚在栏杆上，仿佛看到院门又开了，是旧臣徐铉，他在那个春天的下午带着太宗赵光义的旨意骑马而来。

他对守门的老兵说："愿见太尉。"

老兵回答："有旨不得见人。"

徐铉又说："奉旨来见。"

老兵这才进门去通报，过了好久，老兵从里面拿出两把旧椅子，相对摆好。被徐铉在院子里看见，连忙又说："只要一把椅子就够了。"

又过了很久，李煜戴着纱帽穿了道袍出来。徐铉伏在地上跪拜，李煜立即上前两步，走下台阶握住他的手。徐铉仍要行礼，李煜说，"今天哪有这礼！"说着这话，李煜便握住徐铉的手大哭起来。徐铉也悄悄地抹泪。又过了一会儿，李煜指着椅子让徐铉坐，徐铉不肯，李煜再让，徐铉这才把椅子拉得偏一点，坐了下来。

院子里静谧无声。两人都不说话。然而，就在突然之间，李煜长叹一声，说："当时错杀了潘佑、李平，懊悔不及呵！"

徐铉走后，李煜就一直躺在床上。小周后以为他睡了，走过去替他盖上薄被。谁知他突然伸出手来，抓住了她，并且把自己的头枕到她的胸口去。她抚摸着他，他便把脸转了过来，转向她。

"叫我吧。叫我项王！"他摇晃着她的手，大声地叫道。

"是的，是的，你就是我的王，你就是我的项王。"她被他吓坏了，怯生生地抱着他，有点不知所措的样子。

"我的虞呵！"他拼命地拉着她的手，把她扯疼了。

"是的是的，我就是你的虞，你的虞呵！"她应和着他，把自己的脸凑到他的脸上去，让他的眼泪和上她的，然后一同流下来。

他问她是否还记得项王在垓下唱的那支歌。她说记得，他便让她唱，她唱着，他来和。

力拔山兮气盖世！时不利兮骓不逝！骓不逝兮可奈何！虞兮虞兮奈若何！

"我是一个柔弱的男子吗？我是一个柔弱得像虫子一样的男子吗？"

他好像马上就要垮下来的样子，说话的声音显得很轻，轻得就像几缕游丝一样。

"有时候我做梦。"他说，"我梦见自己骑着骏马来到了乌江。乌江是那样的广阔，到处都是苇草，到处都是水域，一只船也没有，却也看不到追击的敌军。天上有好多黑鸟在飞，就像乌云一样。我不知道该向哪里去。虞呵！我天生就是孤零零一个人来到这世界上的，所以你才是我的虞呵！我的眼里看不到江东，看不到漫山遍野的敌军，我的眼里只看到天一样广阔的乌江了。'天之亡我'，我却又听到了一些其他的声音，它们也是从天上来的呀，让我不忍割舍，让我无法随着乌江滚滚而去的那种声音——"

"那是什么？"小周后的声音就像一个梦一样。

"是草，草的声音，虫子，无数的虫子。铺天盖地。还有帘外的雨声，梧桐树叶一到深夜便会发出的那种细小的像歌唱一样的鸣叫。还有你。无论你在哪里，我都能听到你的声音。"

"我？"

"是的。你。你就像我另外的那只双瞳，你就栖息在那里，我知道你什么时候睡着了，你睡着的时候我还醒着，你睡着的时候就像一位纯洁的天使——"

"我不是天使，我也不是虞姬，我只是你永远的臣妾，我只是注定了今生今世要和你在一起。"小周后忽然沉吟了起来，她把一只手放在李煜的脑后，看着他。"你知道我是多么喜欢你的双瞳呵！"

"可我只是一个苟且偷生的王呵！"

她温柔地摇头，她只是摇头，而不说话。她拉着他的手，她拉着他走出了屋子。西楼已经笼在了一片月影里，它是那样安静，那样简单，他们手拉着手登上了安静而简单的西楼。他们谁也没有说话，谁也不再说话了。月亮像钩子一样，把一切的繁华、美、爱欲、痛苦照成了一个静止，一个宇宙的静止。这天上的月亮就是江南的那轮月亮呵，它什么时候也跟着来了呢，跟着他们，千里迢迢，万里迢迢。这样想着，他们心里忽然产生了一种感动，一种豁然的悟与释然的痛，正是一个星光灿烂的夜晚，满天的星星，在重瞳的他的眼里，在明澈的她的目中，有一些星划过去了，也有一些掉下来，更多的则灿然在天空中，他们欣然快慰地相依相拥着，在这一刻，他只是她的男人，她也只是他的女人，他们忘记了故国，家园，战事与仇恨，在这一刻，他们与世界远了，与天上的神近了，那是多么宽容多么博大的天上的神呵！

"那一定也是一位双瞳的神。"

她凑在他的耳边，轻声说道。她的话讲得那样轻，轻得只能是讲给相拥的两个人听的，轻得令这世上一切的局外人都感到那仿佛只是一阵风，一场午后的雨，是很快便要刮过天际，很快便要淋湿草、淋湿土地，淋湿在草上在土地上来往的人群的。然后它便没有了。就像它突然地来一样，它就那样突然地消失了。不知道它什么时候还会来，或许它也就永远不来了，它与一切自然万物一起，回到天上去，留下的是向往着它，看到过它或者从未看到过它的地上的人们。

在后来小周后悲伤的梦里，她时常会回想起那个七月七日的晚上，汴梁的七月七日。有时她忽然会觉得一切仿佛早有预兆，至少在于李煜，对这场暴烈残忍的死亡，他其实早就有着某种预感。他甚至仿佛正在期盼着它。他知道它早晚会来，是为了来偿补他的一切的。他知道，它来了，这一生他才圆满。他知道这一些。他只是领会于心，默然不语罢了。她能记得他那天的快乐与悲哀，她都能记得，她突然感到他那天的快乐与悲哀都是到了极致的。她看着他，心里隐隐地感到了不安。

她走上前去劝他。她对他说，让歌妓们把乐声奏得低一些，不要再唱那首"小楼昨夜又东风"了，她指了指外面，脸上有点担忧。

他忽然笑了。仍然还是那样怜悯柔弱的笑。整个晚上，他就一直保持着这种怜悯柔弱的微笑，直到太宗遣来的宫人从外面进来，他仍然还是那样笑着。他迎上去，仿佛知道他们会来，而他，则正是在此地迎候他们似的。他仿佛知道，他们，和他们身后的太宗将会成全他，成全他，以一种暴烈的超越他天性的方式，他仿佛知道，有某个时机来到了，他久久等待着的，并且必须得以外界赋予他的。

他从他们手里接过了那碗牵机药，回头看她。他看到她在哭，两个宫女抓住了她，她在哭。她觉得他会受苦，所以她哭了。

喝药的时间延续得很长，因为药确实很苦，他甚至还皱了皱眉。然而幻觉很快就来了，他忽然觉得自己就像草一样地生长了起来，他忽然取得了一种生长的能力。他感到自己的四肢渐渐伸展开来，就像经受雨露之后的草木，他在生长，他突然就这样生长了呵，这生长伴随着扭曲与舞动，在这样的幻觉中，他终于成了英勇的项王。他梦寐了那么久的，而所有曾经的屈辱与痛苦，都将随着这梦寐的到来而成了虚无。他就这样扭曲着，舞动着，他听到自己对身边的小周后说："我成了项王了，你看到了吗，我是项王了呵！"

小周后的梦总是到这里便戛然终止，因为听李煜在极度的全身拳曲头足相就的痛苦中说出这句话后，她便晕厥了过去。她觉得自己已经死了。早于李煜地死了。

所以说，虽然小周后真正悲绝而死是在李煜之死的不久以后，就像他们所预言的那样，他，以一种英勇的项王的惨烈离开了人世，而她，则是看似平和的，凭借着时光的剑，把自己的心割下来，把自己的血剜出来，就像一棵失水的草那样。因此，当这一切最终归于终了之时，他们实际上全都完成了自己由来已久的意愿。

繁华

01

　　王莲生初来上海是个阴雨的下午。那天他坐的是二等舱，船不大，还刮着风，所以颠得很厉害。他对面躺了个瘦小的干瘪老头，一上船就开始吐。王莲生好不容易小睡一会儿，梦里听到一种奇怪的声音——前些天他刚看过一场京戏，里面那个旦角受了委屈，咿咿呀呀地哭，但半天了，一滴眼泪还挂在水袖尖尖上——等到王莲生睁开眼睛，却是那老头抱着一只小罐，在床边半蹲着身子。他呕吐时眼睛半睁半闭，极为享受，让人怀疑那小罐里装着的，其实是很快就能烹饪上桌的一尾活鱼。

　　王莲生叹了口气，起身去了甲板。

　　雨倒是停了，还微微地起点太阳。在远处，几只白色的海鸥紧贴着水面飞，王莲生看了半天，觉得它们像要一头扎进水里自尽似的。

　　一个戴帽子的外国巡警冷漠地走过来。王莲生刚受尽那干瘪老头的折磨，心里对规则、清洁、秩序以及权威有关的事物多了几分亲近。他微笑着迎了上去。王莲生见过些世面，还不好不坏地能说上几句洋文。这多少让巡警灰蓝的眼珠子泛出了珍珠的光泽。

"还要多久能到上海?"王莲生问。

"天气不好，可能会迟点。"

"船颠得厉害呵——"

"听说……听说已经翻了两艘小船了。"这估计是上头关照要保密的消息，但蓝眼睛巡警一个犹疑还是说了出来。话一出口，他便有点后悔，眼睛里的珍珠光泽暗了暗。手顺带搭在了腰里的警棍上。

王莲生原本还想打听一些治安方面的事。听说上海是不太平的，石库门外的里弄，到了晚上九点钟就要上锁；还有呀，听说上海好吃的东西多，好看的人多，但是小偷、强盗、野鸡、骗子也多……正在这时，突然从船头那儿传来一阵嘈杂的人声，一个拉高了的嗓门在叫："瘪三! 真是瘪三呀!"停了一下，紧接着又传来了哭声："那我该怎么办呀——怎么办呀——我要跳海了呀——"

王莲生心头一紧。但并没听到类似于"扑通"的声响。人没有跳下去，好奇心倒是上来了。

蓝眼睛巡警在前，王莲生在后。蓝眼睛巡警用洋文说，王莲生再用中国话复述一遍。

一个穿绿衣服的身影正俯在船栏上哭。是个二十来岁的纤弱男孩，他给王莲生的第一印象，是白如玉色的脸上挂了满脸的泪珠子。倒像是剔透的珍珠，但给脸上的白冲淡了。越发显得凄清。

"你们别过来！我要跳了——我真的要跳了——"他哭得很凶，人和衣服都在剧烈地发抖。但他说话与喊叫的声音，却有着奇怪的女性化特点。这莫名其妙的悲剧因此变得有些滑稽起来。连王莲生都忍不住笑了。

"你多大了？"蓝眼睛巡警皱了皱眉。围观的人已经渐渐多了起来，带着晕船时微青或者发白的脸色。王莲生发现，和他同舱房的那个干瘪老头也出来了，人显得更小了，佝着。手里却还紧紧抱着那个小罐头。

"十九岁。"

"十九岁？才十九岁你就想跳海？"蓝眼睛巡警的眉毛皱得正紧了。

伴着海浪，四周有掩饰不住的窃笑声。这话虽然说得正义凛然，但听上去，仿佛二十岁跳海就要正当很多似的。

十九岁的小男人正沉浸在自己的悲恸中，自顾自地把话说下去："那个瘪三！那只贼骨头呀！我在睡觉他就进来了——也不知道是从哪里进来的呀！现在的人怎么这样坏呵……"

大家突然警醒。有几个立刻分头回了自己的舱房。但还是有人没被贼的气焰吓住，一个手里抱了孩子的胖女人探头问道："那偷了什么东西没有？"

"偷了倒好了呀，我现在宁愿他偷呀——"这话说得离奇，甲板上一时安静了下来。这突如其来的气氛却让小男人再一次悲从中来："我怎么这样苦命的呀，好不容易托人买来的金鱼呀，花了不少铜钱的，钱还在其次——"他停顿了一下，不知该不该把底下的话接着往下说。但还是说了，并且突然有了条理，一板一眼的："我花了大价钿买的金鱼，那叫好看呀，五颜六色，讲是从很热很热的地方带来的，我们这儿从来看不到的。就是上海人也难得看到的。上海啥东西没有呀，就是没有这种金鱼！我带到船上来，准备到了上海送人的。哪知道刚打了个瞌睡，贼骨头就来了呀——我睡得糊里糊涂，从床上跳起来就追他——那么就出事情了呀，贼骨头倒逃脱了，那只金鱼缸就放在床脚下头，我睡觉睡得忘记了呀，一不当心就把它弄碎了，作孽呵，那些鱼真是作孽呵……"

大家齐声道："那个贼呢？"

小男人梨花带雨地跺了跺脚："真应该千刀斩，万刀剐呀！那只贼骨头——给他逃脱了呀，我心里急，看都没看清他的样子——好像是穿着黑衣裳的。"他的桃花眼溜溜地在人群里打着转。里面还真有两个穿黑的，一听这话，都下意识地缩了缩身子。但这时小男人突然又改变了主意："不对，也有可能是穿蓝衣裳的……"

这时蓝眼睛巡警有点看不下去了。他朝前走一步，颇为威严地说道："这种话是不好乱说的，一会儿黑衣服，一会儿蓝衣服，你自己想想清楚，想清楚了再说。你这样乱说是要诬陷人的。"

小男人原本心里就委屈，这时又给巡警的话吓住了，他张了张嘴，又合上一半，一时半会不知道该说什么。倒是旁边的人纷纷活络起来。抱孩子的胖女人凑到王莲生跟前，抱怨上礼拜她上街买点东西——"要铜钿呀，那个人立在马路边上，伸出手来就要铜钿。他说他是难民，要我可怜可怜他，我哪里知道他到底是不是难民。身上穿的倒是破破烂烂，一双手是墨墨黑像个赤佬——我心里怕呀，那个怕呀，手都在发抖的。你不知道他眼里有凶光的呀，不给他铜钿要给他杀掉的呀。"

胖女人说话时，她怀里的孩子不停用脚踢着王莲生的衣服。王莲生躲了几次都没躲开，心里不由嫌恶起来，便敷衍道："世道乱，只能自己当心了，要自己当心。"说了也知道是白说。

干瘪老头也挤了过来。他晕船的症状此时已经消退很多，人突然变得活跃了起来。

"他说的那种鱼——我倒是见过。"他颇为得意地冲着王莲生挤挤眼睛。

"哦，那好，见过好。"老头刚才在舱房里的行为，仍然让王莲生有些无法释怀，所以并不太愿意搭理他。

但老头似乎并不介意这个，继续把关于金鱼的信息告诉王莲生："你不要听他瞎说，他说的那种金鱼呵，宋朝的时候就有了，养在宫里头的……"

王莲生自恃读过几本旧书，对宋朝又颇有几分好感。觉得一个在颠簸的船舱里抱着罐子吐得哇哇叫的人，是没有什么资格谈论宋朝的。他微抬的鼻孔里发出一声很轻的"嗤"，但终于没有忍住，反问道："你以为他说的是中国的金鱼吗？"

这回轮到老头张口结舌说不上话来。王莲生便把声音略微提高些："他说的是长在热带的鱼，热带——知道吗？"心里料想着说了老头也未必明白，王莲生不免有些不屑，但又不舍得不把这种富有知识的话说下去……

就在这时，人群突然又起了骚动。只见小男人把一条腿跨过船栏，嘴里喊着一个奇怪的名字——听上去像是个女人的。然后他大叫一声："没有面孔去见你了呀！"

"扑通"一声响！几乎是很轻的，因为海浪的声音太大了，完全把它盖住了。大家吓愣了两秒钟，疯一样地扑到船栏上去看。哪还有人的影子，船在雪花般涌起的浪头里往前直奔，那几只白色的海鸥远远跟着，仍然紧贴着水面在飞……几乎让人怀疑，刚才那个俯在船栏上的绿色影子——仅仅只是个幻觉。

"哎哟！吓死人了，真是吓死人了！"胖女人先是拼命拍着自己的胸脯，慌乱中又拍起手里的孩子来。终于那孩子也被她弄哭了，哇哇乱叫了起来。

甲板上不断有人在奔来跑去，都知道有人跳海了，是个年轻男人。刚上来的人不知怎么回事，半是兴奋半是恐惧地逢人便问；而目睹那一幕的，多半还没回过神来，慌乱中只听有人在叫：

"鲨鱼！快看，有鲨鱼！"

确实有个黑乎乎的大东西，在不远处的海面上晃了晃。或许真是鲨鱼，但或许也并不是。这时船身猛地一颤，王莲生突然觉得胸口有点发堵，连忙用手紧紧抓住船栏，干瘪老头的声音又在耳边响了起来："我见过那孩子，我想起来了……真的想起来了，他是唱戏的，可惜了，真是可惜了。"

王莲生头里发晕，眼睛是闭上了，但耳朵却愈发灵敏起来——

还是那老头的声音："唉，戏子，唱戏唱多了，唱得脑子也坏掉了。中了毒了。"

一个男人用力咳嗽了两下："为了几条金鱼，嗤，真是活见鬼。哪有这种事情的，为了几条金鱼去跳海，真是听都没听说过。"

突然一个女人插话进来："肯定是送给上海书寓里的长三的，那里面的女人……"话是才讲到一半，至于另外那一半，则让语气和声调来继续阐述。王莲生眼前就此晃过几个女子，衣服是杏黄的，上面绣着龙凤。一个车夫赶着马车从烟柳深处嘚嘚而来——顶戴花翎，身上是黄色马褂——以前朝廷上的命官大致就是这种打扮。王莲生以前就常听说，上海的那些高级妓女通常喜欢这样卖弄花样。她们住在租界里头，中国人管不到，洋人又不爱管。更重要的是，她们都没有固定的男人——不像那些低眉顺目的良家妇女，嘴上说得强硬，但要是真有男人为了她跳海，心里难保不是高兴的。

想到这里，王莲生微微睁开一点眼睛，眼梢里突然瞥见那个干瘪老头的手一抬，那只一直被他抱着的罐子飞闪着掉进了海里——当然，也有可能仅仅只是个幻觉。

在认识沈小红以后，有好几次，王莲生对她讲起过船上的这段经历。那时王莲生一个人住公馆，客堂粉白的墙上挂了幅字："荷叶生时春恨生，荷叶枯时秋恨成……"字是才来上海不久时买的，那时王莲生还没逛过长三堂子，更不认识沈小红。那天他和一个生意场上的朋友，连带两个伙计，大大小小买回一大堆东西。在一个玉器摊位前，王莲生被一块成色特别的玉佩吸引住了，停下来和摊主聊了会儿。等到回过神来，才发现朋友和那两个伙计全都不见了。

初夏的天气，没太阳的时候天是蓝的，飘着云；但也有的时候阳光朗朗有声，更何况是从人群里蒸腾起来的太阳……王莲生在无数的翡翠鼻烟壶、银色雕花水烟筒、斑竹的小屏风、不伦不类烫了金的青花瓷瓶里兜过来、荡过去——人，到处都是人，上海人，苏州人，浙江人，"江北人"，黄色皮肤、白色皮肤、抽了鸦片变成灰色皮肤的……

一个穿黑色布衣的矮胖老头，不知什么时候挤到了王莲生旁边。他右手握成一个拳，异常神秘地张开一小条黑黝黝的缝："买伐啦？"

王莲生一时没听清，惶惑地摇了摇头。老头便又凑近了些，鼻孔里的热气像老牛一样吸进去又吐出来："好东西，买伐啦？"

这时王莲生突然想起船上抱孩子女人的一番话："伸出手来就要铜钿，真是要命的事体。一双手是墨墨黑像个赤佬——伊眼睛里有凶光的呀，不给他铜钿要给他杀掉的呀！"王莲生只觉得脖子后面寒丝丝的一阵冰凉。连忙一把抓起衣服的下摆，风一样地拔脚向外跑掉了。

那天回来后王莲生才发现，就在他狂奔的时候，捏在手里的那幅字被什么东西扎了一下，有点破相。但毕竟还不碍大事。后来，有一天沈小红来公馆看他。她歪了头，在那面挂着字的白墙前面站了很久。

"……深知身在情长在，怅望江头江水声。"突然她噗嗤一声笑着说道，"这后面两句写的是黄浦江吧？"

王莲生被她说得一愣——当然并不是，虽然黄浦江就在不远的地方，到了晚上，还能听到汽笛的声音。像很多小孩子在哭，怎么哄也哄不停。

"那天我在船上的时候，听到隔壁船舱有人在吹箫。但等到仔细去听，却又停了。那时风浪很大，整个的船都在晃……他们说那个海域是有鲨鱼的。"

这时沈小红插话进来："听说那种鱼很凶的，牙齿老长老尖，还朝外翻出来，长得非常怕人的。"接着她又想到了什么，问道："你说的那个跳海的人——是真的伐？"

王莲生正躺在榻床上吸烟，听到这话，不知怎么呛了一下，吭哧吭哧地咳了一会儿，好久才回答道："怎么不是真的，我看见他跳下去的。也就是眼睛眨一眨的工夫，人就不见了。"

沈小红"噢"了一声，紧接着又说："我是不大相信的，跳下去要淹死的——弄不好还给鲨鱼吃掉。"

王莲生这时缓缓地吐出一口烟来，说道："这事想起来真是不吉利，连汗毛都要竖起来的。你说怎么会碰到这样不吉利的事情？"

沈小红也不接话，自顾自地往下说："我是不相信的，我终归有点怀疑这是不是真的。"

就在这时，一只小蛾子飞了过来，它扑动着翅膀，在沈小红鼻尖那儿落下了巨大的阴影。王莲生顺势转过头去……还是在昏黄的灯光下面，沈小红皱着眉头，微微抬起了下巴。虽然眉目里仍然少不了长三堂子的那路娇媚，但王莲生却是实实在在地给怔了一下——以前他怎么就没留意过呢，沈小红那小而尖的瓜子脸，她那双似笑非笑的眼睛，她那抬起的小下巴在空气里划出的一道细小弧形——这一切，突然让他想起很多年前，当他还是一个少年的时候，在乡下老家。那是一个初春的下午，他母亲让他送一样东西去邻村的亲戚家。下着很小很小的雨，走了很长一段路，才觉得鼻尖上慢慢变湿了（这让他想起了自家的狗）。他在一棵柳树下闭着眼睛站了会儿，觉得有无数根被水泡软的绣花针慢慢地飘下来——

他听到了母亲的声音。她在叫他。手里拿着一把伞。

他忘了是在什么地方看到那个少女的。柳树下面？弯弯的田埂那儿？雨停了？下得很大？一只鼻尖那儿黏糊糊的狗跟在她旁边？

他记得她的瓜子脸、眼睛、嘴边的笑意……他们可能还说了话。但说得没有太大的意义。他在她身边停了下来，犹豫了一会儿，说道："下雨了。"

王莲生年纪很轻就结了婚。是那种老式而合法的婚姻。太太是族上的远亲，一个圆脸白皮肤的姑娘。王莲生的母亲对他说："记得吗，小的时候，你们还一起玩过呢！"但王莲生却全然没有这方面的印象。他只记得婚前第一次和她说话，她娇羞地侧过头，顺带红了半边脸。但后来王莲生发现，非但和他，而是和其他一切人说话，她都会脸红。再到后来，有一天，王莲生无意中见她一个人坐在院子里绣花，一双缠过的小脚露出一小半在红裙外面，像只探头探脑的鸟。太阳暖洋洋的，蝴蝶懒洋洋地飞……她垂着头，脸上红扑扑的。

她是个一说话就脸红、不说话也脸红的女人。王莲生估计在她的生活里，除去父亲兄弟，几乎没见过什么其他的男人——但在新婚之夜，她却异常主动地尽了女人的职责，几乎有着讨好的嫌疑。王莲生莫名其妙地心生一念，似乎她把他当作了一个长期卖淫的主人。这却比她动不动的脸红更让他生厌。

王莲生后来出来做事，太太一直就和母亲一起住在乡下。他一年回去个几次，走的时候，她小脚踩着碎步送他。好些年了，她仍旧有脸红的毛病，人却有点过早见老了。她颤巍巍站在村里的柳树下面，眼光像一根根飘风的柳絮。王莲生在那柳絮般的眼光里变得有些恍惚起来——她看着他，可怜分分的。千万人中，命定了这个女人是属于他的——但王莲生不知突然又想到了什么，朝她挥挥手，转身走掉了。

再往后他回去的频率越来越少，等到调任上海做事，机会便更少了。有一次他和沈小红一起去一处书寓吃饭，才踏进客堂，王莲生便愣住了。只见客堂西角上放了只金鱼缸，大约一米见方的样子，里面装了大半缸水。鱼缸很深，从底下长出暗绿色的水草。客堂的门窗全敞开着，一阵从地底下冒出来的穿堂风……鱼缸里花花绿绿的鱼全体来了个休止，尾巴都不动了。悬空在那儿，听着什么。风是从前面来的，王莲生那件灰蓝色的长衣被牢牢地吸附在身上，弓起来。像极了一只负荆请罪的虾米。

倒是沈小红捂着嘴巴笑了起来，说道："快瞧快瞧！你说的那只鱼缸不就在这儿嘛！"

王莲生也不说话，一个人又站了会儿。一个才来几天的娘姨拿了小菜来摆台面。王莲生悄悄问她："这鱼……从哪里来的？"

这娘姨长得白净，但眼睛略微有点倒挂。显出惶惑、刁钻、憨笨兼有的神情。她轻声答道："是这里先生的客人送的。"脸颊那儿却奇怪地红出一小块来。

后来王莲生一直在琢磨那娘姨脸上的飞红。不由得心生感慨，毕竟是长三堂子里出来的娘姨。虽然王莲生实在想不出她有什么好脸红的——在很小很小的一短片时间里，王莲生还突然看到了那棵柳树。他家乡的女人站在它底下，面若桃花。不知为什么，他觉得她就像一尾风干的鱼……他不看她，她就冻在那儿，等他远远地瞧瞧她，她这才活转过来。但即便活转过来，她也只是从鱼缸这头游到那头、再从那头游回这头的鱼——

"你走来走去当心点，这种鱼缸很容易弄碎的。"王莲生没头没脑地向娘姨甩出这一句来。那娘姨正忙着，没上心，倒是沈小红在旁边听了，咬咬嘴唇——连堂子里的娘姨都要他这样关心的，就扭头白了他一眼。

02

这天下午，王莲生事先约好了带沈小红去见一个裁缝。那是个长着一头金发的白俄女人。近来上海流传着很多关于她的传奇版本，主要有以下这些：

第一，白俄女人经营的服装店是目前上海价格最昂贵的。

第二，白俄女人长得相当漂亮，身材则如同铅笔般细瘦。

第三，身为裁缝，白俄女人却拒绝为任何身材超过一定宽度的人做衣服。

　　沈小红最为关心的是第三点。她曾经颇为好奇地问王莲生："这个一定宽度到底是什么意思呵？"王莲生想了想，觉得自己也回答不上。在沈小红这儿，王莲生经常会遇到这样的情况。比方说，有时候沈小红会问他："你们男人是不是都爱上这种地方呵？"又比方说，近来她最常问的："你倒是说真话，不许骗我，那个在船上跳海的人，是你编出来的吧？"还有一次，他们不知为什么事吵了起来，沈小红蓬头垢面，一把眼泪一把鼻涕泼妇似的大闹。但过了一会儿，她突然又软了下来，从后面抱住他，挂了泪的脸贴住他的背："你这心不晓得怎么长的！变得真厉害——你不会不要我了吧？"

　　王莲生不知道该说什么，他明明晓得他的心不长在背上，但她的话却莫名其妙地有些叫他心酸。

　　有一些事情王莲生是清楚的。他是嫖客，而她，则是他用钱买来的女人。在上海，像她这样的女人有不少：沈小红住在荟芳里，周双珠住在公阳里，黄翠凤则住在尚仁里……像他们之间这样的关系也是常见的：嫖客们在她们身上花钱，买全套的红木家具，买衣服、首饰，各种各样的花销，一开始是不认识的，后来成了客人和倌人。有的能好上很多年，有的刚好上就闹翻，还有的要好得头都要割下来……就连最后的结局也是有迹可循。

有人就这么劝过他："莲生呐，我这些时日看下来，越是跟相好要好，越是做不长。倒是不过这样么，一年一年也做下去了。"

但有一件事情他却不是很清楚——有时候，他经常会听到一个细小而尖利的声音在那里叫着："我和你们是不同的……我和你们是不同的……"然而问题在于，他说不清楚究竟是哪里不同。这是个欲语还休或者说有些禁忌的问题。王莲生甚至觉得，就连多想想它，本身也是种禁忌。

这个下午时阴时雨，时雨时阴，王莲生去沈小红那里接她。弄堂里静悄悄的，平时那些卖五香茶叶蛋、弹棉花胎、修鞋、算命的，一下全没了踪影。王莲生正低头默想，一个梳了刘海的女人突然从门洞里探出头，"哗"的一声，倒出一大盆面汤水来。

"哎哟，吓死我了！"她大白天见鬼似的，使劲拍着胸口，冲着王莲生大叫起来。

明明应该是王莲生吓一跳的，结果却是那女人被吓着了。王莲生不免也有些生气。但他一旦生气，话便说不太连贯，甚至还有些轻微的口吃。所以他干脆也睁大了眼睛瞪她——这一瞪不要紧，那女人竟然扔了手里的脸盆，两只手抱着脑袋，逃一样地逃进去了。

"刚才在弄堂里，我遇到个神经病女人。"两人在马车上刚坐定，王莲生便气呼呼地告诉沈小红说。

"神经病女人？"沈小红一脸诧异。

"你说怪不怪，她差点把水泼在我身上，却说自己要给吓死了。"王莲生恨声道。

"她长得怎样？"沈小红也觉得可乐，嬉笑着朝王莲生身边挤，但仍不忘追问道，"蛮好看的吧？"

"嗤，那也叫好看？梳了排刘海，十足像个马桶盖。"王莲生讲得咬牙切齿，心里略微舒服了些，但还是有不放心的地方，问道："我今天是不是特别难看呵？"

"你不要瞎说。"沈小红柔声道。

"那她干嘛像见了鬼似的？"王莲生想起刚才的一幕，忍不住又问。

"这……"沈小红一时有些语塞，但她是个聪明女人，又凭借着长期的职业习惯，便远兜远转地把事情岔开去，"恐怕她是给上个礼拜的那件事吓坏了。"

"上个礼拜？"王莲生果然上当，顺着沈小红的思路问下去。

"上礼拜呵，我们弄堂里出了一桩事情。早上有一家的娘姨出去买菜，起得早呵，天还是有点墨黑的，墨黑还不算，潮露露的还有雾气。这个娘姨么可能隔天晚上没睡好，打着瞌睡，走起路来一冲一冲的。快要到弄堂口的时候，她不晓得怎么脚下碰到一样东西，软咚咚的。她好奇地凑上去看，原来是一堆破布。她也是小孩子脾气，再用脚去踢一踢，这么一踢，那堆布就散开来了，里面露出一样东西来——你猜是什么？"

"铜钱？"王莲生脱口而出。去沈小红那儿时，他常给她带些东西。有时是她开口向他要的翡翠头面、玉佩，有时则是他一时兴起，在街边买的一朵肥白的栀子花，一包热烘烘的糖炒栗子……他去看她，多半是因为想她。但若是空了手去，即便她不说什么，他也会觉得不对。他不能光带了感情去，感情——即便它确实是存在的。这好像也已经成了禁忌。

"那么，是一只老鼠？"沈小红怕老鼠。王莲生头一次在她那儿住夜，月光底下，确实有只灰白的小鼠当屋穿过。沈小红吓得尖叫了起来。王莲生至今还记得当时的情景，在清晨三四点钟模糊的月色下面，她显得那样弱小，无助。其实他也是弱的，那天他刚看了场关于打仗的电影——里面那么多的死人，那么多的血，那么多的半死不活的扭动的肉体，还有那么多的人吃了枪子，"扑通扑通"地从船上往水里跳……

"还猜不出来呵？"这时沈小红催着问道。

"真猜不出来，"王莲生伸出手，轻轻拔掉沈小红头上的一小根白发，说道，"告诉我，里面到底是什么？"

"一个死婴……是男孩，脸色都发青了。"沈小红说。

白俄女人的服装店设在一家饭店的底层。沈小红和王莲生从马车上下来时，雨停了。天边挂着一小道虹。沈小红抬头望了望它，突然觉得眼前一阵晕眩。这一小道的虹吊在铅灰阴翳的天上，亮堂堂的直晃眼。同样亮堂堂的还有她身边这个高大的饭店建筑。白清水砖墙，中间嵌了道红砖的腰线。就像天生是为一个裁缝设计的。

　　灯光暗得更像烛光。地毯是吸音的，使人联想起林中积雪。很多很多曲曲折折的扶梯，很多很多长长弯弯的过道……全是看不见尽头的。点着烛光的林中积雪里慢慢走出一个人来。穿着白的制服，戴着白的手套。他说的话沈小红也听不懂。后来王莲生说话了，他说："找丽蒂亚女士。"

　　裁缝丽蒂亚正坐在一张沙发上看报。在推开丽蒂亚的门以前，在长得让人产生幻觉的走廊里，沈小红还迎面遇到了好几个女人。两个极瘦，一个丰腴，另一个则特胖。"为了让她量腰身，今天中午我可是饭都没敢吃。"沈小红一面与王莲生小声打趣，一面思忖着，这名叫丽蒂亚的女人一定是有怪癖的。沈小红以前也见过几个白俄女人，也美，但多半是又粗又大，在中午白得冒烟的日头下走过时，灰绿色的眼睛斜视着，身上像冰山……所以坐在沙发上真正的丽蒂亚抬起头来时，沈小红不由地愣了一下。所有的事情她都想对了，但又不全对——

351

丽蒂亚确实漂亮，但更像蜡像馆里好看而生硬的蜡人，没有一点点即便是肮脏的人的气息。丽蒂亚确实很瘦，但她穿了件罩住脚背的中式袍子，只露出高高突出的锁骨——丽蒂亚也确实奇怪，因为沈小红盯着她看，她也回看，用那双冰冷的不像是人的眼睛，异域的眼睛……沈小红手足无措地涨红了脸，但丽蒂亚的脸一直是白的。沈小红想，那多半是因为冷漠。

屋里的窗帘下着，看得出是用好布料做的，但已经有点褪色了。壁炉里冒着火星，"噼"的一下，"啪"的一声，不知道是刚生起来，还是马上就要熄掉。几盆小菖兰和杜鹃花可能才从暖房里拿出来，被随意地摆在角落里。有点蔫，正打瞌睡似的。还有一只蜷成一团的波斯猫，懒洋洋地躺在丽蒂亚脚下，睡着，却像死了一样。丽蒂亚慢条斯理地把报纸折起来，再折一道，轻轻地在膝盖上磕两下，这才冲着沈小红开口道："你的腰围，多少？"

看得出来，丽蒂亚的中文不太熟练，但沈小红却觉得，这样短促而确凿的表达才是最适合她的。所以当王莲生提出要为她们当翻译时，她坚决地摆手拒绝了。

"一尺八寸……也可能一尺七寸吧。"沈小红看着丽蒂亚脸色的变化，犹犹豫豫地回答道。

丽蒂亚微微皱了皱眉，简短地说："量一下，过来。"

丽蒂亚的手在沈小红腰里蛇一样地滑动。她金黄色的头发像火，但那火是没有温度的。她手里拿着笔直的裁缝专用尺，手上爆出清晰的青色的筋络。她们两个离得那样近，沈小红几乎能闻见白俄人身上那种微酸的体味……但不知道为什么，沈小红就是觉得丽蒂亚不像一个血肉之躯。她有种强烈的感觉——丽蒂亚从头到脚都像个假人，连《聊斋》里的鬼都不如。因为没有心。

又过了一会儿，丽蒂亚的手终于停了下来。她冷冷地，自言自语般地说道："一尺七寸半。"

沈小红好奇地问道："那，可以吗？"

丽蒂亚点点头。顺带把"可以"或者"不可以"省略了。

任何一个女人，只要讲到衣服或者男人，总是免不了眉飞色舞的。沈小红一迭连声地比画着说下去："哪，滚边要阔一点，用深紫色，宝蓝的也行……领子要高，边上斜出来。底边长些，盖住脚才好……"她自己没在意，倒是旁边的王莲生用胳膊肘捅了捅她，还闷闷地咳了几声。

这时沈小红才注意到，丽蒂亚正一脸厌倦地摇着头。

沈小红惶惑地看看王莲生，又惶惑地看看丽蒂亚，问道："怎么？"

丽蒂亚的回答仍然很简短，一字一句都要算钱似的说道："什么场合穿？只要告诉我。"

沈小红这时多少也被她的简洁感染了，一字顶一字地回答说："饭局。"

丽蒂亚牵牵嘴角道："行了。"

沈小红诧异地脱口而出："行了？你连款式都不问问我？宽袖还是窄袖？高领还是低领？长度多少？滚边的颜色呢？你怎么就知道行了？"

丽蒂亚一如既往地明确道："不需要这些。你没有发言权。拿衣服，半个月以后。"

这个饭店的顶层是个装修考究的餐厅兼舞厅。在一个临窗的座位坐下后，沈小红这才惊讶地发现，黄浦江竟然就在底下。薄暮下面，泛着波光的江面上缓缓行驶着几艘中国式的帆船。沈小红有个远房亲戚就住在徐家汇的河上，那是只不足六英尺宽的小舢板，上面盖着藤条的顶棚。沈小红第一次去那里时，一个裹了小脚的女人正坐在船沿上为一只拖鞋绣花。她悄悄地告诉沈小红说："是为外国市场做的。他们要很多双这样的拖鞋，白色的，丝的。"船舱里面，几个男人正围着打麻将。一些浅蓝色的烟雾从烧木炭的炉子里升起来……空气里充满了一种臭水沟的气味，直到离开，沈小红都没弄清，那种气味究竟来自浑浊的河水，还是和那几个光脚赤膊的男人有关。

"看，丽蒂亚——"这时，沈小红听到了王莲生压低的声音。

确实是丽蒂亚。这个顶层餐厅由一架老式电梯接送客人，此时电梯口出来的两个人里，一个就是裁缝丽蒂亚。丽蒂亚穿了件紧身的黑色晚礼服，脖子那儿垂着一长串硕大的珍珠。她的金发在脑后挽出一个厚重的发髻——夕阳下面发光的山峰也就不过如此罢。而另外一个，是此刻正站在丽蒂亚旁边高大帅气的男子，此人皮肤稍稍有点黑，但眼睛亮得像两盏小灯。

"那是她丈夫，据说还是个时髦的海军军官。"王莲生犹豫了一下，继续说道，"她丈夫是个中国通，他们每天晚上都来这里跳舞，大家都说他们在一起跳得很美。大家还说……他们非常相爱。"

一个穿白衣服的中国雇员走在前面，丽蒂亚和她那军官丈夫跟随在后。丽蒂亚显然已经认出了沈小红他们，她低下头，和丈夫低语了几句。

"你们好！"沈小红正低头吃一份马里兰炸鸡，高大的海军军官已经站在了她和王莲生面前。

很显然，相对于丽蒂亚的沉默，她的军官丈夫是相当健谈的，他从服务员手里接过一杯加了冰块的酒，耸了耸肩说道："丽蒂亚从来都不肯为我做衣服，她说我的

355

宽度超过了尺寸。"接着，他像是突然想到了什么快乐的事，笑着高声说道："你们知道吗，丽蒂亚是个怪人。"

然而沈小红觉得丽蒂亚的丈夫也是奇怪的。他喋喋不休地说话，喋喋不休地喝酒。他小灯一样的眼睛一直照在丽蒂亚身上。他说："丽蒂亚每天早上都在窗口看着我出门，我骑着那匹可爱的蒙古矮种马，那还是去年秋天的时候买的……那可真是匹好马，是吧，丽蒂亚？"他又说："对了，你们知道蒙古的矮种马吗？它们长在中国的蒙古草原上，每年一次被人赶到南方来。只有在长江流域的马市上才能买到它们……你知道它们有多棒吗？"他转过头看了看王莲生。王莲生有些茫然地摇了摇头。"你知道它们有多棒吗？"他又回头看了看沈小红。沈小红也不知所措地摇头。"它们可真是棒极了！"这回，他什么人也不看了，自顾自地说下去："你们知道吗，一匹五十英寸左右高的马，它就可以驮起一个重达一百四十磅的人！一百四十磅！想想看，一百四十磅！"

夜色已经像军官鼻子里喷出的雪茄烟，一点一点弥漫起来了。沈小红注意到，军官说话的时候，丽蒂亚总是沉默着在听。如果说，下午的丽蒂亚像尖锐而冷的冰，那么此刻，丽蒂亚就被笼在那层浓浓的烟雾里了。也不知道为什么，沈小红突然想起，曾经有一次，她在弄堂里看到过一匹受惊的白马。它远远地奔来，叫声凄厉，鬃毛飞扬。它一连踩伤了好几个人。但沈小红却一直记得，那匹马眼睛是红的，好像在哭。

军官的话也像那匹惊马，一旦脱了缰，就很难再停下来。"但驯养矮种马可不是件容易的事。草原上的马野性可真厉害，一开始非得三个人帮我才行，两个人抓住马头，第三个人按牢它的一条后腿……啧啧，那可真是要命的事情，真是要命的事情……"他的身体奇怪地晃动起来，仿佛此刻正骑在马上，行于途中。

这时王莲生也喝了点酒，有些兴奋地加入了谈话。他说他倒是凑热闹去看过赛马会，每年春天和秋天都各有一次。他兴致勃勃地说道："那时好多人赌呵，连小姐都赌——她们倒不是赌钱，她们赌扇子、女帽、雪茄烟盒，甚至还赌男朋友。"

大家哈哈大笑。军官笑得最响。

沈小红又插话进来道："那也应该是外国小姐吧。"沈小红不会赌钱，钱是自由恋爱从男人那里赚的。虽然还不够自由。

军官的眼睛闪闪发光道："我倒见过一个，穿着好看的绸衣服。"身边的丽蒂亚这时竟然舒展了眉眼，军官便愈发开心起来道："中国女人，好看的。"回头看一眼丽蒂亚，又一字一句地补充道："当然，丽蒂亚最好看。"

就在这时，舞池里奏响了低沉的乐曲。一个矮矮的系了黑领结的老头，突然幽灵似的站在了那里。灯光很暗，闪烁不定，老头的脸一会儿白得像个死人，一会儿焦成一根木炭。他微微地垂着头，看上去有些漫不经心。又过了一会儿，老头抬眼看了看下面的观众——这是所有的事情里非常奇怪的一件。因为很多人都觉得老头是在看他们。沈小红、王莲生、丽蒂亚、丽蒂亚的军官丈夫、邻桌那一对路都快要走不动的上海老夫妇、两个站在暗处的旗袍开衩到腰部的中国流莺、手里端着法国香槟的白衣侍者、电梯门刚刚打开、里面走出一位漂亮女士——天使也没她好看，修女都不如她冷漠⋯⋯

老头的脸上浮现出一种微笑。他要唱了。每个人都觉得他是唱给自己听的。

"丽蒂亚！来，我的小丽蒂亚！"

军官摇摇晃晃地从座位上站起来。他一站起来，丽蒂亚也起来了。他们俩手拉手地走到舞池里去了。他们俩一走进池子，已经站起来或者刚想站起来的人，就又纷纷坐了下去。

但歌声已经起来了。丝毫没有停顿。

"太阳升起前忧郁向我袭来

我泪水汪汪

太阳升起前忧郁向我袭来

我泪水汪汪

我不喜欢这种情感

它令人多么悲伤"

　　沈小红目不转睛地盯着他们。丽蒂亚和她的军官丈夫，他们确实跳得美。美得简直就不能叫舞蹈，而是黄浦江上升起的一个梦。但这个梦很快就被邻桌的那对上海老夫妇打破了。

　　先是听到老先生不断地用手轻敲着桌子，他长长地叹了口气，说道："一对可怜的人呐。"

　　应该是恩爱夫妻，因为白发苍苍的老太太也习惯性地跟着叹气。但其实是不明就理的，所以叹完气后，紧接着又好奇地问："为什么？"

　　老先生继续感慨道："没有家了呀。上海的这些白俄都没有家了呀。"

　　老太太跟着感慨道："是呀，没有家了呀——为什么呢？"

　　这时老先生压低了声音，用男人谈论时势政治时的标准语气缓缓说道："他们的政府取消了他们的公民权。因为他们现在住在国外，所以就再也回不去了。你知道吗，他们现在已经是难民了。"

　　听着这些奇怪的词：政府、公民、难民……老太太脸上像焰火一样变幻着，惊讶着。她一边点头，一边继续发问道："怎么会有这种政府的呀？"

老先生感慨而欣慰地点头，再点头，嘴里不停叹息着："没有家了呀，没有家了……"他是有家的。自家的窗户外面也能看到黄浦江。就连将来的归宿也安排好了，比较新派的、非常潇洒地关照小辈他们道："以后也不要你们多操心，就把我葬在黄浦江里好了。"

不知怎么的，就连随和的老太太也有些伤感，一时沉默了下来。他们沉默了，沈小红却突然扭过头去，看着灯光下闪烁不定的王莲生，用一种非常认真、非常严肃的口气问道："上次，你说的那个跳海的人，是真的吗？"

03

这是一个繁花似锦的春日。

隔天夜里沈小红没睡好，迷迷糊糊的，却老是听到隔壁弄堂里的狗叫声。她两次推窗去看。第一次是光看到月亮，亮堂堂的，像一张上了白粉却没有五官的戏子脸。第二次刚好有个黑影窜过去，"嗖"的一声，还连带一个飘远了的声音："着火了！着火了！"

沈小红心里猛地一惊。刚想下楼叫人去看个究竟，那黑影却在不远处站定了，只听有人嘶哑了嗓子在叫："在东棋盘街那儿呢！"

后来，便是敲钟的声音，好像是四声。再后来，那钟声突然变成了沉闷的鼓点，一连串清脆的拍板——竟是戏园子里的氛围了。这时，一张上了白粉五官清秀的俏脸露了出来，幽幽唱道："一霎时把七情俱已昧尽，参透了酸辛处泪湿衣襟……我只道铁富贵一生铸定，又谁知人生数顷刻分明。"

那脸、那身段、那回眸的眼风……即便磨成了灰，沈小红也认得他。她伸出手，娇媚地迎向他，眼前却突然空蒙起来。"嗡"的一下，像无数碎白珠子串成的雨帘，就那样隔在那儿，隔着他和她。她穿过了一道，却还有下一道。层层叠叠，总也没有完——本来就是挣扎着才好不容易睡的，这不，刚刚才入梦，一下子便又醒了。

但天确实是好天。像这样的好天，在一年里也是难得遇上的。荟芳里的小院子，那些种着的花全都开了，桃花，梨花，杜鹃，山茶，牡丹，芍药……就连王莲生撩起衣摆下了马车，缓缓步入——穿越了无数开着花的树枝，散着香的花瓣——终于出现在沈小红面前时，她也突然……有了一丝细微的惊喜。

他们想去龙华附近的一个小寺求签。这是好几年来的老习惯了。前些年去的都是有名的龙华寺。坐着马车去的。一路上全是马车，风尘滚滚，马车上坐的都是像他们这样的香客。虔诚的，或者并不那么虔诚的。他们烧香、许愿、求签，还顺带去看看风吹铃响的龙华古塔。但去年却出了点意外。赶马车的车夫不知怎么走岔了路，走着走着，发现路上只剩他们一辆马车了。路越走越错，但景致却是越来越好。路边开着桃花，林中飞着鸟鹊，还左一点、右一滴地飘下雨丝来。两个人渐渐地都不想回头了，像孩子一样在车上嬉闹起来。这样突然一个拐弯，那个野地里的小寺就梦幻般地出现了。

王莲生先下车，走了几步，回头向沈小红招了招手。

一路都是湿漉漉、绿油油的竹林。雨不大，反倒每一丝、每一滴都在竹叶上站稳了脚跟。空气里织着雨雾……连雨雾都是绿的。

"真静呀，要闹鬼似的。"沈小红小声嘀咕着。

竹林的尽头是座石桥，寺庙则在石桥的那一头。旧得掉漆的寺门大开着，但里面看不见一个人。从寺门里望进去还是竹林。看不到尽头。

"吓人伐，吓人伐。"沈小红的声音变得有点不自然起来。

"蛮好的，别瞎说，蛮好的。"王莲生伸出手去，正好和沈小红的手抓在了一起。两个人——嫖客王莲生与妓女沈小红，就这样手牵着手，在雨雾里慢慢地飘了过去，飘过了竹林，飘进了没有门框的寺门，又飘在另一片看不见尽头的竹林里了……

那天他们每人都求了一次签。一个面无表情的老和尚站在旁边为他们敲钟。他先是问沈小红说："你拜不拜呵？"沈小红连忙点头回答道："拜！拜！"老和尚就面无表情地为她敲响了钟。接下来他又问王莲生道："你呢？拜不拜呵？"王莲生还没来得及回答，或许是刚才受了点凉，喉咙里一阵发毛，一个很响的喷嚏脱口而出——但好像谁都没有注意到王莲生的失态，因为老和尚已经面无表情的手起钟响，只听到：

铛——铛——铛——铛——
铛——铛——铛——铛——

他们事先约好了，求来的签彼此不看。非但不看，而且不说。然而，从寺里出来，重新坐上马车踏上回去的路，王莲生与沈小红却不约而同地得出了这样的结论：明年还得来一次。不去龙华寺了，就来这里。还让那个面无表情的老和尚敲钟。

还是那个走岔路的车夫，还是这个季节，口袋里还

363

装着去年求来的那支签。他们想着：等到还了愿，就告诉对方签上到底写了什么。他们没想到今年再也找不着那个寺了。

回来的时候已经时近午后，车夫急得满头大汗——这回不是因为出错，而是为了再也没法第二次同样地出错。车子刚进弄堂，沈小红就赌气下了车，头也不回地进了荟芳里。虽然沈小红有时也是任性的，但这天的王莲生原本就心里不快，也就漠然地没去理她。

马车沿着弄堂"嘚嘚"而去，一个手里挽着元宝篮、压扁了嗓门叫卖"栀子花"的刚嚷出半句，抬头看到王莲生的脸色，吐吐舌头，活生生地把下半句重新咽了回去。在不断晃动的马车上，王莲生一声不响地坐着，同样晃动着的还有他抓在手里的一件东西。那是去年王莲生在那个小寺里求来的签条。去的时候，王莲生把它小心翼翼地放在身上，但是现在，它突然变得不真实起来。王莲生觉得，它就像捏在手里的一大把沙子，走一路，散一路。

下午王莲生在自己的公馆里睡了一觉。大约三四点钟的时候，女裁缝丽蒂亚的军官丈夫来找过他一次。他手里夹了支雪茄，在王莲生客堂那面挂着字的白墙前站了会儿。这些日子，军官不时会来王莲生这里坐坐。有一次，军官很好奇地询问王莲生：什么是"装一支令人满意的烟枪的窍门";还有一次，他突然瞪大了那双蓝眼睛，不无愤慨地说道："你们中国的老子，那个叫老子的，他凭什么说天底下的人都和狗一样呢！"

不过这天下午，军官倒是没和王莲生探讨什么。他不停地喝着王莲生沏的新茶，显得很沉默。倒是王莲生没话找话地问他道："丽蒂亚呢？可好？"军官狠喝一口茶，又是摇头又是微笑地说道："她倒是好——只是更怪了，客人上门做衣服，腰围超过一尺七寸半的一概不做。"王莲生看着窗外，心不在焉地问道："那以前是多少呢？"军官叹口气道："以前倒还是一尺八寸的。"

喝了两杯茶，军官就急匆匆地起身告别。王莲生礼节性地挽留他，他却连连摆手道："你不知道的，丽蒂亚最近迷上了骑马！还不太会骑呢，胆子倒比男人还要大！"又放轻了声道："最近我们新买了一匹矮种马，丽蒂亚管它叫'烈焰'……"这时，军官的身体像真被火焰烧着似的，微微抖动，轻轻摇晃道："过一会儿我们又要去骑马了，所以我还得赶着去添点马具。"稍停片刻，他又怜爱摇头道："这女人——这女人——"

是傍晚时分开始起风的，王莲生正呆坐在窗前发愣，一张嫩绿的叶片突然旋转着扑上来，正中他的鼻尖。一股腥甜的春天的香气。去年，他和沈小红从那个小寺回来的途中，正遇上一群穿了赛马服的男男女女。一个黑衣人一声令下，马夫便揭去盖毯，束紧肚带。骑手们纷纷上马。沈小红和王莲生的马车还在后面跟着跑了一段。都是些平坦的乡间土路，路边散布着高高低低的坟堆，周围长着杨柳的潟湖。透过或疏或密的树丛，王莲生还看到一个由鸬鹚帮着捕鱼的人。十几只鸬鹚出操似的，在他的舢板边站成一排，脖子上扣着金属做的圆环……

到处都是风的声音，马的汗味，还有紧贴在后背上的女人的香气——当然，那是正奔跑着的丽蒂亚和她的丈夫，他们骑着那匹名叫"烈焰"的马。在他们头顶上，一只喜鹊久久盘旋——王莲生突然觉得心头一阵发热，眼睛在屋子里忙乱的四下寻找起来。

那根签条好好地躺在八仙桌的一个角上。上面是简简单单的四个字：华枝春满。

还是那条静悄悄的弄堂。还是那种古里古怪的天气，刮点风过后，阴了一阵、雨了一阵。还是那个经常回响在王莲生心里的细小的声音："我和你们是不同的……我和你们自然是不同的……"甚至那个挽了元宝篮的人也没走远，他显然是认出了王莲生，但这回他把一句话悠长而婉转地唱了出来："栀子花——要伐啦——白兰花——要伐啦——"

一切都是那样似曾相识。那把抓在手心里的流沙，回光返照似的，一点一滴再聚拢来。金鱼游回了鱼缸，落叶绽放在枝头……突然，在一个石库门前面，一个梳了刘海的女人探出头来，似笑非笑地看着王莲生。

这回是王莲生被吓了一跳。他下意识地退后两步，缩了缩脖子。等着一盆面汤水从天而降。

然而没有，刘海女人起手捋捋额前的头发，嘴巴贴近了王莲生的耳朵道："落雨了，憨大！"她嘴里吐出地热气，在王莲生的耳根上凝了几小滴水珠。王莲生只觉得无数颗暖融融的小水珠，在他心里升起来，落下去。落下去，又升起来……他闭着眼睛，听到一个不太像自己的声音在那里说道："你说什么？你刚才在说什么？再说一遍，你再说一遍。"

刘海女人的手从那条开衩到腰部的旗袍里伸出来。小白蛇般，慢慢地游在王莲生的下巴那儿。又凉又腻的。她笑道："憨大！我说你是憨大！"

十分钟后，王莲生衣衫不整地从石库门里奔出来时，刘海女人蛇一样的声音还在耳边回响着："憨大！我说你是憨大！"——他才奔出几步，猛地想起刚才脱衣服时，那根去年的签条忘在了刘海女人床边。但要再进去拿，他却是万万不乐意的。那疾风骤雨的十分钟，王莲生只觉得时光倒转，他变得完全不认识自己了。那个沉默、文雅、有教养的王莲生，那个爱美、懦弱、感时伤怀的王莲生，他们到哪里去了？风疾雨骤，他非但把自己吓坏了，更是一分钟、一分钟地浇灭了疯长的火……所以等他再次回到寂静的弄堂，听到远处压扁了的卖花声——王莲生只觉得彻头彻尾的冰凉。他真是恨透了自己，他真是发了疯了！

王莲生靠在一棵柳树上整理着衣服。神思恍惚。此刻，他是这样地厌恶着自己，从而厌恶起所有的人。他觉得他的手是脏的，他的脚是脏的，他的嘴巴也是脏的。

"铜钿有伐？"一个穿得破破烂烂的黑面小个子，不知什么时候冒了出来。

王莲生觉得他的嘴是脏的，所以板着脸不愿意说话。

"铜钿有伐？"小个子的手在王莲生面前摊开来。墨墨黑的一双手，王莲生看着就觉得恶心。王莲生不愿意理睬这样脏的手。

"活命的铜钿，先生行行好，给一点吧。"小个子说话言简意赅，温文有礼。要在平时，王莲生一定会喜欢这样聪明的乞丐……但今天的王莲生一意孤行。他不愿意说话，不愿意行动，甚至不愿意理睬。

几秒钟以后王莲生就倒在了那棵柳树下面。带着一道致命的伤口。吭都没有吭一声。谁也没想到小个子乞丐会有这样好的身手。他一下扳住了王莲生的脑袋，刀片割断了王莲生的喉咙。乞丐随手把刀片扔在了地上，一把扯下王莲生身上的玉佩。转身就走。

而此时，隔了几十步远的荟芳里，沈小红正和一个男人歪在床上。沈小红侧着身子，正熟练地装一支烟枪。而那男人，则一只手撑着下巴，另一只手在空气里翻着兰花指——他的五官看上去倒是更像女人，即便现在还没上白粉，正素净着一张清水脸。

天色一点点地暗了下来。天上挂着一小片铅灰色的云，云里一小角月亮探出头来。斜斜的，吊在那里，像一小把薄薄的刀片。只有颤巍巍的锋利，没有光。

沈小红把手里装好的烟枪轻轻磕两下，再磕两下，然后才递给了身边的那个男人。"拿去——"她笑道，"像是上辈子欠你的——昨天晚上还梦着你呢！害我又是一晚上没睡好。"

那男人接过烟枪，嘴里含糊地答应着。不知为什么，他的声音听上去也像是空气里的兰花指。羽化成蝶的时候就是这样的。

沈小红仰脸看那男人，嘴角眉心都带着笑。过了一会儿，她像是想到了什么，直起身子，非常认真地问道："有桩事体倒要问问你，你说，在一个有鲨鱼的地方，一个男人突然跳海了——你觉得是真的伐？"

还没等及那男人回答，远处突然传来了喧闹的人声。有敲锣的声音，哭声，鼓声，小孩的尖叫声……那男人怔了一下，说好像是哪里在出殡。但因为远，最终是听不分明的。两人一时来了兴致，想到窗口看看。下床的时候，不知是谁带了一下，"啪"的一声掉了件东西下来。

男人好奇地捡起看了看。是一根寺庙里的签条。他翻过来，倒过去，然后轻轻的念出声来："天—心—月—圆。"

月亮终于慢慢地从云里爬出来了。毕竟是春暖花开的季节，月亮即便不圆，也像是月圆。还有一股好闻的香味。月色普照大地。但是，躺在地上的王莲生，以及躺在床上的沈小红，他们谁也不知道，就在刚才起风的时候，有人在近郊的稻田里发现了裁缝丽蒂亚和她的军官丈夫。他们都已经摔死了。而那匹名叫"烈焰"的马横在一边，正喘着粗气。

人们很快确认了丽蒂亚和她丈夫的身份。因为他们在中国没有其他亲人，几天过后，一些朋友就把他们葬在了海里。在岸边，他们举办了一个小型的中国式葬礼。一个老和尚被请来做法事。他闭着眼睛，嘴里叽里咕噜了一会儿。然后，老和尚非常卖力、非常卖力地敲响了手里的一面铜鼓。